伯爵と別人の花嫁

エリザベス・ロールズ 作

永幡みちこ 訳

ハーレクイン・ヒストリカル・スペシャル

東京・ロンドン・トロント・パリ・ニューヨーク・アムステルダム
ハンブルク・ストックホルム・ミラノ・シドニー・マドリッド・ワルシャワ
ブダペスト・リオデジャネイロ・ルクセンブルク・フリブール・ムンバイ

THE UNEXPECTED BRIDE

by Elizabeth Rolls

Published by Harlequin Japan,
a Division of K.K. HarperCollins Japan, 2025

エリザベス・ロールズ

イギリスのケント生まれ。幼少期を過ごしたオーストラリアのメルボルン、パプアニューギニアの生活が執筆に興味を抱くきっかけとなった。ニューサウスウェールズ大学では音楽学を専攻し、音楽教師も経験。現在はメルボルンに暮らしている。

主要登場人物

ペネロペ・フォリオット……レディ。愛称ペニー。

フィービー・フォリオット……ペネロペの双子の妹。

サラ・フォリオット……ペネロペの妹。

ジェフリー・フォリオット……ペネロペの異母兄。

リチャード・ウィントン……フィービーの結婚相手。

ピーター・アウグストス・フロビシャー……第七代ダーレストン伯爵。通名ピーター・ダーレストン。

ジャック・フロビシャー……ピーターのいとこ。

キャロライン・ダベントリー……ピーターの愛人。

ジョージ・カーステアズ……ピーターの親友。

メドウズ……ダーレストン家の執事。

1

うるわしい春の宵、舞踏会場〈オールマックス〉は存分に楽しもうという上流階級の人々であふれていた。上品な淡い色の絹のドレスをまとった若いレディたちがしゃれた装いの男性にエスコートされて踊っている。気をもむ母親たちはかたまっておしゃべりをしているが、美しさと優雅さにおいてわが娘は誰にも負けないと自負しているようだ。人間の本質を学ぶ者にとっては興味深い場面といえる。

　だが、そうした人々から離れて立つ一人の金髪の紳士がいた。こうした場にふさわしいエレガントな服装をしているが、周囲の状況にとけ込めない様子だ。時折、知人からのあいさつに礼儀正しく答える以外――皆、こうした場所に彼がいるのを見て驚いているようだが、ジョージ・カーステアズはブルーの瞳を曇らせ、もの思いにふけっていた。

　彼は〈オールマックス〉の入り口を見やった。十一時まであと十分。ピーターがすぐにも現れなければ、中には入れてもらえない。あのお高くとまった後援者《パトロネス》たちがイギリスの英雄、ウェリントン公爵に対しても規則を曲げないとしたら、第七代ダーレストン伯爵のピーター・アウグストス・フロビシャーだって閉め出されてしまう。彼のハンサムな容姿や否定しがたい魅力も役に立たない。

　そのとき、楽観的な考えが頭に浮かんだ。ピーターが時間に来なかったら、ここを出てほかの場所でもっと気楽な楽しみを見つければいい。レディたちは十一時以降は何人《なんぴと》たりとも入れないと断固、主張するかもしれないが、好きなときに立ち去る人間を止める規則はない。〈オールマックス〉の中心的存在である六人の偉大なるパトロネスの誰一人、このことに気づかないようにとジョージは心から願った。気づいたら、彼女たちは勝手に出ていってはならないという規則を作って守らせるに決まっている。そうなれば、身動きがとれなくなってしまう。

　ジョージはかすかな驚きをにじませた声にわれに返った。

「ああ、ジョージ、きみもここにいたのか！　どうした？　まさか、今夜、われわれ二人ともダーレストンに待ちぼうけを食わされたのではないだろうね？」

　ジョージ・カーステアズは振り返った。「キャリントンじゃないか！　きみもピーターから来るように言われたのか？　彼は何を考えているのだろう」

「われわれをもの思わしげな顔でここに立たせておくためさ！」キャリントン子爵は答えた。「だが、気にしなくていい。十分したら外に出て通りで彼を待つ。それからさらに数分待ってから、もっと楽しい場所へ行けばいいさ」

「ぼくもそう考えていたところだ。ところで、彼がわれわれとここで落ち合おうと言った理由を知っているかい？」

「見当もつかないね。きみはどう？」

「思い当たるふしがないでもない。去年の冬、若いニコラス・フロビシャーがあの不幸な狩で命を落としたとの報が入ったとき、彼と一緒にいたんだ」

「ああ、そうだったな。そのことでピーターががっかりしたのは知っている。彼はあの子が気に入っていた。跡継ぎにしたがっていたものな。だが、それと今日のこととどう関係があるんだ？〈オールマックス〉で会おうだなんて、頭がおかしくなったとしか思えない」キャリントンは口調を和らげ、礼儀正しくあいさつした。「こんばんは、レディ・セフトン。お目にかかれて光栄です」

人のよさそうな貴夫人はいやみではなく言った。

「キャリントン卿《きょう》にミスター・カーステアズ、お二人にここでお会いできるなんて珍しいこと！　もっと中へお入りにならなくてはいけませんわ。ダンスのお相手を期待している若いレディたちは正面の入り口にはおりませんわよ。お二人をいちばんきれいなレディにご紹介しなくてはいけませんわね」子爵の顔に浮かんだおぞましげな表情に、レディ・セフトンは内心、吹き出したが、表には出さなかった。彼女はまじめくさった顔で最後の一撃を加えた。

「それから、むろん、お食事のときにはぜひ主人とわたしのテーブルにいらしてくださいね」それは招待というよりは絶対的な命令に等しかった。彼女は答えを待たず、その場を去って人々の輪の中へ入った。

ジョージ・カーステアズはうなった。「誰かが気がつくと思っていたよ。これで万事休すだ」

「気づくって何を？　まあ、それはどうでもいい。われわれはもう逃げられないんだから。それで、ピーターがぼくたちをここへ呼び出した理由についてきみの意見を聞かせてくれ。そのあとで、どっちがピーターに決闘を挑むか決めようじゃないか」

相手の冗談に一瞬、ジョージはとまどった。しかしすぐに気を取り直して続けた。「ニコラスは死んだ。となるとダーレストンの跡継ぎが誰になるか、知っているかい？」

「いや、知らないな、友人全員の遠縁までは頭に入っていないから」ある可能性がひらめきキャリントンは声をあげた。「ああ、まさか！　もしかして、ジャック・フロビシャーか？」

ジョージはうなずいた。

「ピーターはそれには耐えられないだろう。彼は再婚する必要があるな。メリッサとのごたごたのあとでは、結婚はもうこりごりかもしれないが、今度はいい花嫁を選ぶかもしれないし」

「そう願いたいね。だから、われわれはここにこうしているというわけか。ピーターの妻選びを手伝うためにね。手を貸さずとも、せめて彼の道徳的な支えになってやりたい。そして、彼がここに来るというのは、幸いにもキャロライン・ダベントリーとの結婚を考えていないってことじゃないか」

キャリントン卿がどう答えたか、それは結局わからずじまいだった。というのも、そのとき人々の間に押し殺した驚きの声があがったからだ。大勢の人が信じられないといった面持ちで入り口を見つめている。現れた背の高い紳士が中へ入ってくると、あたりにざわめきが広がった。

紳士は人々の視線やささやき声には頓着《とんちゃく》せず、周囲を注意深く見まわした。上背があり筋骨たくましい彼は舞踏会にふさわしいサテンの膝丈のズボン《ブリーチズ》に燕尾服《えんびふく》といういでたちで、さりげない優雅さを漂わせていた。

人を探していた紳士の濃い茶色の瞳がキャリントン卿とジョージ・カーステアズの姿を認めた。紳士の暗く沈んだ顔がぱっと明るくなり、ほほえみを浮かべながら二人に近づいた。彼こそイベリア半島で戦い、ワーテルローの英雄となったダーレストン伯爵ことピーター・アウグストス・フロビシャーだった。

彼は友人に手を差しだした。茶目っ気たっぷりの表情をしている。「いてくれてよかった！　ぼくはもう来ないとあきらめていたのではないかな？」

「来なかったら、きみは友人を二人、失っていただろう」キャリントンは鋭く切り返した。

ピーターは笑った。「大げさだな！　さっさとここから出ていくことだってできたはずじゃないか。実のところ、ここへ来る馬車の中で勇気を奮いたたせている間にふと思ったんだ。外にいてきみたちがやがて出てくるのを待っていればいいのではないかとね。出ていく人間を止める規則はないんだから」

腹立たしさで二人は言葉もなく友を見つめていた。やがて、ジョージが先に気を取り直した。「いや、それがそうはいかないんだ。レディ・セフトンの食事の席に誘われてしまってね」

ピーターは慰めるように言った。「心配するな。もっとひどい状況だってあるさ」

もっとひどい状況とは、と怒りが収まらない二人のどちらかが尋ねようとしたとき、五十歳くらいの魅力的な女性が近づいてきてダーレストン伯爵の腕を軽くたたいた。

「ピーターじゃないの！　この結婚市場でいったい何をしているの？」愛情のこもった声に伯爵はほほえみを浮かべて振り返った。

「ルイーザおばさん！」ピーターは身をかがめ、ルイーザの頬にキスした。「クリスマスの牛みたいに着飾ったおばさんを見て楽しむためですよ」

「まあ、人をからかって！　でも、会えてうれしいわ。それに、ジョージにマイケル、あなたたちもですよ。三人がまだ学校に通っていてダーレストン・コートを走り回っていたのを覚えているわ。あれから何年が経《た》ったのかしら？　騒々しい音と泥だらけのブーツで館《やかた》をだいなしにしていたわね」

三人の紳士はにやりとした。ジョージが笑いながら言った。「あなたにとってはつい昨日のことのように思えるでしょうね、レディ・イーデンホウプ。ぼくたちのいたずらをよく覚えておいでのようだ」

「覚えているだけの理由は十分にありますよ」レディ・イーデンホウプはくすりと笑った。「わたしのベッドに蛙《かえる》を入れた犯人が見つからずじまいでしたからね」

「三人全員でやったんです」ピーターが告白した。「キャリントンがジョージのブーツを使って捕まえ、ぼくがそれを持ってつたがからんだ壁をよじのぼったんです。三人の共同作業だったんですよ。翌朝、あなたがそれをメドウズに渡し、持ち主に礼を言って返すように命じたとき、ぼくたちは拍子抜けした。そのあげく、メドウズにこっぴどく怒られた！」

　レディ・イーデンホウプはダーレストンの親戚《しんせき》ではなく母親の親友で、ピーターに深い愛情を抱いている。そして、ピーターをよく知る者として、彼が久しぶりに〈オールマックス〉に現れた理由をよく理解していた。社交界の多くの人々もそうだろう。レディ・イーデンホウプは内心、ピーター・ダーレストンに同情していた。娘の結婚相手を探している母親たちは獲物を見つけて大騒ぎする。あまりの騒ぎにたいていの男性なら逃げだし、隠れ場所に避難するだろう。

　三十二歳の男やもめの伯爵は最高の結婚相手だ。裕福で古くからの由緒ある家柄に加え、魅力的でハンサムとくれば世間が放《ほう》っておくはずがない。それを承知していた彼はこの数年間、ロンドンの社交生活を避け、結婚適齢期の娘とその母親に出会う可能性がない場所での娯楽で時を過ごしていた。

「あなたがた三人にここで会えてよかったわ。でも、そろそろ行かなくては。友人の娘の付き添いを頼まれていて、その義務を投げだすわけにはいきませんからね。いえ、少しもいやではないのですよ。とても愛らしいお嬢さんで、すでにお相手も見つかっていますの」

　レディ・イーデンホウプは人々の中へ戻っていき、あとに残った三人の紳士は昔を思い出して互いに目を見交わした。やがてピーターが沈黙を破り、軽い口調で言った。「さてと、エイボンの吟遊詩人シェイクスピアのせりふではないが〝もう一度突破口へ、皆の者よ、もう一度突撃だ〟知っている人間が大勢いる。このまま知らぬ顔はできないだろう」

三人は詩人の言葉にならい、人々の輪に加わった。それぞれ、様々な若い女性に紹介された。皆、三人の紳士を喜ばせ、もてなそうと懸命になっているようだ。ジョージ・カーステアズとキャリントン卿は愛想よく応じ、楽しんでさえいた。

だが、ダーレストン卿は違った。非常に魅力的なミス・フォリオットに紹介されただが、頭の中はほかのことを考えていた。十二年前、ここ〈オールマックス〉で最初の妻と出会い、その美しい顔、魅力的な立ち居振る舞いに夢中になった。何と愚かだったか……ピーターは苦々しく思い出していた。うぶで愚かな若者だった。天上の人のような美しい女性がはるかに望ましそうな多くの求愛者を退け自分に好意を抱いてくれたと有頂天になっていた。将来、受け継ぐ称号や財産の魅力など考えもしなかった純朴そのものの青年だった。未熟な自分がその社交シーズンにデビューした中でもっとも美しい女性に選ばれたのは奇跡だと思っていた。

頭の中から過去の陰を振り払うと、ピーターは相手の女性に注意を戻した。「失礼した、ミス・フォリオット。ちょっと考え事をしていました。いま、何とおっしゃったかな？」

ミス・フォリオットはほほえみを浮かべてダーレストン卿を見上げた。「たいした話ではありませんわ。ありきたりのことです。それより、ダンスを始めませんか？」

「ああ、そうですね」ピーターはそう答え、踊る位置についた。実のところ、彼女は非常に愛らしい娘だ。意地悪な既婚女性たちは彼女の髪を赤毛とけなすだろうが、深みのある赤褐色で、きめ細かな色白の肌とよく合っている。ピーターを見上げる大きな灰色の瞳はいかにも楽しげで、そのほほえみも作り物ではない。体つきも彼の好みだ。ほっそりしているが、女性らしい体のふくらみを感じさせる。全体的に見て、とても美しい。

　踊りながら、ピーターは彼女を会話に引き入れようとしたが、こちらの問いに礼儀正しく答えるだけで、自分からは話そうとしない。唯一、熱のこもった返事が返ってきたのは〈オールマックス〉を楽しんでいるかと尋ねたときだった。

「ええ、楽しんでいますわ！　大勢の新しい方たちにお目にかかり、一晩中、踊るなんて、本当にすてきですわ！」

　踊りながら、この若いレディは落第だとダーレストン卿はすばやく結論を出していた。おしゃべりな女性と結婚したいわけではないが、単なる受け答えだけでなく会話にもう少し積極的に加われるレディが望ましい。ミス・フォリオットはいささか退屈だ。とても魅力的で愛らしいが自分には向かない。

　ダンスが終わると、ピーターはミス・フォリオットを母親のところへ連れていった。母親の隣には中背で人のよさそうな彼女の夫、それに、ミス・フォリオットのダンスの次の相手が立っていた。紹介されたその紳士はリチャード・ウィントンといい、年齢はピーターと同じくらいだ。クラブ〈ホワイツ〉のメンバーでもあり、ピーターの顔は知っているという。二人はしばし礼儀正しく会話を交わし、ウィントンはそのあとミス・フォリオットをダンスフロアへ連れだした。

　ミス・フォリオットははにかむ様子もなく新しいパートナーと楽しげに話している。

　彼女の父親が二人を眺めて言った。「ミスター・ウィントンは田舎でわれわれの隣人でしてね。娘のフィービーは知っている人とは気楽におしゃべりができるのです」

「ぼくも同じですよ。最悪なのは、前に一度、紹介された誰かに出会ったとき、向こうはこちらを覚えているのに、その名前を思い出せないときです」

「本当にそうですわね」フォリオット夫人は小さく笑った。「そして、思い出せないと認めると、相手はいつも非常に傷ついた顔をしますもの。主人は人の名前を覚えるのがとても苦手なのです」

「つまらぬことを言うものではない。おまえはおおげさなのだから」

「おおげさではありませんわ。でも、ダーレストン卿はその点ではお困りにはなりませんでしょう？　皆、お目にかかれたうれしさに覚えていてくださったかどうかは二の次になるでしょうから」

「それがそうでもないのですよ。その昔、たった一度、会っただけなのに古い知り合いだと主張する人間が大勢いることをおわかりではない」

「いえ、わかりますわ。ご心配なく。主人とわたしはあなたに次にお目にかかったとき、知らないふりをするのを忘れないようにしますから。フィービーにも同じようにするよう話しておきます」

　それを聞いてピーターは笑った。彼は二人にあいさつをしてからその場を去り、ジョージとキャリントンを探した。ジョージはすぐに見つかった。ミス・フォリオットとウィントンと同じ輪の中で踊っている。さらに探すと、キャリントンはパトロネスの一人、レディ・ジャージーの話に礼儀正しく耳を傾けていた。彼女は〝沈黙の人〟として社交界で知られている。

「まあ、ダーレストン！　あなたがここにいるとマリア・セフトンから聞いたときには信じられなかったわ。本当に久しぶりね。キャリントン卿もですよ。あなたがたがいらしてくれてうれしい限りだわ。今シーズンは華やかな話題が少なかったのですもの。ミス・フォリオットと一緒にいらしたわね？　かわいらしいお嬢さんだけれど、少し内気なところがあるの。ご両親は魅力的な方よ。でも、お兄さんはちょっとね。あら、余計なことを。ほら、彼は腹違いのきょうだいだから……。最初のフォリオット夫人は若くして亡くなり、数年後、ジョン・フォリオットは再婚したのです。よくある話ですわ。あら、わたし、もう行かなくては。また、いらしてね。こうしたうれしい驚きはわたしたちにとっていいことですもの」

思っていたとおりだったと人々に伝えるべくレディ・ジャージーはそそくさと去っていった。ピーター・ダーレストンが再婚するわよ。そうするべきだわ。家名に対する責任があるもの。だって、あの憎らしいジャック・フロビシャーをダーレストン伯爵と認めるなんて考えただけでもぞっとする。それにピーターにしたって、あのあばずれのメリッサから受けた仕打ちから立ち直ってもいいころだわ。あんな下品なやり方で男と逃げるなんて。馬車の事故で骨を折って亡くなったのは幸いだったわ。少なくとも、ダーレストンはそれで、彼女と離婚したスキャンダルから逃れられたのよ。

キャリントンとピーターは去っていくレディ・ジャージーを眺めた。彼女が何を話すかは想像がつく。半ばいらだち、半ば面白がりつつピーターは尋ねた。

「きみに話しているとき、彼女は息継ぎをしたかい？」

キャリントンはにやりと笑った。「気がつかなかったな。だが、彼女はあれほど早くまくしたてているにもかかわらず、ちゃんと勘どころは押さえている」

「そうだろうよ」ピーターは顔をしかめた。「親愛なる〝沈黙の人〟はぼくについてすべて知っている印象をはっきり受けた。今夜、ぼくがここに来た理由までも」

「彼女だけじゃない。きみを知る人間は誰でも、きみをここで見た瞬間に同じことを考えるよ。とくに、きみがあの愛らしい赤毛と一緒の場面を見たときにはね」

ピーターはため息をついた。「あまりにもあからさまだったな。だが、ぼくにどんな選択肢があるというのだ？」

「ないね。君の義務に関しては」友は真顔で答えた。「だが花嫁の姿、形に関する選択肢はたくさんある。いいかい、ピーター、君は結婚相手としてもっとも望ましい男性だと思われている。財産があり爵位もある。外見もまあまあだ。たぶん、きみの好みの花嫁が見つかるだろう」

「なんて退屈なんだ。きみは体裁を整えることばかり言っている」

「それがきみの望みではないのか？」

ピーターは再度、ため息をついた。「なぜきみにがまんしているのか、われながらわからないよ、マイケル。きみは胸が悪くなるくらい正しいことを言う、実にいやな癖の持ち主だな。ああ、ジョージがやって来る。ジョージ、楽しんだかい？」

「おおいに楽しんだよ。ぼくのパートナーのミス・ブラックバーンはとてもチャーミングだった。それに少なくともぼくの場合、彼女と踊ったことが明日の朝の頭痛の種にはならない。財産を浪費される心配もないしね」

「財産はなくなるかもしれないぞ。女性に心を動かされやすい性格のきみが道を誤り、牧師の前に引きずり出されるはめになればね」ピーターは辛辣《しんらつ》な口調で切り返した。

「ぼくが？　牧師の前に？　それはありえないね、それは君の運命だよ、ピーター。少なくともぼくはそう思っている。君は恋に落ち、まもなく祭壇の前に立つ」

「恋だと？　冗談だろう！　いいかい、ぼくはそうしたくだらないことは卒業したんだ。これは便宜上の結婚だ。きちんとした育ちで自分の義務をわきまえ、出しゃばりでない娘なら……」

ジョージ・カーステアズとキャリントン卿は心配げに顔を見合わせた。これは考えていたよりはるかに悪い。これほど冷めているとしたら、この哀れな男は結婚における幸せを見いだす可能性はないではないか。

しばしの沈黙のあと、カーステアズは静かに言った。「そういうことなら、相手の娘が君に夢中にならないようにするべきだな。その気の毒な女性に君と同じ思いは味わわせたくないだろう？　おや、レディ・セフトンがこっちにやって来る」

愛すべきレディ・セフトンの登場で三人の会話はそこで終わった。ジョージの言葉がピーターの胸に突き刺さっていた。何も知らない無垢《むく》な娘を自分と同じ目にあわせ、傷つけていいのか？

ダンスのあとに続く食事の席で、ピーターは魅力とウィットを振りまいて期待されている自らの役を演じてはいたが、頭の中はほかのことを考えている場合が多かった。これまで未来の花嫁はあくまで仮定の存在で、現実のものではなかった。それがいま、その顔や姿はまだ漠然とはしているが、思考し感情を持つ――そして、傷つけてしまうだろう心を備えた具体的な存在となってきた。ジョージの言うとおりだ。花嫁が誰であろうと、こちらに夢中にならないようにしなくては。

二日後、美しいレディ・キャロライン・ダベントリーはピンクに彩られた客間に座り、今朝、五番目の来客が帰ったあと閉じられたドアを凝視していた。いつものけだるげな瞳には強い光がたたえられ、官能的な体の線は激しい怒りにこわばっていた。頭の上に高く結われたブロンドの髪も怒りに揺れているようだ。これまた美しいレディが婉然《えんぜん》とほほえみながら〝親愛なるピーター〟が再婚を考えているらしいと自信たっぷりに告げたとき、レディ・ダベントリーは激しく言い返したい衝動を必死にこらえた。

ピーター・ダーレストンが〈オールマックス〉に現れ、ミス・フォリオットとダンスを踊ったことが漏らさず語られた。ダンスのあとも彼が彼女の両親と数分、談笑したことが人々の想像をかきたてた。これまでミス・フォリオットの結婚相手としてもっとも有望な候補者だと目されていたリチャード・ウイントンはどうやら脇《わき》に追いやられたらしいとの噂《うわさ》まで流れている。

キャロライン・ダベントリーは愚か者ではなく、想像たくましい話を無視するだけの分別はあった。だが、それでも、聞かされた話に不安を抱いた。この一年間、彼女がピーターの愛人であることは公然の秘密だった。ピーターが再婚を考えているかもしれないなど、思いもよらなかった。彼はレディ・ダベントリーとの付き合いに満足しきっているように見えた。そして彼女も、愛人としての自分の立場を受け入れていた。しかし、彼が再婚するとなると話は別だ。

キャロライン・ダベントリーは落ち着きなく立ち上がり、部屋の中を歩きまわった。考えなければ。想像していた以上にピーターはジャックを嫌っているらしい。方向転換して再婚する理由もそこにあるに違いない。これまでのところは問題ない。少なくとも、彼がばかみたいに作り笑いするデビュタントの小娘と恋に落ちるなどありえないだろう。それで、こちらも少しはやりやすくなる。特定の個人ではなく、漠然とした存在から彼の気持ちを引き離すほうが簡単だけれど、早くしなくてはいけない。ピーター・ダーレストンが再婚するのなら、新伯爵夫人になるのはこのわたしだ！

同じ朝、ダーレストン卿は新しい鹿毛《かげ》の雌馬、グリセルダを走らせる予定にしていた。その馬は先週、競走馬の競売会社、タットスルズで買ったもので、馬を試してみようと思うたびに用事ができてまだ、乗っていないのだ。今朝、ピーターは何があっても出かけるつもりだった。

　そこで、朝八時といういささか早い時刻にグリセルダの鞍《くら》にまたがった。少し前につんのめる癖に新しい主人がまごつくだろうとグリセルダは予想していたらしい。だが主人は、そわそわした様子の馬を面白がりつつ鞍にまたがり、なだめるように話しかけた。

　厩舎《きゅうしゃ》からグリセルダを連れだした馬丁のフレッドはすまなさそうな顔で言った。「とても威勢がいい馬です。全速力で走らせたほうがいい」

「断固とした手綱さばきでね」主人は馬の頭を上げさせた。「さあ、おとなしくするんだ。まだ時間が早いから、公園で少し走れるだろう。ありがとう、フレッド」

　ピーターが馬に動くよう合図すると馬丁は帽子に触れてうやうやしくあいさつして脇へどいた。背に乗せている男性を見直した馬は落ち着き払った足取りで歩きだし、これがいつもの自分だという印象を与えようとした。ダーレストンと馬を見送ったフレッドは厩舎へ戻り、われらが主人はどんな馬でも、グリセルダのような気まぐれな馬でも乗りこなせると仲間に話した。

　ハイドパークに到着すると、都合のいいことにほとんど人はいなかった。馬丁に調教されている数頭の馬がいるだけで、道を散歩している人もまばらだ。馬車もいなければ、知り合いがいる気配もない。朝早い時刻だからそれも当然だろう。社交界のおおかたの人々は昨夜、遅くまで楽しみ、まだベッドで寝ているはずだ。

　グリセルダは前へ進みたくてそわそわしている。

訓練を兼ねて、ピーターは最初の百メートルを速歩《トロット》で歩かせ、それからゆっくり駆けさせた。さらに数百メートル進むと手綱をゆるめ、かかとで馬の脇腹に軽く触れた。それ以上の指示は必要なかった。うれしげに鼻を鳴らしながらグリセルダは走りだした。この一週間あまり、厩舎に閉じ込められているか、引き綱を付けられて外を歩くしかなく、グリセルダは退屈しきっていたのだ。このほうがずっと性に合う。

ピーターは鞍にしっかりまたがり、馬の口に軽く手を当てた。この馬の走りは最高だ。手綱さばきへの反応も非常にいい。唯一の欠点は……欠点と呼べるとしたら、落ち着きがないことだ。だが……そう、誰にだって一度は若いときはあるものだ。

そう思いながらピーターは馬を落ち着かせた。二頭立ての軽四輪馬車、フェートンが軽快な速度でこちらに向かってくる。そして、その横を信じられないくらい大きいグレーハウンド犬が駆けている。これは驚いた。こんな朝早くに外に出るとは、いったい誰だろう？　フェートンにつながれた二頭の馬を驚かせないよう、ダーレストンは手綱を引いてグリセルダのスピードをトロットに落とした。

馬車が近づくと、中に乗っている人物が顔見知りだとわかった。馬車を操っている紳士は礼儀正しく会釈した。ピーターが馬を止め、わざと怒った口調で声をかけなければ、おそらくそのまま通り過ぎていただろう。「ぼくを無視すると言ったとき、あなたが本気だとは思いませんでしたよ。ごきげんよう、ミスター・フォリオット！　それから、ミス・フォリオット！　お元気ですかと尋ねる必要はないですね。とても楽しそうだ」

「ダーレストン卿！　これはうれしい驚きです」フォリオットは答えた。「しかし、わが娘とはまだ――」彼は突然、話すのをやめた。

ピーターはいささか面食らった。「むろんミス・フォリオットとはお目にかかっていますよ。この前の夜、〈オールマックス〉でダンスのお相手をしていただいた」

「ああ……そうでしたな。これは失礼しました」

「いや、かまいませんよ。あなたの悲しむべき記憶力についてはミセス・フォリオットから警告を受けていましたから」ダーレストン卿はにやりと笑った。やさしい目をしたこの気取らない紳士がピーターは好きだった。

ピーターはミス・フォリオットのほうを向いて話しかけた。

「われわれのダンスがあなたの記憶にしかととどまっているといいのですが……。それとも、多くの相手と踊られたので、あなたもあなたのご両親も誰が誰だかわからなくなってしまったのかな？」

ミス・フォリオットはぷっと吹き出した。「いいえ、ダーレストン卿。あのダンスはわたしの記憶の中にしっかり残っていますわ。とても楽しかったですもの」

ピーターは驚いた。このほがらかな女性は〈オールマックス〉で踊った内気な娘とは大違いだ。それに、今朝の彼女はどこか違っている。目のあたりの何かが……。彼女は楽しげにほほえみかけているが、その大きく見開かれた灰色の瞳に心の内を見すかされているような奇妙な感じがする。「それからもう一つ、お尋ねしてもいいでしょうか？　こんな朝早い時刻に出てこられるとは、どういうわけなのです、ミス・フォリオット？　昨夜《ゆうべ》もパーティにお出になっていたに違いないでしょうから、今朝はゆっくり休養するべきでしょうに」

ミス・フォリオットは笑った。「それはそうですね。でも、誰もいない公園はとても気持ちがいいんですもの。空気がよどんでいる舞踏室よりずっといいわ。それに……」彼女はフェートンの脇にあえぎながら座っている犬を指さした。「かわいそうなジェラートは運動が必要なのです。社交の時間にここへ来たら、ごあいさつのため始終、止まらなくてはいけませんもの」

「気持ちはわかりますよ。この元気すぎる雌馬を朝早くにここへ連れてきたのも同じ理由からです」

「きれいな馬ですわね。それも、とても若い。名前は何というのです？」

「ええ、若いです。三歳になったところかな。先週、手に入れたばかりなのです。名前はグリセルダ。ほら、じっとしていろ、この愚か者が」そわそわしている馬をピーターはたしなめた。「これは少々気が短いのです」

「名前にふさわしくありませんわね。グリセルダは忍耐強い女性のはずですわ」

「チョーサーに出てくるあのへどが出そうな女性のことをおっしゃっているのですか」ピーターは驚いた。若い女性の大半はバイロンは読んでいるが、中世文学の知識がある女性と会ったのは初めてだ。

「ええ、そうですわ。『デカメロン』にも登場します。ご存じでしょう？　鼻持ちならない夫にがまんしている女性を愚かだと考えている方が、わたしのほかにもいると知ってうれしいですわ。彼女は夫に、あなたにはうんざりだと言うべきだったのです」

「おっしゃるとおりです。あなたならそうするでしょうね」

「ジェラートにかみつかせますわ」

「かまれた相手はたちまち分別を取り戻すだろうな」ピーターは興味深げに犬を見た。これほど大きなグレーハウンドは初めてだ。長い足にがっしりした胴は計り知れない強さを感じさせる。地面から肩まで一メートルはあるに違いない。なんともすごい犬だ。この犬種については、数年前アイルランドへ馬を買い付けに行った際に見て知っている。「狼《おおかみ》狩用のアイリッシュ・ウルフハウンドでしょう？　これほど立派なのを見たのは初めてだ」

ミス・フォリオットはにこりと笑った。「ええ、そのとおりですわ。たいていの人はこの犬の種類について蔑《さげす》んだ口調で言うので、すごく腹が立つのです」

「想像できますよ」

ピーターは笑ったものの、心に妙に引っかかった。ミス・フォリオットは〈オールマックス〉にいたときとはまったく違っている。どんな人かと尋ねられたら、彼女は非常に内気だったと断言できる。それにあの夜、彼女は踊ったり新しい人と会うのを楽しんでいると言わなかったか？　それがいま、舞踏室より誰もいない早朝の公園が好きだという。

「この前の夜、あなたは本当のことをおっしゃらなかったのですね、ミス・フォリオット。人と会ったりダンスを踊るのがとても楽しいと、あなたが話していたのをはっきり覚えていますよ」

またもや、出かかる笑いをぐっとこらえる音がした。確かに、紹介されたばかりの紳士に、人と会うのは好きではないと娘が告げるはずがないではないか。ましてや、その哀れな男性とダンスを踊っているときに舞踏会が嫌いだなどと言うはずがない。

「あれは社交辞令だったのですね、ミス・フォリオット」

「そんなことはありませんわ。あなたはとてもダンスがお上手でしたもの」

ピーターは大きな声で笑った。「そこまでお世辞を言わなくてもいいですよ」

そのとき涼しい風が吹いて、グリセルダがそわそわと横へ動いた。

「わが〝気短なグリセルダ〟をこれ以上、立たせたままにはしておけないな。それでは失礼します、ミスター・フォリオット、そして、ミス・フォリオット」二人が別れのあいさつを返すと、ピーターは帽子を持ち上げてミス・フォリオットに会釈し、グリセルダをトロットで駆けさせ先へ進めた。

彼女にまた会えたらいいと、ふと思った。ミス・フォリオットは矛盾に満ちているが、とてもさわやかなレディだ。

2

その朝、公園には社交界の人間は誰もいなかったとダーレストン卿《きょう》が考えていたとしたら、それはいささか楽観的すぎた。少なくとも二人の人間が、ダーレストンが馬を訓練しているところ、そして、フォリオット家の人々と話をしているのを目撃していた。この朝の出来事にまつわるひそやかな噂《うわさ》は当然ながらレディ・キャロラインの耳にも入った。そして、レディ・キャロラインは本当に心配になってきた。心配のあまり、ある舞踏会でついミス・フォリオットに皮肉を言ってしまったが、相手はとまどった様子で何も答えなかった。

噂はさておき、レディ・キャロラインはダーレストンがいつもより冷淡なのに気がついていた。感情を表に出す男性ではないが、近づきがたいように感じられてならない。巧みなテクニックで愛してくれているときでさえ、彼の心はどこか別のところにあるみたいだった。レディ・キャロラインは頭の中で様々な策を検討し決断した。そして、計画の手始めとしてダーレストンとは一週間、二人だけで会わないようにした。

　作戦の第一歩は慎重にしたためられた夕食への招待状だった。用心して事を進めなければいけない。もし、こちらが何を狙《ねら》っているかを察知されれば万事休すだ。そこで夕食の招待となった。彼のお気に入りのワインに料理を用意した二人だけのロマンチックな夜は計画を円滑に進めるのに役に立つだろう。食事のあと、彼がくつろいだところで、当面は結婚について考えないようにさせる。わたしがふさわしい妻だと納得させるのはもっと先でいい。

　指定された夜、ダーレストン卿は期待を抱いてやって来た。レディ・キャロラインは有能なコックを抱えているし、こちらのワインの好みを知りつくしている。それに加え、彼女自身の魅力には心がそそられる。最近、彼女とは分別ある行動が求められるパーティ以外では会っていない。レディ・キャロラインがしばらくの間、わざと二人きりで会わないようにしていたなどダーレストンは思いもよらなかった。ダーレストン卿が会いたい気持ちを募らせていて、二人の時間を心待ちにしているとしたら事はうまく運ぶとレディ・キャリントンは考えたのだ。

　ダーレストンが客間に入ると、レディ・キャロラインは六十歳くらいの沈んだ表情をしたミス・ジェイムソンと話しているところだった。ミス・ジェイムソンは亡くなったネビル・ダベントリー卿のいとこで、レディ・キャロラインの家に品格を添える役割を担っている。だが、現実には、レディ・キャロラインは自分の好きなように振る舞い、都合の悪いときはいつでも、付き添い役のミス・ジェイムソンを追い払ってしまう。

ダーレストンは二人のレディに礼儀正しくあいさつし、とくに、年配のミス・ジェイムソンには愛想よく振る舞った。「ミス・ジェイムソン！　お会いできて光栄です。調子はいかがですか？」自分より恵まれない立場の人に常にやさしく接するのはダーレストンの魅力の一部だった。やさしくするが、決して見下したりはしない。そして、ミス・ジェイムソンはほかの人にはめったに見せない笑顔であいさつを返した。

「おかげさまで元気にしております。あなたのほうはいかがですか？　もう長い間、お目にかかりませんでしたわね」

そのとき、レディ・キャロラインが割って入った。

「ええ、ダーレストン卿はお元気でいらっしゃるわよ、ルーシー。さもなければ、ここにはおいでにならないもの。さあ、こんな遅い時間ですもの、あなたのベッドに入る時間を邪魔してはいけないわね。引き取ってくださっていいのよ」

このつっけんどんな言葉にダーレストンはかすかに眉を寄せた。ミス・ジェイムソンといたいわけではないが、レディ・キャロラインの冷たい態度は承服しかねる。レディ・キャロラインはダーレストンの不快感には気づいていない。

ミス・ジェイムソンは邪魔者扱いされても驚いたふうはなかった。キャロラインはお目付役をできるだけ早く追い払うつもりだと最初からわかっていたのだ。ネビル卿の死から二年あまり、レディ・キャロラインの性格については十分に理解しているし、ダーレストン卿との関係も承知していた。レディ・キャロラインをいさめる立場にはないが、ダーレストン卿のようなすばらしい男性がこうした女性にからめとられるのを見るのはやりきれない。

「わたしはこれで失礼しますよ、キャロライン。おやすみなさい、ダーレストン卿」ミス・ジェイムソンは傷ついたところを露ほども見せない威厳ある態度で応じた。レディ・キャロラインの計画の邪魔ができたらいいのだが……。キャロラインが何を企《たくら》んでいるかは定かではないが、彼女がどういう人間かは知っている。何かが起きつつあるようだ。

ダーレストンはすぐに部屋の出入り口へ行き、ミス・ジェイムソンのためにドアを開けてやった。

「おやすみなさい、ミス・ジェイムソン。あなたが引き取ってしまわれるのは残念です。別の機会にぜひご一緒したい」

ミス・ジェイムソンは苦笑しつつダーレストンを見上げ、去り際にダーレストンにしか聞こえないよう小声で答えた。「ご一緒できる機会はとうていなさそうですわ。おやすみなさい。神のご加護がありますように」

ドアを閉めるとダーレストンは女主人のもとへ戻った。彼女は少しご機嫌斜めだ。「ピーター、あなたがなぜ、いとこのルーシーに気を配るのかわからないわ。あの人をここに置いているのはうるさいオールドミスたちを黙らせるため、それだけなのよ」

「親切にしてやるのに金はかからないよ、キャロライン。人に頼って暮らすという彼女の立場はうれしいものではないはずだ」

ダーレストンの態度を理解はできないものの、頭の回転が速いレディ・キャロラインは自分が誤りを犯したと悟った。そして、ダーレストンのそばにすり寄り、腕をその首に回した。「ああ、ピーター。かわいそうなルーシーに意地悪するつもりはなかったのよ。でも、最近、あなたと会っていなかったから、あなたを独り占めしたかったの」カールした長いまつげの下からブルーの瞳が見上げている。唇に浮かんだ誘うようなほほえみは腰に彼の腕を感じるとさらに大きくなった。

ダーレストンはかすかにほほえみつつキャロラインを見下ろした。結局のところ、ミス・ジェイムソンを早く寝かせたのはよかったのかもしれない。ダーレストンはそう思いつつレディ・キャロラインにキスした。すぐさませがむような熱いキスが返ってきた。もとより望むところだ。ダーレストンはレディ・キャロラインを強く抱きしめ、彼女のあからさまな欲望を満たすという楽しい務めに着手した。自身の肉体的欲望もそれなりに高まってきたが、いつものようにどこか冷めた部分がある。

数分後、ダーレストンはゆっくり体を離した。

「食事を先にしたほうがいいだろう。さもないと、料理人がせっかく腕をふるってくれたのに、その才能を味わわないままになりそうだ」

ダーレストンの欲望をかきたてたことに満足しつつ、レディ・キャロラインはうなずいた。「お望みのままにしますわ。夕食であなたの欲望が減退しない限りは……」彼女は肩越しに思わせぶりな視線を送ると、二人のためにセットされている小さなテーブルへ向かった。脇《わき》のサイドテーブルには量は多くはないが選《え》りすぐりの料理と数個のデカンタが並んでいる。

席に着くと、レディ・キャロラインはけだるげに話しかけた。「ねえ、ピーター、ロンドンはいま、本当につまらないわね。もちろん、あなたの存在は別だけれど……。同じ人と会い、同じ噂を聞くのにはあきあきしているの」

「田舎の家の修復を考えているのか？　田舎暮らしはもっと退屈だと思うが」

「田舎ですって？　社交シーズンの最中に？　とんでもないわ。考えるだけでぞっとする。パリへ行こうかと考えているのよ。ご存じでしょうけど、あちらにはお友達がいるから。それにもう長い間、パリに行っていない気がするの。パリはいつ行っても楽しいところよ。ピーター、鴨《かも》を少し召し上がる？」

パリの話はこれくらいにしておこう。

　鴨とアスパラガスを少し受け取ると、ダーレストンはレディ・キャロラインのパリ行きに話を戻した。

「それで、パリのどこが違うんだい？　新しい服？　きみの賛美者？　新しい噂話か？」

　レディ・キャロラインはくすりと笑った。「そのすべてだわ。さあ、わたしの話はこれくらいにしましょう。この数日間、あなたはわたしから遠ざかっていらしたけれど、その間、何をしてたのか話してくださいな」

　ダーレストンは瞬間、ためらった。キャロラインだけには打ち明けたくない。「ああ、古くからの友人たちと旧交を温めたり、ちょっとした用事をすませていたのさ。カーステアズとキャリントンがいまロンドンにいる。よく二人と会っているんだ」

「三人で〈オールマックス〉へいらしたのですってね」レディ・キャロラインは思いきって言った。「あなたたちが行くなんて珍しいこと。それも、三人揃《そろ》ってとはね。若いレディたちや娘思いの母親たちの胸に希望をかきたてたに違いないわ」レディ・キャロラインはまたくすりと笑った。

　ワインを飲みながら、レディ・キャロラインは相手の反応を注視した。年ごろの娘を持つロンドン中の母親たちはダーレストンのような獲物を必死で追いかけるだろう。そうしたことにダーレストンは耐えがたい不快感を覚えるはずだ。

　眉をかすかにひそめている様子を見れば、ずばり予想が当たったようだ。レディ・キャロラインは再び話題を変えた。「教えてくださいな。ミスター・カーステアズとキャリントン卿はお元気なのでしょう？」

「ああ、元気だ。この数日、キャリントンは妹に会いにバースに行っている。妹は向こうの学校にいるのだが、具合がよくないそうだ」

「かわいそうに」ダーレストンの親友の一人がロンドンにいないのは好都合だ。カーステアズとキャリントンが一緒だとこちらの計画を邪魔されかねない。

食事が終わるまで、レディ・キャロラインはあたりさわりのない話題に終始していた。

ダーレストンがブランデーの入ったデカンタに手を伸ばすと彼女は立ち上がり、ほほえみを浮かべつつ言った。「ちょっと失礼するわ、ピーター」

ダーレストンも立ち上がった。「ほんの短い間だけだよ、キャロライン。ぼくをじらさないでくれ」

レディ・キャロラインを部屋の出口まで送りドアを閉めるとダーレストンはテーブルに戻り、故ネビル卿の年代物のブランデーをグラスに注《つ》いだ。そして、深く味わいつつ椅子に座ると、キャロラインのパリ訪問の計画について考えた。彼女がロンドンを退屈だと言うのは、社交界の有力な夫人たちから彼女がさりげなくではあるが、事実上、閉め出されているからだ。

キャロラインは恋人を隠さなかったし、喪に服している間にスコットランドの家で数人の紳士をもてなしたとさえ言われている。〈オールマックス〉の後援者《パトロネス》たちはレディ・キャロラインが招待状を要請してもむだだと暗黙のうちにはっきり示した。むろん、公に告げられたわけではない。だが、レディ・キャロラインは招待状は求めなかった。公の場で拒否されるのは耐えられなかったからだ。

〈オールマックス〉は退屈で自分の好みには合わないと、レディ・キャロラインは主張するが、たとえ軽蔑《けいべつ》する楽しみだけのためだとしても、そこに行きたがっているのをダーレストンは知っていた。パリにいれば彼女は〈オールマックス〉を気にせずにすむし、名前がさほど知られていない場所でなら、彼女の行状が社交界での足かせにはならないはずだ。

　ダーレストンは突然、あることに思い至った。キャロラインにパリに行かれたら困る。彼女との付き合いをおおいに楽しんでおり、新しい愛人を探さなければならないのは面倒だ。自らの経験から、ダーレストンは人妻は避けていた。自分が傷ついたようにほかの男性を傷つけるのは性に合わない。ダーレストンは自分と同じ立場の女性を好んだ。つまり、未亡人だ。そして、レディ・キャロラインが去ったら次の相手を見つけなければいけない。それを考えるとうんざりする。

　キャロラインがこちらに対して持っている感情については何の幻想も抱いてはいない。彼女はパリに一人で行くかもしれないが、帰ってくるときは一人ではないだろう。彼女が財政面での保護を必要としているというのではない。暮らし向きはかなり裕福なのだ。実は、彼女との関係でダーレストンが好ましく思っていることの一つがそれだった。お互いの立場は対等で、愛人の機嫌を取るために高価な贈り物を与える必要はなかった。

　一緒にパリへ行くのも悪くないと思い始めたところに、レディ・キャロラインが戻ってきた。濃いブルーのエレガントなドレスからピンクの紗《うすぎぬ》を重ねたふわりとした部屋着に着替えている。その下には何も着ていないのは明らかだ。ダーレストンは何も言わず、ブランデーの残りを一気に飲み干すと立ち上がった。

　レディ・キャロラインは滑るようにソファに向かい、なまめかしくほほえみ腰を下ろした。部屋着の前が開いて白い脚が片方、むきだしになったが隠そうとはしない。ダーレストンは彼女の顔に目をすえたまま上着を脱ぎ、幅広のタイ《クラバット》を外してゆっくりとソファへ向かった。その筋肉質の体が緊張しているのをレディ・キャロラインは見て取った。キャロラインの前に立ったダーレストンは欲望を募らせつつ、妖艶《ようえん》な姿を見下ろしていた。

「わたしの部屋着がお気に召して？」キャロラインは挑発するように言った。「新しいのよ」

「とてもエレガントだ。だが、それを引きはがしたときのほうがもっと好きだ」

翌朝、ダーレストンは寝坊した。帰宅したのは朝、四時を過ぎていた。そば仕えのフォーダムがベルを鳴らす主人に呼ばれたときには昼近くになっていた。

フォーダムが行くと、主人は着替えをすませ仕上げにクラバットを結んでいるところだった。細心の注意を要する大事な作業の邪魔をしたくなくて、フォーダムは辛抱強く待った。

ダーレストンは鏡に映るフォーダムの姿を認めた。

「ああ、いたのか、フォーダム、おはよう。いや、もう日は高くなっているようだから、おはようはおかしいか」

「さようでございますね。昨夜《ゆうべ》は楽しいときを過ごされたようで」

クラバットに折り目をつけていた長い指の動きが止まり、茶色の目が再び鏡に向けられた。「ああ、快適な夜だったよ」ダーレストンはいかめしい顔で答えた。

「それはよろしゅうございました。一言、申し上げてよろしいでしょうか？　今朝、レディ・イーデンホウプのところへうかがうお約束をなさっていたはずですが……」

「一言、言うのはかまわない。そして、その約束があるのになぜ一時間前に起こさなかったか、その理由を聞かせてもらおうか」ダーレストンはクラバットの仕上がりを入念に確かめつつ問いつめた。

「この前、同じようなことがあってそういたしましたところ、あなた様はわたしの頭にブーツを投げつけて命中させ、わたしは危うく暖炉の中に倒れ込みそうになりました。お忘れですか？」フォーダムは平然と答えた。

クラバットの仕上がりに満足するとダーレストンは目に笑みを浮かべつつくるりと振り返った。「おまえはなぜわたしにがまんしているのだ、フォーダム？」

「あなた様が好きだからでございます。それに、ブーツでわたしを殴られたとしてもあとで謝られ、辞めないでほしいとおっしゃいました」

ダーレストンは笑った。「わかったよ、フォーダム。もしかして、レディ・イーデンホウプには約束の時刻に行けないと知らせてくれたのか？」

「はい。あちらからご返事がきております」封印された手紙をフォーダムはダーレストンに差しだした。

「ありがとう、フォーダム」ピーターは封を切り、文面を読んだ。

親愛なるダーレストン

今夜、わたしのエスコート役をしてくださるなら、あなたが昨夜どれだけ楽しまれたかを尋ねることはいたしません。わたしの小さな被後見人は具合が悪く、主人は田舎に行ってしまいましたので、今夜、ハノーバー・スクエア・ルームズでのコンサートへ行く相手がいないのです。あなたは音楽が好きですし、今夜のプログラムはとてもすてきなのです。すべてモーツァルトです。わたしの相手がおいやでなければ、今夜、お目にかかれるのを楽しみにしております。

ルイーザ・イーデンホウプ

ピーターはにやりと笑った。レディ・イーデンホウプのことだから、昨夜ぼくがどこにいたか、お見通しだろう。ダーレストンはフォーダムを見やった。「馬丁をやって、今夜、喜んでお供をしますとレディ・イーデンホウプに伝えてくれ」

「かしこまりました。午後、ご用事がなければ、わたしが行ってまいります」

「おまえ自身で行くのか？　おまえがそうしたいのならかまわないが、だが、なぜおまえがわざわざ行く？」

「少し運動したほうがいいからでございます。わたしは太りつつあるとミスター・メドウズから言われました」フォーダムの声にはかすかな憤りが感じられる。

「わかった」ダーレストンはどうにかまじめな顔を保っていた。「おまえが必要だと思うなら、毎日、散歩したらいい。わたしの日課については知っているはずだ。お互い都合のいい時間を選ぶといい。いまのところ用事はないよ。あとで服を出しておいてくれ」

「承知いたしました」伝言を伝えるべくフォーダムは去り、それまでこらえていたダーレストンは吹き出した。執事のメドウズはフォーダムをからかって楽しんでいたに違いない。だが、フォーダムが少し太りつつあるのは確かだ。

その夜、ダーレストンはコンサートを楽しんだ。レディ・イーデンホウプといると心が落ち着く。ダーレストンはゆったり椅子の背にもたれ、音楽に耳を傾けていた。母親が亡くなって一つさびしく思うのは音楽だ。母親は歌が上手で、ピアノも巧みに弾きこなした。屋敷にはいつも音楽があったのに、いまはそれがないのが物足りない。音楽の才能がある妻を選ばなくてはいけない、とダーレストンはぼんやり考えた。

休憩時間になると、ダーレストンはレディ・イーデンホウプのそばにとどまり、演奏についておしゃべりをした。モーツァルトの弦楽四重奏曲が二曲、演奏された。そして、レディ・イーデンホウプは各パートのバランスが悪いと感じていた。

休憩時間が終わると二人は席に戻った。「チェリストはところどころ音が大きすぎたわね。とくにテンポが遅いところで……」レディ・イーデンホウプはダーレストンが聞いていないのに気がついた。彼はすでにレディ・イーデンホウプが奇妙な身なりだと思っていた一人のレディを見つめている。

黒ずくめでベールを深く被《かぶ》ったその女性は二人の二列前のやや右手に座っている。明らかに召使いとわかる若い娘に付き添われ、休憩時間には誰とも話をしていなかった。詳しく観察した結果、かなり若い女性だとレディ・イーデンホウプは結論づけた。地味な黒はそのすらりとした姿をいちだんと引き立てている。

その女性に見入っているダーレストンをレディ・イーデンホウプはそっとつついた。「あのお嬢さんを知っているの、ピーター？」

「え？　ああ、すみません、ぼんやりしていて」

「そのようでしたね」レディ・イーデンホウプはそっけなく言った。「あの若いレディはあなたのお知り合いなの？」

「それがはっきりしないのです。誰だか知っていると思うのですが、なぜあのような服装をしているのか、それがわからないのです」

「本当に奇妙ななりね」レディ・イーデンホウプはうなずいた。「あら、オーケストラが入ってきたわ。おしゃべりはやめたほうがいいみたい」

二人は座席の背にもたれ、その後に続いた交響曲、二曲を楽しんだ。締めくくりはモーツァルトの最後の交響曲だった。ダーレストンはその曲を聴くのは初めてだったが、その曲の持つ力、とくに最終楽章には圧倒された。密接に絡み合ったメロディーに陶然となり、演奏が終わるとダーレストンは少年のように飛び上がって叫びだしたくなったが、大きな拍手をすることでがまんしていた。

黒衣のレディも同じように感動したらしく、身を前に乗り出して熱い拍手を送っている。そして、その女性を知っているというダーレストンの確信はますます強くなっていた。

聴衆が出口へ向かい始めると、ダーレストンはレディ・イーデンホウプに向かって言った。「ちょっと失礼してもいいですか？　あのレディと話がしたいのです」

「もちろん、かまいませんよ。わたしはここで待っています」

知り合いに会釈をしながら、ダーレストンは人々の流れに逆らって進んだ。黒いドレスのレディは座席から立とうとしない。場内の混雑が一段落するのを待っているようだ。多くの人が彼女のほうに興味深げな視線を送っているが、誰も話しかけようとはしない。

隣に座って話しかけるまで、彼女はダーレストンに気づかなかった。「こんばんは、ミス・フォリオット。コンサートは楽しまれました？」ダーレストンが謎《なぞ》めいた女性の名前を呼ぶと、数人の人が即座に振り返った。

驚きのあえぎをもらし、彼女は隣の席に顔を向けた。ベールの奥の美しい顔には衝撃と驚愕《きょうがく》が見て取れた。相手の思いがけない反応にダーレストンは謝った。「申し訳ない。驚かすつもりはなかった」

彼女は瞬間、ためらった。「ダーレストン卿でしたわね？」

「そのとおり。だが、ベールを被っているのに見えるとは驚きですね」

「でも、わたしは……」彼女は考え込んだ様子で口をつぐんだ。そして軽い口調を装って続けた。「あなたのおかげでわたしは賭《かけ》に負けましたわ」

「いったい、何の話です？　賭とは？」ダーレストンは興味をそそられた。

「こうした格好をしていれば、誰もわたしだとわからないという賭ですわ。そして、誰にもわたしだとわからなかったと思いますわ」彼女は笑いながら答えた。

「わからなかったと思いますよ。実際、ぼくの連れのレディ・イーデンホウプがそうでしたから。だが、あなたの名前を大きな声で呼んで、ゲームをだいなしにしてしまった」

「いまではもうどうでもいいのです。コンサートは楽しまれまして？」

「ああ、おおいに楽しみましたよ。とくに、最後の交響曲はよかった。聴くのはこれが初めてです」

「そうですか？　わたしは前に一度、聴いたことがあります。モーツァルトの作品の中で一番、好きだわ。とくに、あの最終楽章……ずっと聴いていたいと思いましたわ」

「あれは本当にすばらしかった。あなたはあのどこが気に入られました？」

彼女はしばらく考えていた。「メロディーですわ。すべてのメロディーが一つになっていました。とくに、コーダの終わりの部分です。メロディーが互いにかけ合いをしているみたいで、思わず走りだしたくなりました。忘れさせてくれましたわ、わたしが……」彼女は途中で口をつぐんだ。

「忘れる？　あなたのような若い年齢で忘れたいことがあるのですか？」

「別に何でもありません」彼女はぎこちなく言った。「わたし、もう行かないと」彼女はメイドのほうを向いた。「アナ？」

「ほかの方たちはもう帰られました。残っているのはこのお方と、それを待っておいでらしいレディだけです」

ダーレストンはあわてた。この出会いを長引かせたい。「レディ・イーデンホウプとぼくとでお宅までお送りしましょうか？　たいした手間ではありませんから」

「ありがとうございます。でも、馬車が待っていますので」

彼女が一人になりたがっているのを察したダーレストンはそれ以上、無理押しはしなかった。「そういうことなら、ぼくはレディ・イーデンホウプのところに戻りましょう。おやすみなさい、ミス・フォリオット。思いがけずまたあなたにお会いできて楽しかったです。ご両親によろしくお伝えください。それからもちろん、あなたの犬にも」

「ああ、ジェラート！」彼女は忍び笑いを押し殺した。「さすがのわたしも犬を音楽会には連れてきませんわ。おやすみなさい、ダーレストン卿」

「おやすみなさい、ミス・フォリオット」ダーレストンはこの場を興味深げに眺めていたレディ・イーデンホウプのもとへ戻った。

「皆があなたたちを注目していましたよ。あれは本当にミス・フォリオットだったの？」ハノーバー・スクエアに出たところでレディ・イーデンホウプが尋ねた。

ダーレストンが答える前に、一台の馬車から遠慮がない親しげな声がかかった。「やあ、ダーレストン。あれはミス・フォリオットだったのか？　チャーミングな女性だ。よかったな」

あっけにとられたダーレストンは年老いたワーボーイズ卿の愛想のいい顔を見つめた。ワーボーイズ卿は思わせぶりに片目をつぶると御者に告げた。

「さあ、馬車をさっさと出してくれ。ぐずぐずしていたら風邪を引いてしまう」馬車は唖然《あぜん》とするダーレストン卿を残して去っていった。

その後も何度か、悪意はないが無神経なからかいの言葉をかけられた。そして、ダーレストンはハーフムーン・ストリートへレディ・イーデンホウプを送り届けるころには、少なくともしばらくの間、噂や憶測を断ち切ろうと決意していた。

五日後、レディ・キャロライン・ダベントリーはロンドンを離れパリへ向かった。その三日後、信頼できる情報筋によると、ダーレストン卿は次の定期船に乗るべくドーバーへ向かったという。美しいミス・フォリオットを追いかけているらしいというダーレストン卿に関する噂にしばし熱中していた社交界の人々は肩をすくめ、新たな噂を作り出して楽しんだ。

ロンドンへ帰ってきたキャリントン卿はジョージ・カーステアズから話を聞いて首を振った。「次の社交シーズンも同じだろう。愚かなやつが彼の頭にキャロライン・ダベントリーとの結婚を吹き込まない限りはね」

ジョージは驚き、読んでいた『ガゼット』紙から顔を上げた。「彼は彼女にそれほど夢中ではないのだろう？」

キャリントンはかすな冷笑を浮かべた。「彼女は彼を夢中にさせようとしている、それは賭《か》けてもいい。ピーターのほうは、女性はすべて同じだと考えているようだ。そういう気持ちでいる彼が何をするかはわからない」

「これは！」ジョージは信じられないように『ガゼット』を見つめている。

「どうかしたか？」

「ジョン・フォリオットが馬車の事故で亡くなったとある」

「なんてことだ。家督を相続する息子のジェフリーはまだ若い。だいじょうぶだろうか？　ミセス・フオリオットはさぞ悲しんでいるだろう。あの夫婦はお互いに愛し合っていたから」

「気の毒だな。さてと、ピーターのことは彼が戻ってきてからだ。われわれがパリへ出向くのはまずいだろう。ぼくたちが彼の様子を探りに来たと知ったら激怒する」

「それは怒るだろう。三十歳を過ぎたら自分の面倒は自分でみるべきだよ。たとえ、ときにはばかなまねをしでかすとしてもだ」

3

ダーレストンは夏中、そして秋の大半をフランスで過ごし、カーステアズとキャリントンをやきもきさせた。パリに長逗留《ながとうりゅう》したあと……その間、レディ・キャロラインのそばに張りついていたという噂《うわさ》だったが、いくつかのシャトーに招かれて滞在し、そこで開かれたパーティに出席した。いずれのパーティも美しい英国婦人、レディ・キャロライン・ダベントリーが人々の注目を集めていた。

十月の末になり、ようやくダーレストン・コートからジョージに短い手紙が届いた。館《やかた》の主《あるじ》は戻っており、都合がつきしだい遊びにおいでいただきたいとあった。そして、手紙の最後はこう締めくくられていた。〝キャリントンも招いている。二人とも長く滞在してくれたらと思う。できたらクリスマスまで！　長い間、ごぶさたしてすまなかった。ダーレストン〟

　ジョージはほっとため息をついた。ピーターはしばらくの間、レディ・キャロラインから遠ざかっているつもりらしい。フェアフォード卿《きょう》の息子と結婚した妹にクリスマスと新年を一緒に過ごすと約束しているが、ダーレストンも連れていくと知らせよう。あの時期、友を一人にはさせたくない。子供のころ、ダーレストンの家族と何度かクリスマスを一緒に過ごしたことがある。ピーターが孤独を何よりも感じる時期だとわかるからだ。

　そこで、ジョージとキャリントンはピーターを悩みから救う計画を抱いてダーレストン・コートへ向かった。万事、首尾よく運び、六週間後、キャリントンが母親と妹と合流するためにバースに向かうと、カーステアズはピーターを伴い、フェアフォード卿夫妻や若夫婦と休暇を過ごすべく出発した。

　一月の末にダーレストン・コートに戻ったピーターはかなり明るさを取り戻し、以前の彼に近くなったようにジョージの目には映っていた。

　四月初め、グロヴナー・スクエアのダーレストン・ハウスは主人を迎える準備で大忙しだった。

　ロンドンに出てきたダーレストン卿は気が進まないという気配はまったく見せず、社交シーズンの行事に積極的に加わっていた。舞踏会にしばしば顔を出し、美しいデビュタントたちの全員と踊ったが、特定の女性にとくに惹《ひ》かれたという様子はなかった。率直に言って、昨年ほど相手選びに熱心ではなさそうだった。

　だが、男性に性急な行動を起こさせるにはほとんど何も必要ではない。ひとたび動きだせば、運命の手は身分や富を問わず、容赦なく巧みに事を運んでいく。かくして、五月の末のある日の午後、ダーレストンが手持ちぶさたに書斎に座って領地の報告書を読んでいるところに執事が現れた。

「メドウズか？　どうした？」

執事はすまなさそうに咳払《せきばら》いした。「お邪魔すべきではないと承知しておりますが、だんな様にお目にかかりたいという者が来ております。てこでも動きそうにありません。お会いできるまで玄関で待つと申しております。わたしは自分の務めを存じておりますし、その男を追い払うこともできます。ですが、だんな様に関することで心配事があるようでして、用向きを伝えると言いましても、わたしどもを信頼せず、何も語りません。名前すら名乗らないのです」

「やけに芝居がかっているな。その男はちゃんとした人物か？」

「しかるべき職業に就いている男のようです。いかがわしい人物ではないと申し上げていいでしょう」

「わかった、その謎《なぞ》の人物をここに通してくれ」

ダーレストンは椅子の背にもたれ、好奇心を募らせつつ訪問者を待った。

ほどなく、きちんとした身なりで四十歳くらいの男がダーレストンの前に立った。「話があるというのはきみか？　ミスター……」

「お許しいただけるなら、いまは名乗らないほうがいいのですが――ただ、『ガゼット』に編集者として雇われているとだけ申し上げます。数時間前、うちの見習いの子がこれをわたしのところへ持ってきました」彼は封が破られた手紙を取り出した。

「先を続けてくれ」ダーレストンは先を促した。「話はちゃんと聞いているから」

「その子はとても頭がいいのです。そして、そいつが言いますのに、これを持ってきたレディはとてもおどおどしていた様子で、こうした告知記事の真偽をわれわれがどうやって確かめるのかという質問を何度もしたというのです。まるで警告したがっているみたいだったとか。彼は料金を受け取って受領書を渡しましたが不安になり、わたしのところへ持ってきて事の次第を話したのです。そして、その文面を読んだわたしはすぐこちらへうかがって確認を取るべきだと考えたのです。どうぞ、ご自身でお読みください」彼はデスク越しに手紙を差しだした。

手紙を開いたダーレストンは紙にしみこんだ匂《にお》いから発信人が誰なのかすぐに見当がついた。眉間《みけん》に深い皺《しわ》を刻みつつ読み終えたダーレストンは顔を上げて言った。その冷たい口調に男は縮み上がった。

「その子はどんなレディだったか話したか？」

「はい。かなり年配で五十歳か、もしかしたら六十歳くらいで地味な服装だったそうです。駄賃としてその子に一シリングを渡しましたが、受け取りませんでした。レディがお金持ちそうには見えなかったからだそうです」

ピーターはしばらく黙っていた。「きみとその少年にはおおいに感謝する。この通知の内容はわたしのあずかり知らぬことだ。これはなかったことにしてくれればありがたい」

「わたしも少年も、この件に関して他言はいたしません」

「それは何よりもありがたい。きみは高潔な男で、報酬をもらおうと期待してここに来たのではないのは承知しているが、心ばかりの礼は受け取ってもらいたい。きみ自身のためでないとしたら、その少年のために」ダーレストンは机の引き出しから紙幣の束を取りだして数枚抜き取り、差しだした。「いまも言ったように、きみは名誉を重んじる男だ。これをきみと少年とで公平に分けてくれたまえ」

男は顔を赤らめつつ金を受け取った。「あの子のためにいただきます。自分のためではありません。ご親切、感謝いたします。さあ、わたしはこれで失礼します。この問題をどうしたらいいか、あなた様ならおわかりと存じますので……。ご幸運を。ああ、そのベルは鳴らさないでください。あの執事はどうも苦手で」

男はロンドン中でこれほど怒っている者はいないという人間をあとに残し、そそくさと帰っていった。ダーレストンは燃えている暖炉に歩み寄り、手紙を炎の中に放《ほう》り込んだ。それが燃えるのをしばらく眺めたあとデスクに戻り一人、つぶやいた。「ルーシー・ジェイムソンのおかげだ!」

短い手紙をしたためたダーレストンはベルを鳴らした。そして、メドウズが現れると手紙を渡し、ぶっきらぼうに告げた。「これを直ちにレディ・キャロラインに届けてくれ。用はそれだけだ」

メドウスは手紙を受け取ると黙って部屋から出ていった。

その夜、十時過ぎ、ダーレストンはグロヴナー・スクエアの屋敷を出た。サテン地の膝丈のズボン《ブリーチズ》に燕尾服《えんびふく》のいでたちは向かう先が舞踏会だということを示している。

待っていた馬車のドアを馬丁のロジャーがさっと開くと、ダーレストンはそっけなくうなずいた。主人の機嫌の悪さはどういうわけだろう、と馬丁はいぶかった。いつも超然としているが、愛想は悪くない。それが、今夜は見るからに険しい表情をしている。ロジャーはそっとドアを閉めた。不機嫌の原因が何であれ、巻き込まれたくなかった。

「ブルック・ストリートへ。ミスター・カーステアズを宿屋で拾う」ダーレストンはぶっきらぼうに命じた。石畳の道にひづめの音を響かせて馬車は走りだした。

クッションにもたれたダーレストンの頭の中には

苦々しい思いが渦巻いていた。出席すると約束した舞踏会のことを考えただけで身震いがする。未熟な若い娘の群れ——皆、夫を見つけたいと願っている女性たち、そしてその脇《わき》には、わが娘をもっとも望ましい独身男性、あるいは、ダーレストンのような男やもめと踊らせようと躍起になっている母親たち。ああいう連中はくそくらえだ！　ピーターは内心息まいた。ブランデーを片手にカード遊戯室にこもっていよう。

　ダーレストンが気づかぬうちに馬車はブルック・ストリートで停止し、ジョージの明るい声が響いた。

「おい、聞こえるか？　目を覚ませよ、ピーター。ぼんやりしてどうしたんだ？」

　驚いて顔を上げたダーレストンはすぐにうち解けた表情になった。「ああ、着いたのか。すまない、ジョージ、考え事をしていたもので」

「悪い癖だ」ジョージは馬車に乗り込んだ。「それで、いったい何を考えていたんだい？」友の顔を子細に見つめたジョージは眉間に刻まれた皺に気づいた。「どうした？　ひどい顔をしているぞ」

　ピーターはしばし黙り込んでから吐き捨てるように言った。「キャロラインだ！」

　瞬間、とまどったジョージはさらに尋ねた。「彼女が病気なのか？」

「とんでもない、ぴんぴんしているさ。彼女はわれわれの婚約を知らせる手紙を『ガゼット』に送ったのだ！」

　返ってきた驚くべき答えにジョージはあっけにとられ、言葉もなく友を見つめていた。第七代ダーレストン伯爵とかねてから噂があった愛人との婚約、これは大騒ぎになる。

「その……お祝いを言うべきなのか？」

「もちろんだとも！　幸い編集者に良識があり、印刷する前にぼくに確かめてきたんだ！　おかげで、そのニュースが公になるのを止められた」

「これについて誰か知っている者は？」

「いないと思う。年寄りのミス・ジェイムソン以外はね。彼女が手紙を『ガゼット』へ持っていった。編集者の話だと、彼女はわざと編集者に警戒するようにし向けたという」

ジョージはしばらく考え込んでいた。「婚約発表があるとレディ・キャロラインが人に話したとして、その発表がなければ彼女は笑い物になるだろう」

「それは結構」

「それは彼女の望むところではない」

「それはそうだろう。ぼくは彼女に慎重に言葉を選んだ手紙を送って『ガゼット』の編集者との興味深いやりとりを告げ、ぼくは明日、ダーレストン・コートに帰り、二度と彼女と会うつもりはないと伝えた」

「そうか」ピーターが愛人ときっぱり別れたとの知らせをジョージは咀嚼《そしゃく》し、それから慎重に言った。「たぶん、それでいいのだろう」

「ああ、これでいいのだ。今夜はお祝いだ。カード、さいころ《ダイス》、それからブランデー、今夜はそうして過ごす。女というのは実に厄介な存在だよ。問題はぼくが結婚しなければならないってことだ。キャロラインもそれを知っている。だが、ぼくが跡継ぎにあのへどが出そうないとこのジャックよりも彼女の子を望んでると考えたとしたら大間違いだ」

レディ・キャロラインは巧みにピーターに働きかけてフランスで何カ月も一緒に過ごすようにさせた。だが、冬の間、ピーターがダーレストン・コート、そして、フェアフォード家に引きこもったので彼女はあわてたに違いない。ピーターがロンドンに戻り、望ましい若いレディたちと出会うパーティに顔を出し始めると、彼女は最後の賭《かけ》に出た。

ジョージなりに考えるに、問題はピーターが女性一般をばかばかしいほどまでに否定的に見ていることだった。むろん、その原因の大半はメリッサにある。美しく、そして不誠実なメリッサは夫がワーテルローの戦いから傷ついて戻ったとき、ほかの男と駆け落ちしていた。彼女の背信行為に驚く人はいなかった。いちばん驚かなかったのはダーレストン自身だ。妻の性格は承知の上でウェリントン将軍の軍に志願して加わったのだ。ジョージにはピーターは間違った女性を選ぶ天才に思えてならない。まずメリッサ、そして、今度はキャロライン。そうした女性を望み、まさにそうした女性を選んでしまう。

　話題を変えようとジョージはさりげなく言った。

「今朝、妹から手紙が届いた。また、子供ができたらしい。今度は女の子がいいそうだ。続けて三人、男の子だったからもういいとさ。妹とフェアフォードはぼくに来ないかと誘っている。また、きみを連れていっても向こうはかまわないだろう。しばらくロンドンを離れるのもいいんじゃないか？」

　ピーターがレディ・フェアフォードに好感と尊敬を抱いているのを、ジョージは知っていた。思うに、ピーターが好意と尊敬を抱いている女性は大勢いるが、それは全員、幸せな結婚をしている女性ばかりだ。

　ピーターはちょっとためらった。「ありがとう、ジョージ、ぜひうかがいたい。だが、最初にダーレストン・コートに一人で戻ろうと思う。少し考え事をしたいのだ。きみの言うとおり悪い癖だがそうする必要がある。ぼくは結婚しなければいけないが、第二のメリッサを背負い込みたくはない」

「もちろん、そうだとも。それで、デビュタントの誰にも興味はわかなかったのか？　彼女たちは君におおいに関心を抱いているがね」

　ピーターは冷笑を浮かべた。「彼女たちは全員、ぼくの富と称号を賛美しているだけだ。ダンスを踊るとき、彼女たちの大半は押し黙っているか、うんざりさせられるほどお茶目ぶりを披露する」

「ぼくの助言を聞く気があるなら、好もしいと思った娘たちの中で、まともな会話ができた最初の娘と結婚すればいい」

「まともな会話か……そういえば、一人会ったな。あれは去年だった。若いフォリオットの妹。いま、名前は思い出せない。Pで始まったと思うが……今年はまだ会っていない」

「父親が去年、突然、死んだはずだ。馬車の事故で……キャリントンとぼくは新聞でその記事を見た。まだ喪に服しているのだろう」

「だが、息子のフォリオットはいつものようにロンドンに来ている。彼は喪に服してなどいない。それは確かだ」

「フォリオットならやりそうだ。金遣いが荒い若者だ。それについてキャリントンが何か話していたな。身を落ち着けなかったら、彼は早晩、財産を使い果たしてしまうだろう」

レディ・ベリンガムの舞踏会に到着し、その話はそこまでとなった。二人は馬車から降り階段を上がる人々の群れに加わった。

その夜のダーレストン卿の行動をあるまじきものと非難する人もいれば、模範的と評する人もいた。前者と見なす人たちの大半は若いレディと野心に満ちた母親たちだ。これほど望ましい結婚相手が一晩中、カード遊戯室で過ごし、ブランデーを大量に飲みつつ賭をしているのに皆、一様に失望していた。だが、カード遊戯室の紳士たちはダーレストンの自制心に感心していた。ダーレストンがひどく酔っていたのは明らかだ。若いフォリオットのように泥酔はしていなかったが、かなりの量を飲んでいた。

その夜、ダーレストンはついていた。まずピケットをやり、ジョージ・カーステアズとわずかな賭金で楽しんだ。ダーレストン卿は身内とは決して高額の賭はしないと決めており、その原則は親友に対しても適用されていた。手がほぼ互角の勝負を数回したあと、ダーレストンはお互いに金を巻き上げないようにするのはもうやめようと提案した。

「もう、いいだろう、ジョージ？　われわれの運をほかの人たち相手に試すべきじゃないのか？」

「ぼくはこのまま続けたっていいんだよ、ピーター。きみに負けてもだいじょうぶなだけの金はあるからね」

「ああ、ジョージ、きみは好きなところへ行ったらどうだ？　きみはぼくが酔っていて、災いからぼくを遠ざけようとするきみの驚くほど不器用な努力を見抜けないと思ってるのだな。いいかい、ぼくは財産を浪費して問題をさらに増やすつもりは断じてない。だから、心配無用だ」ピーターは飲み続けてはいたが、言葉ははっきりしている。ただ、目の奥にひそむ強い光が鬱屈《うっくつ》した心の内を示していた。彼と親しくない人の目には、上機嫌そのものに見えただろうが。

　できる限り友を引きとめようとしていたジョージはいさぎよくあきらめた。「明日の朝、ひどい頭痛に悩まされるだろうよ。ぼくは舞踏室に戻る。ひょっとして、ダンスフロアで夢に描いていた娘に会えるかもしれない」

「厄介な結末になる可能性のほうが高いね」ダーレストン卿は皮肉たっぷりに言い、うやうやしくグラスを上げた。

　ジョージを見送ったあと、なにげなく室内を見回していると、誰かが肩をたたいた。「やあ、マンダースじゃないか」ダーレストンは言った。イベリア半島で戦ったときの仲間だ。「ピケットを一勝負どうだい？」

「きみとはやらないよ、ダーレストン。いくら酔っていても、きみとぼくでは勝負にならない。ダイスなら相手をしてもいいが」

「何でもきみの好きなものでいいさ。だが、その前にもう少しブランデーをもらわないと」ダーレストン卿は愛想よく言い、通りかかった従僕をつかまえた。「ブランデーを一本、見つけてきてもらえるかな？　できる？　それはありがたい！」

ダーレストンは連れを振り返った。「さあ、これでいい。ほかに何か必要なものがあるかな？」

「そうだな、われわれのゲームを景気づけてくれる人間があと二、三人必要だとは思わないか？　ああ、きみのいとこのフロビシャーとその友人がいる。彼らに頼もうか？」

　本来なら、ダーレストンはダイスの相手にいとこのジャック・フロビシャーは絶対に選ばない。だが、礼儀正しく答えた。

「ああ、きみの好きにしたらいい」ダーレストンはフロビシャーに手招きした。「やあ、フロビシャー。マンダースとぼくはダイスをやるところだ。きみとその友達も一緒にやらないか？」ダーレストンはフロビシャーの連れの若い男性を眺めた。どことなく見覚えがある。まっすぐで柔らかい薄茶色の髪、ほとんどなきに等しいあご――ダーレストンは記憶の中を探った。若いフォリオット、そう、彼に違いない。

　若者が喪に服している様子はないのを不思議に思い、ダーレストンは尋ねた。「フォリオット、少し前にお父上が亡くなられたと聞いたが、あれは噂にすぎなかったのか？」

「いや、噂ではない。父が亡くなったのは事実だ。親子の間がうまくいっていなかったのを世間が知っているのに喪に服すのは意味がないだろう」

　平然とした答えにダーレストンはあっけにとられ

た。親の死に無頓着《むとんちゃく》な態度には驚かされる。ダーレストンは過去の記憶をたぐり寄せた。ジョン・フォリオットとはわずかな面識しかなかったが、温和で上品なユーモアのセンスの持ち主だったのを覚えている。子供に嫌われるような人物ではない。最後にフォリオットを見たのはハイドパークで娘を連れて馬車を駆っていたときだ。

そうだ、思い出したぞ！〈オールマックス〉であの娘と踊り、それから、公園で彼女に話しかけた。コンサートでも会った。赤毛……赤褐色の髪で、夢見るような灰色の瞳をしていた。そう、あの娘だ。父親と娘の間には愛情が欠けているようには見えなかった。

いささか非難がましい口調でダーレストンは言った。「それなら、ミスター・フォリオット、妹さんにお悔やみを伝えてはくれないだろうか？　妹さんにはお目にかかったことがあるが、父上にひとかたならぬ愛情と敬意を抱いているようにお見受けした。さあ、ゲームを始めようか？　ダイスのセットはぼくが持っているから」

フォリオットは怒りで真っ赤になったが、フロビシャーにそっと突かれて冷静さを取り戻し、ほかの三人とともにテーブルに着いた。ダーレストンはわずかに眉をつり上げたがそれ以上、何も言わず、ダイスを取り出してゲームを始めた。

初めのうちはフロビシャーの一人勝ちで、彼の前に積まれた金貨の山は大きくなる一方だった。それが面白くない友人のフォリオットはぼやき通しだった。絶え間ないぐちについにうんざりしたダーレストンはけだるげに告げた。「フロビシャー、ミスター・フォリオットはきみの幸運がうらめしいようだ。よき友とは言えないな」

「かもしれないな」フロビシャーは平然としている。「だが、そろそろゲームもつまらなくなってきた。

諸君、失礼していいかな？」フロビシャーは立ち上がると優雅に一礼し、勝った金とともにテーブルを離れた。

　残りの三人はゲームを続け、やがて幸運の女神はフォリオットにほほえみ始めた。運とそして、大量のシャンペンで気が大きくなった彼は向こう見ずにも賭金を引き上げた。

「一勝負ごとに倍だ、諸君」フォリオットは勝負を挑んだ。ダーレストンは動ぜずにうなずいたが、マンダースは拒絶した。

「高すぎるよ、フォリオット。ばかなまねはやめろ。一晩中、ついているなんてありえない。それに、とうてい払えない金額を賭《か》けるのはばかげている。ぼくは降りる」マンダースは立ち上がった。「失礼するよ、ダーレストン。またあとで」

　ダーレストンは笑顔で彼を見上げた。「ゲームを付き合ってくれてありがとう。近いうちにぜひ食事を一緒にしよう。お互いの好みは似ているようだからな」ダーレストンはブランデーグラスを傾けて飲み干した。そしてお代わりを注《つ》ぐとフォリオットに向かって言った。「一勝負、五十だったな？」

　ゲームは進んだ。だが、幸運の女神はフォリオットの態度に機嫌を損ねたのか、今度はダーレストンにほほえみかけた。積まれた金貨がゆっくりテーブルの反対側に移動していき、最後にはすべてダーレストンの前に積まれていた。

「続けるかね、ミスター・フォリオット？」ダーレストンはていねいに尋ねた。

「もちろんだとも。賭金は倍だ」フォリオットはろれつの回らぬ舌で応じた。「つきは変わるさ」彼は挑むように相手をにらみつけた。

　ダーレストンは彼をじっと見つめた。挑戦を受けて立たないのは性に合わない。かといって、負けた金を払えないのは確実な酔った若者から金をむしり取るのも性に合わない。もっとも、さっき彼を挑発したのは事実だが……。名誉を重んじるならゲームの終わりを告げるときだ。

その言葉が口から出かかったとき、フォリオットが大きな声で言った。「きみのダイスは気に入らないよ、ダーレストン」室内がしんと静まり返った。人々は振り返り、信じられないという様子で見つめている。いかさまをしているとダーレストンを非難するなど考えられない！　ダーレストンの勇気、名誉を重んじる心、自尊心は誰もが知っている。キャリントン卿とともにカード遊戯室に戻ってきたジョージ・カーステアズはその場に立ちすくんだ。ダーレストンはフォリオットに決闘を申し込む！

だが、ダーレストンはどうにか怒りを抑えた。目に強い光をたたえながらも、椅子の背によりかかり静かに言った。「そうか、気に入らないのか？　なら、どうしたいのだ？　むろん、ダイスを壊すことはできる。だが、そうなれば、きみは新しいセットをぼくに返してくれなくてはいけない」あとから思いついたかのようにダーレストンは付け加えた。「それから……決闘による名誉回復の機会も与えてもらいたい。武器はきみが選べ。それとも、きみがゲームで使えるダイスを持っているならそれを使い、ゲームの終わりに壊すことにしてもいい。それでおあいこになるからな」

フォリオットは目を落としてしどろもどろに言った。「その……ダイスのセットは持ち合わせていない……誤解したようだ」

「それなら、このまま続けてもいいのだな？」ダーレストンはおだやかに念を押した。室内にいるほかの人たちは興味を失ったようだが、キャリントンとともに事態のなりゆきをじっと眺めていたジョージはほっと胸をなで下ろした。フォリオットとの決闘でダーレストンの身が危うくなる心配はないが、こうしたささいなもめ事での決闘を法は厳しく禁じている。

「厄介だな、ジョージ」キャリントンがつぶやいた。「どうにかしてやめさせられないか？　フォリオットは負けた金を払う余裕などない。彼はとんでもないやつで、どうなろうとかまわないが、彼の妹と義理の母親は彼のことでもう十分に問題を抱えているんだ」

　ジョージは頭を振った。「ほっといてくれとピーターはうなるだろう。こうした機嫌のときのピーターをどうこうできる人間は誰もいないよ」

　ゲームは続き、フォリオットの負けは着実に膨れていく。その顔は青ざめ、言葉が著しく不明瞭《ふめいりょう》になっている。ダーレストンがダイスを振ると十の目が出た。降りるようにとダーレストンはからかうような目で相手を見据えた。手が震えているフォリオットはぎこちなく投げたのでダイスが床に落ちた。彼は身をかがめ手探りしながらダイスを拾い上げると、かすかに顔を赤らめつつ背を伸ばした。「失礼した」

　ダーレストンはうなずき、再度、投げるよう促した。ダイスの目が十二と出ると、フォリオットは勝ち誇ったようにダーレストン伯爵を見た。

　カーステアズとキャリントンは驚き、目配せを交わした。「あれを見たか……？」ジョージが尋ねた。

「様子を見て確かめようじゃないか」キャリントンはつぶやき、二人はゲームを注意深く見守った。

　いまや、ゲームの勢いはフォリオットに有利になっていた。幸運の女神はフォリオットにほほえみ始めたかに見えた。カーステアズとキャリントン卿はテーブルに近づいた。キャリントン卿はフォリオットの腕に手を置き、冷ややかに話しかけた。「ミスター・フォリオット、ダーレストン卿がダイスを替えようと申し出たとき、ダイスは持ち合わせていないときみは答えたように聞こえたが」

「そのとおりだ」フォリオットはキャリントン卿の手を払いのけた。「どういうことだ、キャリントン？　ぼくはいま、このダイスに満足しているんだ。すべては誤解だった。そうだろう、ダーレストン？」

ピーターはいらだたしげにジョージとキャリントンを見て何か言いかけた。しかし二人の表情を見て口をつぐんだ。部屋中の関心がその小さなテーブルに集まっていた。

キャリントンが言った。「そのダイスにきみがいたく満足しているのは間違いないだろう。なぜなら、それはきみのポケットから出たものだからだ。きみが床からダイスを拾い上げてからすぐに勝敗の運が変わったのをおかしいとは思わないか？　きみがダイスをすり替えるのをカーステアズとぼくは見ていたのだ。ダイスを割ってみようか？」

フォリオットはダイスをわしづかみにした。そして、震えながらも虚勢を張ろうとした。「よくも……よくもそんなことが言えるな！　だが、きみの言葉など気にしないよ、キャリントン。ダーレストンは一言も異議を申し立てていないのだからな」

なりゆきを見守る沈黙が室内に広がっていった。集まった人々は蔑《さげす》みの目でフォリオットを眺め、どんな反応をするかとダーレストンを興味深く見つめている。

激しい光をたたえたダーレストンの目が射るようにフォリオットの顔を見つめている。だが、その声は相変わらずおだやかそのものだ。「われわれのささやかなゲームはこれで終わりにしよう、ミスター・フォリオット。きみが負けた金の支払い方法を決めるため、二、三日中に連絡する」

主人役のベリンガム卿が前に進み出て冷ややかに告げた。「そのダイスを壊してみせるつもりがないなら、このままお引き取り願おうか、ミスター・フォリオット」ベリンガム卿はしばらく待ったが、フォリオットは答えず、ダイスを握ったままよろめきつつ立ち上がって部屋の出口へ向かった。男性たちは不快感をあらわにフォリオットから顔をそむけた。ベリンガムは従僕に合図した。「ミスター・フォリオットはお帰りだ！」

　ダーレストンも立ち上がった。「騒ぎを起こしてしまい申し訳ない、ベリンガム。ぼくも失礼するべきだろう。すまなかった」

「余計な気遣いは無用だ、ダーレストン。きみが帰る必要などない。カーステアズかキャリントンがカードゲームの相手をしてくれるよ。あんなちっぽけないかさま師のためになぜきみが帰らなくてはいけないんだ？」

　ダーレストンは再び腰を下ろした。「それもそうだな、ベリンガム」

　ダーレストンがグロヴナー・スクエアに帰り着いたのは朝の四時だった。屋敷の中へ入ると小さなテーブルの上に火が灯《とも》ったキャンドルが置かれていた。ダーレストンはキャンドルを取り上げて二階の寝室へ上がり、一人で服を脱いだ。こういうことに対してフォーダムは手厳しい苦言を呈するが、寝支度は一人でできるとダーレストンは言い張っている。

　昨夜の出来事でダーレストンの不快感は強まるばかりだった。そして、帰り道でキャリントンが何気なく漏らした、フォリオットは借金を払えないだろうとの一言にダーレストンのいらだちは頂点に達していた。いかさまダイスの一件がなければ黙って借金を帳消しにしてやったろう。残念ながら、フォリオットの不正行為が人々の面前で暴露されたためにそれが不可能になった。

　ダーレストン自身、いかさまダイスを使ったとフオリオットにほのめかされたときの怒りもいまだに疼《うず》いている。フォリオットが借金を返せないなら、別の形で返してもらおうではないか。ブランデーでぼやけた頭の中にレディ・キャロラインの問題が浮かんできた。「キャロラインなどくそくらえだ！」ダーレストンは声に出して言った。「彼女から逃れる唯一確実な方法はほかの誰かと結婚することだ。だが、誰と？」

ダーレストンは寝間着を頭の上から被《かぶ》って着た。ジョージは何と言っていた？　好ましいと思った女性の中でまともな会話ができた最初の女性と結婚しろ――そうだ、あれはフォリオットの妹だった。ああ！　名前は何と言った？　フィービー……だったかもしれない。だが、正確に思い出せない。今夜の出来事で彼女はひどくばつが悪い思いをさせられるだろう。それが気になる。というのも、彼女に妙に心引かれるところがあるからだ。いつもなら、若い娘には退屈させられるが、彼女は気の利いたユーモアの持ち主で興味がそそられる。〈オールマックス〉で踊ったときには何も感じなかったが、公園やコンサートではまるで別人のようだった。それに、あの珍しい犬を連れている。

ベッドに入ろうとしたとき、ある考えがひらめいた。ダーレストンのほろ酔い気分の頭では完璧《かんぺき》に理にかなっていたが、しゃくに障るほど落ち着き払った声が軽率な行動は慎むよう警告している。ダーレストンは部屋着を羽織ると部屋の隅にあるライティングデスクの前に座り、短い手紙をしたためた。そして、しかめつらしい顔で読み返すとうなずき封をした。これで万事うまくいく。すぐに取りかからなければ！

ダーレストンは足下をふらつかせつつ階下に下りて手紙を玄関ホールの郵便物をのせておくテーブルの上に置いた。

ベッドに戻ったダーレストンの内に満足感が広がっていく。これですべての問題が……考えうる限りもっとも分別がある方法で解決される。このアイディアはなかなか理にかなっていて、反対などありえない。そう思うのはひとえに彼が流し込んだブランデーのせいだったかもしれない。

　自分が下した決断について思いわずらうことなく、ダーレストンは眠りに落ちた。唯一の懸念、それは目覚めたときに襲われるだろうひどい頭痛だった。

4

　地味なグレーのモスリンに身を包んだミス・ペネロペ・フォリオットとミス・フィービー・フォリオットは大きなアイリッシュ・ウルフハウンドを伴ってテラスから下り、灌木《かんぼく》の間を抜けてローズガーデンへ向かった。ペネロペの腕にバスケットが下がっているところからすると二人は花摘みに行くらしい。早朝、あたり一面に薔薇《ばら》の香りが満ち、雲一つない空は快適な一日を約束してくれている。

　フィービーは深呼吸した。「一日のなかで最高のときだわ。ほかに誰もいなくて二人だけ、そして、太陽」

　ペネロペは笑顔で言った。「ミスター・ウィントンがいらっしゃれば朝はもっと楽しくなるのではなくて？　わたしやジェラートは言うまでもなく、太陽が消えてもあなたはほとんど気がつかないでしょうよ」

　フィービーは顔を赤らめた。「ペニーったら、わたしの言いたいことはわかっているくせに。お母様のためにあなたとお花を摘むのは二人きりでおしゃべりできるチャンスなんですもの」

「ミスター・ウィントンについてのおしゃべり？」

「ああ、ペニー、彼はとてもすてきな方よ」フィービーはもったいぶった態度をとっていられなかった。「なぜ、お母様に会いにみえるのかしら……もしかして、求婚してくださると思う？」

「断言はできないわ。でも、その可能性はあるわね。お母様もそう考えているみたい。去年、あの方は社交シーズンにロンドンに行き、あなたといたるところで踊り、馬車での遠出に誘い、お花を贈ってこられたもの。わたしたちが……お父様が亡くなって家に帰らなければならなくなるとあの方も家にお帰りになり、それ以後、ずっとあなたのそばにいてくださった。それはとりもなおさずあなたに関心を持っておいでだという証拠よ」ペネロペは双子の妹をやさしく抱きしめた。

　父親の死の話題に会話がとだえ、双子の姉妹は黙って薔薇の花を摘んだ。フィービーは美しい形の花を選んで慎重に切り取り、姉のバスケットに入れていった。ペネロペが沈黙を破った。

「もう少し早く結婚を申し込もうとお考えだったと思うけれど、それははしたないと遠慮されたに違いないわ。お父様の喪が明けるまで待とうと……。でも、それもあとひと月よ」

「ジェフリーは喪中など関係なく人生を楽しんでいるわ」

「ジェフリーが好き勝手に振る舞いロンドン中で賭《かけ》

事《ごと》をして遊んでいるからこそ、わたしたちがきちんとしなくてはいけないのよ。お母様はとても心配しているわ」

「家に帰ってくれたらいいのに。本当は帰ってきてほしくはないわよ。いつもひどい態度をとるんですもの。でも、少なくとも彼が何をしようとしているかはわかるでしょ」

ペネロペはすぐには答えず、さらに数本の薔薇をバスケットに入れるとためらいがちに告げた。「ジェフリーは家にいるわ。今朝、四時ごろ帰ってきたのよ」

「そうだったの？　お母様はご存じなの？」

「たぶんね。ジェフリーは大騒ぎしながら二階の寝室へ上がってきたから。目を覚ますと、玄関ホールの時計が四時を打つのが聞こえたわ。お酒が入っていて、ご立派な演説をぶっていたわよ。あなたが目を覚まさなかったなんて信じられない。たとえお母様がご存じなかったとしても、ティンソンはジェフリーが帰っているのを知っているから、いまごろは、待ち受けているお楽しみについてティンソンがお母様に伝えているでしょうよ」

「まあ、かわいそうなお母様！　わたしたちが腹違いの兄に対して冷たいのはよくないのかしら？」

「そんなことはないわ。ジェフリーは鼻持ちならない人よ。それに、あの人のお母様に対する態度を考えたら、彼を好きになれるはずがないじゃない」

その言葉は正しいとフィービーは認めていた。ジェフリーは義理の母親にあきれるほど無礼なだけでなく、三人の義理の妹の存在を苦々しく思っていることを隠さなかった。とくに彼はペネロペを嫌っていた。母親の忠告も聞かず、ジェフリーのこけおどしにもめげず、彼をどう思っているかを歯に衣《きぬ》着せず面と向かって言うからだ。フィービーは悲しげにペネロペを見た。片手を犬の首輪に軽く置き、自信に満ちた動作をするペネロペが、実は目が見えないなど信じられない。

　四年前の事故で視力を失ったペネロペは人や物の動きと明暗がぼんやり識別できる程度だ。慣れているところでは自信をもって振る舞えるが、去年の社交シーズンは、知らない人や知らない場所で緊張するよりフィービーから話を聞いているほうがいいと主張して社交行事に出るのを拒否していた。両親とフィービーとともにロンドンには出たがほとんど家の中に閉じこもっていたので、フィービーに双子の姉がいるのを知る人は少なかった。ペネロペは時折、メイドとともにコンサートに出かけたが、常にベールを被《かぶ》って顔を隠していた。

　薔薇を摘み終えるころには朝食の時刻となっていた。屋敷に向かった若い二人のレディは裏口で年配の執事、ティンソンと会った。「バスケットをお持ちいたしましょうか、ペニー様？」

「ええ、お願い。朝食の後で生けますから。お母様は起きていらっしゃる？」

「奥様はサラ様と朝食室にいらっしゃいます。お二人はどこにおいでかとお尋ねになりましたので、おそらくローズガーデンにいらして、まもなくおみえになるだろうと申し上げました」

「ありがとう、ティンソン。わたしたちもすぐに行くわ。ジェフリーはまだベッドの中なの？」

「ジェフリー様はベッドにお入りになって以来、ずっと眠っておられますし、朝食に起こしてほしいとはおっしゃいませんでした」

「よかった！」双子の姉妹は声を揃《そろ》え、その無作法さにどっと笑った。フィービーはペネロペの手を自分の腕にかけ、二人は朝食室へ向かった。

　上の二人の娘が朝食室へ入ってくるとフォリオット夫人は顔を上げてほほえんだ。ペネロペが社交界へのデビューどころか、多くの人と会うことすら拒絶したのは残念でならない。フィービーのほうは順調だ。ペネロペだって、その明るい人柄が目の不自由さという欠点を補ってあまりあるはずなのに……。容姿の点で双子の娘たちは甲乙つけがたい。実際、ペネロペが事故にあうまで、フォリオット夫人自身、二人の見分けがつかないことがしばしばあった。カールした赤褐色の髪に灰色の瞳、背丈も体つきも同じで、魅力的な容貌《ようぼう》も変わらない。けれども、普段は快活に振る舞っているものの、ペネロペの顔にときどきさびしげな表情がよぎる。双子を見分けるのにそれだけでは足りないとしたら、ペネロペの行くところには常に若い女主人の先導役を任じる大きな猟犬、ジェラートがいた。

「おはよう、お母様。おはよう、サラ」双子の姉妹はあいさつした。

「おはよう。薔薇はたくさん摘んだの？　お客様のために客間に美しく生けるのでしょう、フィービー？」

フィービーは顔を赤らめ、ペネロペはくすりと笑った。「お母様も意地が悪いわ。わたし、さっき、フィービーをからかって顔を赤くさせたばかりですわ。そして、いま、お母様がそうなさっている」

フィービーは腰を下ろし、笑いながらペネロペに尋ねた。「ペニー、わたしが赤くなっているといつもどうしてわかるの？」

「言ったでしょう、感じるのよ。室内の温度が少し上がるの！」ペネロペはジェラートに導かれ、十三歳のサラの隣の空いた椅子に座った。「何か残っている？　それともサラが食べてしまったかしら」

自分の旺盛《おうせい》な食欲をからかわれたサラはくすくす笑った。「たくさんあるわよ。スコーンにバターを塗ってあげましょうか？」

「ええ、お願い。わたし、あなたに負けないくらいおなかがぺこぺこよ」

朝食は和やかに進み、ジェフリーのことも、その他の不快なことにもいっさい触れられなかった。ペネロペとフィービーは母親がサラの前で厄介な状況を話したくないのを承知していた。そこで、サラがピアノの練習のため客間に行くまで、お茶を飲みながら朝食室に残っていた。

　サラが去るとフォリオット夫人はため息をついて話を切りだした。「あなたがたの兄上が家に帰っています。ティンソンが教えてくれました。昨日の夜遅くか、今日の早朝に着いたのでしょう。きっと何かいやなことがあるわ。でも、ジェフリーは長くは滞在しないかもしれない。それに、今回は誰も連れてきてはいないから」

　前回、帰ってきたときには友人のフロビシャーを伴っていた。フロビシャーが無体なまねをしようとしたのでその顔に平手打ちを食わせたことや、ジェラートが彼にかみついたことを、ペネロペは誰にも話していなかった。その事件は忘れてしまいたい。

「いま、ジェフリーが帰ってきたのは間が悪いけれど、彼はお昼過ぎまで寝ているでしょう。それに、リチャード・ウィントンはわたしたちをよくご存じですから、余計な心配はなさらないはずよ。フィービー、今朝、お手紙が来て、今日あちらがいらっしゃる用向きをお知らせいただきましたよ。あなたと結婚したいとおっしゃり、あなたに求婚する許しを求めておいでです。あの方はとても寛大でいらして、わたしたちの暮らしが成り立たないのであれば、サラとペニー、わたしを引き取ってもいいとまで言ってくださっているの。よく考えてお返事なさいね」

　自分の耳が信じられないかのようにフィービーは母親をじっと見つめた。灰色の瞳に涙があふれ、彼女はうれしさのあまり母親に抱きついた。

　ペネロペはフィービーの未来を心から祝福していた。リチャード・ウィントンは一家の親しい友人で、家柄もよく財産もあり、地所はここから十キロほど離れたところにある。顔立ちはいちおうハンサムな部類に入るし人柄もいい。それにこの二年間、フィービーを愛し続けてきた。双子の姉妹を難なく見分けられる数少ない人間の一人でもある。このことだけでも、ペネロペは彼の求婚に賛成する気持ちになっていた。姉妹を区別できない男性と妹が結婚するなど耐えられない！

ペネロペはジェラートの頭をなでると立ち上がり、妹を抱きしめた。「ああ、フィービー、二人はきっと幸せになるわ。すぐ近くですもの、しょっちゅう会えるわね」

「二人きりでいたいかもしれませんよ」フォリオット夫人は笑った。

「そんなことないわ。皆とは一緒にいたいもの。お手紙にもそうあったでしょ」

「そうはいってもね……わたしたちが押しかける前に、あなたにミセス・ウィントンになるのに必要な時間をあげなければいけないでしょうね。さあ、行って顔をふいていらっしゃい」

フィービーは歌を歌いながら部屋を出ていき、ペネロペはあとに残った。「お母様、ジェフリーがなぜ帰ってきたのか、その理由がおわかりになる？」

「いいえ。なぜ、そんなことをきくの？ 彼が帰ってきたときの騒動を聞いたのね？ ティンソンはジェフリーが帰ってきたとだけ教えてくれたの。ティンソンは黙っていたけれど、その様子から、ジェフリーは帰ってきたとき、しらふではなかったようね。でも、珍しい話ではないわ」

ペネロペはしばらく黙っていた。「わたしは目が覚めたのよ。フィービーとサラは寝ていたわ。それで、わたし……廊下へ出たとき、ジェフリーの寝室のドアが閉まる音がしたの。何かとても悪いことが起きたみたいなのよ。ジェフリーはダーレストン卿《きょう》について大声でわめきたてていたわ。それから、借金についても……。〝全部、やつが持っていく。くそくらえだ！〟とどなっていた。すごい額のお金を負けたのかしら」

　フォリオット夫人の顔から血の気が引いたが、声は落ち着き払っていた。「賭で負けたと考えるべきでしょう。それも、かなりの額を。フィービーには何も言わなかったでしょうね？」ペネロペはうなずいた。「よかった。あの子の大事な日をだいなしにしてはいけないわ。あと一、二時間でリチャードが来ます。いまはこのことは考えないようにしましょう」

「わかったわ。ねえ、ダーレストン伯爵について何かご存じ？　お父様と馬車に乗っていたとき、一度だけお会いしたわ。あの方は……ジェフリーが入り浸っているような下品な場所に足を踏み入れるような方ではないようだったけれど」

「ダーレストン卿といつお会いしたの？　お父様は一言もおっしゃらなかったわ」

「ダーレストン卿はわたしをフィービーだと勘違いしたの。そして、お父様はあえて訂正はなさらなかった。わたしが膝掛けの下でお父様を蹴《け》ったからよ。あの方は〈オールマックス〉でフィービーと踊ったはずだわ。ええ、そうよ。だって、わたしがあの方について尋ねたら、フィービーはいままで会ったなかで最高にハンサムな男性だと答えていたもの。もちろん、それはフィービーがリチャードを愛するようになる前の話よ」ペネロペはまじめな顔で言った。

「ペニーったら！」フォリオット夫人は笑いをこらえきれなかった。

「とにかく、わたしはダーレストン卿は魅力的な方だと思ったわ。それに、ジェラートをほめてくださったのよ！　お父様が黙っていたのはわたしたちが伯爵をだましているのを知ったらお母様がいい顔をしないのがわかっていたからだわ。だから、フィービーに注意して、それで終わりにしたの。ところが、伯爵とまた、コンサートでお会いしたの」

フォリオット夫人は思わずほほえんだ。ジェラートを心からほめること、それがペネロペの好意を勝ち取る確実な方法だ。「伯爵はとてもすてきな紳士だわ。その方をそんなふうにだますなんて、知っていたら許さなかったでしょうね。あの方については世間の人が知っていること以外はほとんど知らないのよ。ワーテルローの英雄で、最初の奥様はほかの男と駆け落ちしたこと、そして、それ以来、結婚適齢期の娘を避けていること以外は……。フィービーと踊っていらしたのを覚えているわ。あの方にしては珍しかったわね。あとから聞いたのだけれど、跡継ぎの問題があって結婚を考えているのだそうよ。彼の後継者があのいやらしいジャック・フロビシャーだと思うと、伯爵が再婚を決心したのも無理ないわね」

「お母様は情報が豊富ね！　さあ、わたしは行って、サラと花嫁にふさわしい贈り物を相談しなくてはいけないわ。さあ、いらっしゃい、ジェラート」

一人残されたフォリオット夫人は義理の息子の欠点、そして、賭の借金について……その可能性が高いので、思いをめぐらしていた。ジェフリーはかなり負けたようだ。それが事実だとしたら、どうやって払うつもりだろう？

フォリオット家は裕福ではない。フィービーが社交界に出るための費用は双子の名付け親がとくにこのために遺《のこ》してくれたお金でまかなわれた。自分の分はサラのためにとっておいてくれとペネロペは主張し、フォリオット夫人と夫はそれを受け入れた。軽口をたたき表向きは明るく振る舞っているものの、目の不自由なペネロペが口やかましい世間に立ち向かいたくないのは明白だったからだ。

フォリオット夫人はため息をついた。ペネロペに閉じこもった暮らしをさせてきたのは正しかったのだろうか？

いごこちのいい朝食室を見回しながらフォリオット夫人は思った。それにしても、ジェフリーは今度はどれくらい負けたのだろう？　先月は一万ポンドだった。わが家の財産は度重なる打撃を切り抜けられそうにない。すでに、状況はかなり厳しくなっている。少なくとも、フィービーの将来が決まっていてよかった……。

ドアをひそやかにノックする音にフォリオット夫人はわれに返った。「お入りなさい」

ティンソンが入ってきた。「失礼いたします。ミスター・ウィントンが奥様にお目にかかりたいといらしています。朝の間においでです」

「わたしに会いたいと？　確かですか？」

「ミスター・ウィントンはフィービー様にお会いする前に奥様にお会いするべきだとお考えになったのです」執事は目にかすかな笑みを浮かべ、答えた。

フォリオット夫人はこらえきれず笑った。「ああ、ティンソン、あなたはすべてお見通しなのね。わたしはすぐに行きます。フィービーにはローズガーデンで待っているように、ミスター・ウィントンをそちらに行かせますからと伝えてね。それから、サラの相手をするようにとペニーに頼んでちょうだい」

「かしこまりました。ですが、サラ様はご心配なく。まだ、客間においでで、ペニー様が新しい曲を練習なさる手伝いをしておられます」

朝の間に入ったフォリオット夫人は立ち上がったリチャード・ウィントンに手を差しだした。ウィントンは身をかがめてその手を取った。「リチャード、お手紙は拝見しました。わたしがどれほど喜んでいるか、いまさらお話しする必要はありませんわね」

「ミセス・フォリオット、ぼくはただあなたのご期待に添えるよう、フィービーのお父上が生きておられたなら賛成してくださるよう願うばかりです。それから、もっと大事なことがあります。ペネロペは賛成してくれるでしょうか？」

「もちろんですわ！　娘たちの父親とティンソンを別にすれば、双子の姉妹を難なく見分けられたのはあなたしかいませんでしたもの」

　リチャードは楽しげに笑った。「彼女を妻にする人は大変だ。一時も退屈しないでしょう」リチャードはフォリオット夫人の顔に突然、悲しみがよぎったのに気づいた。「申し訳ありません、下手な冗談でした。ペネロペはいまも隠遁《いんとん》者の暮らしがいいのですか？　その話は一度、フィービーから聞きました。フィービーとぼくが結婚したら、ペネロペはわが家に来て、新しい友人をつくればいい。そうすれば、自分に自信を取り戻すのに役立つかもしれない」

「あなたは本当にいい方ね。ペニーの力になれる人がいるとしたら、それはあなたとフィービーしかいないわ。いま、フィービーはローズガーデンにいますわ。きっとじりじりしているでしょう。ですから、早く行ってやってくださいな。昼食の席でお目にかかりましょう」

　それから幸せに満ちた一時が過ぎた。リチャードはその日の午後遅くまでとどまり、泊まりに来る妹を迎えるため名残惜しげに重い腰を上げた。リチャードとフィービーはフィービーの父親の喪が明けしだいすぐに結婚する運びとなった。「もっと早く結婚できたらいいのに」リチャードは玄関ホールでフィービーに別れのキスをしながらささやいた。「だが、こうしたことに世間はうるさいからね」

　夢見心地で客間に戻ったフィービーは義理の兄の姿にたちまち現実の世界に引き戻された。決して心楽しい光景ではない。二日酔いのジェフリーは不愉快極まりなく、いま帰ったばかりのミスター・ウィントンとは雲泥の差だ。かつてペネロペは嫌悪感をあらわにジェフリーをこう評していた。やせこけた薄汚いいたちみたいだと。

ジェフリーの話の様子からペネロペは義兄に対してずけずけと言ったらしい。「男が自分の家で酒を飲んでどこが悪い？　妹に文句を言われる筋合いはない！　それから、おまえの母親の客間云々《うんぬん》の説教はやめてもらおうか。もうすぐ、母親のものではなくなる。すべてはダーレストンのものだ。いまいましいやつめ！」

驚きの発言に部屋の中はしんとなった。

「サラ、二階へ行きなさい」フォリオット夫人は娘に命じた。

「お母様、余計な気遣いはやめたほうがいいわ。サラも知っておく必要があります」ペネロペが口を挟んだ。「説明してもらえませんか、お兄様？」

「おまえには関係ない！」

「関係あります！　今度はいくら負けたの？」ペネロペは厳しい口調で尋ねた。その声に反応してジェラートが威嚇するように吠《ほ》えたが、ペネロペは首輪をしっかり押さえた。

「犬を向こうにやれ！」おびえたジェフリーはどなった。「こいつがフロビシャーの腕に何をしたか知っているんだ」

「いくら負けたの？　ジェラートを放しましょうか？」

「ペニー！」母親は息をのんだ。

「三万ポンドだ。そして、やつは即時の支払いを求めている！」ジェフリーはそれだけ言うと部屋を飛びだした。

フォリオット夫人と娘たちは驚きのあまり声も出ない。やがて、サラが沈黙を破った。

「一晩のお楽しみにしてはすごい金額ね。そうでしょう？」

誰も答える者はいなかった。

眠れぬ夜を過ごしたペネロペは、翌朝早く目を覚ました。フィービーは泣きながら寝入ったが、サラは幼くて事態をよく理解していない。ペネロペは思った。父親が生きていたら、払えもしない借金を負ったジェフリーをいたく恥じただろう。ペネロペ自身、恥ずかしさでいたたまれない。それも、相手がよりにもよってダーレストンとは！

ペネロペはダーレストンと公園で会ったときのことを思い出していた。彼はわたしをフィービーと間違えたらしい。ダンスの礼を言い、社交シーズンを楽しんでいるかと尋ねた。二度目に会ったときは、聴いたばかりのモーツァルトの交響曲について話をした。深みがあるハスキーな声に潜むユーモアに心引かれた。フィービーは背が高くてとてもハンサムだと説明してくれたけれど、魅力的な声については話してくれなかった。

ベールの奥の顔を見抜いたただ一人の人物だったことにもペネロペは強い印象を受けていた。あまり知らない人間をこうして見分けられる男性は直感力、そして、観察力が優れているのだろう。

ああ、いまは余計なことは考えまい。ペネロペは目の前の状況に集中しようと努めた。ジェフリーはダーレストンへの借金をどうやって払うつもりだろう？　フォリオット家にはそれだけの金額を払うゆとりはない。すべての財産を売り払わなければいけないだろうが、それでも足りないかもしれない。フィービーが目を覚ますまで、ペネロペはあれこれ考えたが、このもつれた状況から面目を失わずに抜け出る方法は見つからなかった。

三人の娘たちは沈んだ心を抱えつつ朝食のために

階下へ行った。サラも姉たちの様子から事態の深刻さを理解していた。

フォリオット夫人は青ざめ、疲れているようだった。「おはよう」普通に振る舞おうとしているが声に力がない。

ペネロペは眉をひそめた。「ジェフリーなんかいなくなればいいんだわ。お母様、昨夜《ゆうべ》は眠れたの？」

「ペニー、そんなことを言うものではありませんよ」

「眠れたの？」

「あまりよくは……」

「どっちにしても、ジェフリーは朝食には来ないわよ」サラはそう言い、椅子に腰かけた。「こんな朝早く起きるなんてありえないもの」

「お母様、わたしたちどうすればいいの？」フィービーは不安そうに尋ねた。

母親はかすかにほほえんだ。「あなたはあまり心配する必要はありませんよ。リチャードがあなたの面倒はみてくれますからね」

「お母様、わたしがお母様とペネロペ、サラの三人のことに知らん顔でいられるとお思い？　お母様たちが屋敷から放《ほう》り出されて餓死するというなら、わたしはリチャードの申し出を拒否してお母様たちと運命をともにするわ！」

これを聞いたペネロペは大きな声で笑った。「フィービーったらなんてことを言うの！　わたしは目が見えたらいいと願うことはあまりないけれど、いまの言葉を聞いたときのリチャードの顔が見たかったわ。あなたってわかっていないわね。彼はあなたに息をつく間も与えず祭壇へ引っ張っていくわ。そして、わたしたちは彼に手を貸すの」

フィービーは恥ずかしそうだった。「わたし、おばかさんだった？」

「ええ、そうよ。あなたがわたしたちと餓死したらなんにもならないじゃないの。わたしたちはあなたの慈悲の手にすがらなくてはいけないんですもの」

「そんなにひどい状況にはならないでしょう」フォリオット夫人が口を挟んだ。「この不愉快な話はひとまずやめにして朝食をいただかないこと？」

母親の心をこれ以上かき乱したくない娘たちはすぐにその話題をやめた。お天気や音楽についておしゃべりし、ラドクリフの怪奇小説で、孤児になった娘が財産を狙《ねら》う義理の叔父の計略で様々な苦難と恐怖を味わう『ユドルフォー城の謎《なぞ》』の話をした。その小説をサラに読ませていいものかといった話で心が晴れやかになったわけではないとしても、少なくとも、ジェフリーの恥について話さずにすんだ。

朝食のあと、サラはいつものピアノの練習のため客間に行かされ、双子の姉妹とフォリオット夫人は朝の間へ行った。そこで三人は自分たちが置かれた状況を慎重に検討し、母親とペネロペ、サラがもっと小さな家に移り住めばいいという結論に落ち着いた。フォリオット夫人の寡婦財産は莫大《ばくだい》ではないとしても、ささやかに暮らしていくには十分だった。

この計画は激怒したリチャード・ウィントンの登場によって完璧《かんぺき》に崩れ去った。彼は案内も請わずに現れ、話はロンドンから着いたばかりの妹から聞いたと単刀直入に告げた。ロンドンはいまこの話でもちきりだという。

「エリザベスはロンドンでこの事件についての噂《うわさ》を聞いたそうです。昨夜、到着したとき、ぼくに話してくれました。ジェフリーがダーレストン相手のゲームでダイスをすり替えているところをキャリントンとジョージ・カーステアズが目撃し、皆の前で非難した。運が悪いことに、それはレディ・ベリンガムの舞踏会だった。むろん、大騒ぎになりました。おまけに、ジェフリーはその前に、いかさまダイスを使ったとダーレストンを非難したあげく謝罪していた」

「まあ、なんてこと……」フォリオット夫人はか細い声でつぶやいた。「ダーレストンが要求したら借金は払わなくてはいけないのでしょうね」

「ぼくがダーレストンに会ってもいい。あなたや娘さんたちが困った立場に陥ると知ったら、彼は要求を取り下げてくれるかもしれない。彼についてはよく知らないが、ちゃんとした人物らしいから」

「いけませんわ！　せめて一部でも借金はお払いしなくては」

「それに」ペネロペがあとを続けた。「ダーレストンとの問題が解決したとしても、またすぐに同じことが起きるのではないかしら？　ジェフリーならやりかねないわ」

「それはそうだ。しかし、彼を相手にする紳士がはたしてどれくらいいるだろうか？」

「誰もいないと願いたいわね。でも、高利貸しはどうかしら？　わが家の財産が底をつき望みどおりにお金が使えなくなったら、ジェフリーが高利貸しに頼るのは時間の問題だわ」

皆、ショックを受けたようだが、否定しようとはしなかった。

ドアがノックされティンソンが入ってきた。

「お手紙でございます。それから、ジェフリー様が起きられました」あとの言葉をティンソンは申し訳なさそうに告げた。

一同は押し黙った。その沈黙をペネロペが破った。

「いいのよ、ティンソン、あなたにはどうしようもないことだとわかっているもの」

「確かにそうでございます、ペニー様」ティンソンは威厳を保ちつつ部屋から出ていった。

「ペニー、実際のところ……」話し始めたフォリオット夫人をリチャードがさえぎった。

「一つ方法があります、ミセス・フォリオット。あなたとお嬢さんたちはわが家に来て、ぼくとフィービーと一緒に暮らしてください。妻の母親と姉妹を路頭に迷わせるわけにはいきません」

「ええ、そうよ。リチャード、あなたって本当にいい方だわ」フィービーは感謝と賞賛を込めて彼を見上げた。

「リチャード、わたしたち全員があなたのお世話になるなんてとんでもない。寡婦年金があるので小さな家で三人が暮らしていけるくらいのお金はあります。お金の使い方に気をつけなければいけないけれど、どうにかやっていけるでしょう」

リチャードが言い返そうとしたとき、この災いをもたらした張本人が部屋へ入ってきて陽気に言った。

「万事、かたがついた。皆、何をそんなに深刻な顔をしているのかね？」リチャード・ウィントンを見てジェフリーはひるんだ。

リチャードはジェフリーを見据え、わざと礼儀正しい口調で尋ねた。「かたがついたというのはどういう意味だい、フォリオット？」

「きみには関係ない話だ、ウィントン。これは内輪の問題だ。決まったことについて話したいのできみには引き取ってもらえるとありがたい」

「決めたって誰が？」ペネロペが割って入った。

「ぼくだ。ぼくは一家の長だぞ！」

「内輪の話ならぼくもここに残る」リチャードは言い返した。「ぼくも家族の一員になるのだから」

驚き、おびえた目でジェフリーはリチャードを見た。

フォリオット夫人が静かに説明した。「昨日の夜、話すチャンスがなかったのだけれど、フィービーはリチャードの求婚を受け入れたのよ。リチャードはここにいる権利があるのです」

この知らせにジェフリーはうわずった声で笑った。

「結婚だと？　忘れることだな。ウィントンが彼女のために三万ポンド出す以外は。フィービーはダーレストンと結婚する。やつから手紙をもらった。結婚するのと引き換えに借金を全額帳消しにしてくれるそうだ。万事解決と言っただろう？」ジェフリーは皆の前で手紙を振り回した。

　恐怖に満ちた沈黙が広がるなか、フィービーがわっと泣きだした。彼女がしゃくり上げながらリチャードの腕に身を投げ出さなかったら、リチャードはジェフリーに殴りかかっていただろう。フィービーにしがみつかれたリチャードは身動きできず、ジェフリーをにらみつけて、非難の言葉を投げつけるしかなかった。「ぼくの目の黒いうちはそんなまねは断じて許さない！」

「ジェフリー、そんなことできるはずがないでしょう」フォリオット夫人は強い口調で言った。「そのような結婚をわたしは絶対に許しません！」

「その手紙を見せてもらおう！」リチャードはフィービーをペネロペの腕にあずけるとジェフリーに詰め寄った。

「おまえには関係ない――」抵抗しようとしたジェフリーはリチャードの形相におそれをなし黙って手紙を渡した。

　リチャードはそれを声を出して読んだ。

　　拝啓

　共通の知人から、きみがぼくへの借金を払えない状況にあると聞きました。きみの妹さん、つまりミス・フォリオットとたまたまお会いする機会がありましたが、そのとき、彼女の人柄、性格を好ましいと感じたのです。彼女と結婚できたなら、借金の全額を帳消しにするつもりです。

　この申し出にご賛同いただけるなら、七月十四日に結婚式が挙げられるよう準備していただきたい。そのころには彼女の喪は明けているでしょう。それから、結婚承諾の旨をお知らせください。結婚予告を必要としない特別結婚許可証を手に入れます。もちろん、きみの妹との婚約によりきみの借金は帳消しにしたことを世間に知らせます。

きみの忠実な友、ダーレストン

リチャードは手紙を丸めて放り投げた。「とんでもない話だ！　しかし、これを受け入れたとしてもきみの置かれた状況は何も変わらないのだぞ。いいか、借金の肩代わりに妹を無理やり結婚させるなど、人間としても、兄としても許されない！」

「恐ろしい話だわ」フォリオット夫人が静かに言った。「これが世間に知られれば、わたしたちは経済的だけでなく社会的にも破滅してしまう」

「彼は〝ミス・フォリオット〟と書いていなかった？」突然、ペネロペが尋ねた。

「それがどうかしました？　ええ、〝ミス・フォリオット〟とありましたよ」リチャードがいらだたしげに答えた。

「ええ、とても重要な点だわ。わたしはフィービーより二十分、先に生まれた姉で、わたしもミス・フォリオットよ。それに、ダーレストン卿はわたしと二度会っているわ。向こうがわたしを誰だかわかっていたかどうかはともかくね」ペネロペは勝ち誇ったように言った。「わたしが彼と結婚するわ。そうすれば、ジェフリーの借金もきっぱりかたがつくもの！」

「ペニー、だめよ！」フィービーはショックのあまり息が止まりそうになった。「わたしのためにそんなまねはさせられないわ」

「彼と会ったとき、わたしはあの人を気に入ったわ。それに、彼に何ができて？　彼はミス・フォリオットと書いてきたのよ。〝ミス・フィービー〟だったら、彼に事実を話さなくてはいけないでしょう。でもそうではないのだから、彼には前もって伝える必要はないでしょう。こんなことを考えつく傲慢《ごうまん》さに対する当然の報いだわ。これからは娘をお金で買うときにはもっと注意するでしょうよ」

　最初はあっけにとられていたジェフリーがようやく口を開いた。「ばかも休み休み言え！　ダーレストンであれ、ほかの男であれ、目が見えない女と結婚する男などいるものか！」

　その言葉にわずかに残っていたリチャードの自制心のかけらもついに崩れ去った。彼はすばやく詰め寄りジェフリーを床の上にたたきのめした。そのとき、なんの騒動かとサラが部屋へ入ってきた。

　その場を見たサラはうれしげに言った。「よくやったわ、リチャード。すごい一発だった！」

「サラ！　いけません、そんな言葉遣いは」

「でも実際、そうだったのですもの。そうでしょ、ペニー？」

「そうね、上品な言い方ではなかったわね。でも、あなたの言うとおり、すごい一発だったわね。ありがとう、リチャード！」

　ジェフリーはハンカチで鼻血を抑えつつよろめきながら立ち上がった。リチャードがその肩をつかんで乱暴な手つきで椅子に座らせた。「いいか、いまみたいなことをもう一度でも口にしたら鞭《むち》で打ってやるからな」

「ペニー、だめよ。見知らぬ人も同然の男性と結婚してはいけません」フォリオット夫人は弱々しく言った。

「お母様、それしか方法がないでしょう？　今回のことが世間に漏れればわたしたちは破滅だわ。お願いですから、サラのことを考えてやって」

「あなたにそんなまねをさせるわけにはいきません」

「お母様、わたしならだいじょうぶよ。ダーレストンは紳士なのでしょう、リチャード？」

「ずっとそう思ってきたが、いまは疑わしくなってきた。ミセス・フォリオット、ペネロペにこんなことをさせてはいけません。ぼくがダーレストンに会い事情を説明します。借金の返済を強引に迫りはしないでしょう」

「いけません！　それでは恥の上塗りですわ」

「結婚するには一つ、条件があるの」ペネロペがだしぬけに言った。

一同は驚き、ペネロペを見た。ペネロペはジェフリーに向かって静かに話を続けた。断固たる決意がこもる声にジェフリーは恐怖に似た気持ちで耳を傾けていた。「弁護士に信託財産を設定してもらい、あなたは地所からの収入と手元資金の残りだけしか自由に使えないようにしてもらいます。元金には手がつけられず、お母様やリチャード、フィービー、サラ、わたしの同意がなければ何も売ることはできません。それから、あなたが子孫をもうけずに死亡した場合、地所はサラが相続することとします」

「わたしが？　どうして？」サラは驚きの声をあげた。

「フィービーとリチャードは必要がないし、わたしもそれは同じだわ。ダーレストンは一つの地所どころか国全体を買えるほどのお金持ちですもの。ジェフリー、これがわたしの条件よ。これが気に入らないなら、ほかの解決法を探すのね」

ジェフリーは呆然《ぼうぜん》とペネロペを見つめている。ジェフリーは追い込まれていた。窮地を抜け出す道はほかにはない。

「まったくもう！　ほかにどんな方法があるっていうんだ？」

「考える限りなさそうね。それで、同意するの？」

「きくまでもない」ジェフリーは憤然と部屋を出て

荒々しくドアを閉めた。

「ミセス・フォリオット、彼女にこんなまねはさせてはいけない！」リチャードが訴えた。「彼女は彼をほとんど知らないんだ！」

「それがどうかして？　たいていの結婚は本人の意思とは無関係にまわりがお膳《ぜん》立てしたものだわ。それに、彼はわたしを知らないのよ。気の毒なのは彼のほうだわ」

「それはそうだ」リチャードは認めた。「だが、これが唯一の解決法というわけではないはずだ」

「そうかもしれない……。でも、それがいちばんいいように思えるわ」ペネロペは母親のほうを向いた。「そうでしょう、お母様？」

「ペネロペ……あなた、本当にいいの？　七月十四日といえばあと数週間しかないのよ」

「ええ、かまわないわ」

5

ジェフリーは空のグラスにブランデーの瓶を傾けた。数滴しか出てこない。焦点の合わぬ目で瓶を見つめる。もう全部、飲んでしまったのだ。ブランデーでかすんだ頭でそれを思い出すとののしり声とともに瓶を放《ほう》り投げた。己が哀れでならずジェフリーは鼻をすすった。寝室で一人飲んでいるこのおれを誰も気にしていない。借金漬けになったこの身にわずかばかりの同情すらかけてくれる者はいない。それに、あのペネロペめ！　この状況を逆手に取った彼女のおかげで、資産のすべてを管財人に委《ゆだ》ねるというとんでもない書類に署名させられてしまった。憎らしい女だ！

明日はペネロペの結婚式だと思い出し、ジェフリーはうめいた。花嫁を新郎に渡す役を務めなければならない。それを考えると吐き気がしてくる。でも、少なくとも、これで彼女を家から追いだせる。せいせいするではないか！　ふん！　ダーレストンは彼女に、人に対する敬意というのもを教えてくれるだろう！　ジェフリーはほくそ笑んだ。むろん、相手がジャック・フロビシャーだったらもっとよかったのだが……。彼なら女の扱いをよく心得ている。反抗的なあばずれ女に対するときと同じやり方で彼女を手なずけるだろう。だが、彼女の相手はジャックではなくダーレストン！

　ベリンガム邸でこちらをにらみつけていた蔑《さげす》みに満ちた茶色の瞳を思い出し、ジェフリーは身震いした。ペニーとダーレストン、その二人に相対するにはもっとブランデーが必要だ。ブランデーの瓶はどこだ？　もう空だ、そうだったな？　ベルを鳴らしてもう一本、持ってこさせよう。いや、老いぼれのティンソンが持ってきてくれるはずがない。自分で取りに行こう。二本だ！　地下の食料貯蔵庫にある。

　ゆっくり立ち上がったジェフリーは千鳥足で部屋を出た。

　どうにか裏階段を無事に下りてキッチンへ入った。貯蔵室へ続くドアはどこだ？　よろめきながらジェフリーは暗闇《くらやみ》に慣れようとした。ようやくドアを見つけ、ふらふらとそちらへ向かう。手を伸ばして探ると掛けがねに触れた。

　ああ、あった！　ジェフリーはドアを手前に引いて開いた。目の前は真っ暗だ。明かりがなくてはだめだ、とぼんやり思った。ふと、ペネロペのことが頭をよぎった。彼女は明かりなどいらない。あのまぬけな女がやれるなら、自分にだってできるはずだ！

口を開けている暗闇にジェフリーは一歩、踏み出した。だめだ！　明かりが必要だ。下でブランデーを探さなくてはいけないのだ。ペネロペはブランデーを探す必要はないが、こっちは違う。だから、明かりがいる！

　ジェフリーはくるりと向きを変えた。あまりにも急だったので足がついていかず、瞬間、階段の一番上でよろけた。何かをつかんで体を支えようと腕を伸ばした。指先がドア枠に触れ、ほんの一瞬、そこにしがみついた。だが、それも役に立たず、ジェフリーは待ち受ける暗闇の中へ悲鳴とともに仰向けに落ちていった。

　寝室の窓の外の鳥のさえずりでペネロペは目を覚ました。ベッドから起き上がり、伸びをする。この数週間、朝早く目が覚める。昼間はとても忙しく、早朝の一時が何にも妨げられずに考えられる唯一の時間だった。落ち着いたおだやかな年月を過ごしてきたけれど、生活に激しい変化が起きた。三人の娘たちがずっと使ってきた部屋で今夜、サラは一人で寝る。フィービーは一週間前に結婚し、今朝ペネロペ自身がダーレストン伯爵と結婚するのだ。

　今日の結婚式は、急ではあったが喜びに満ちたフィービーの結婚式とはまったく違ったものになるだろう。フォリオット夫人が招いたにもかかわらず、ダーレストン卿《きょう》は式の前に花嫁に会うべきだとの提案を退けていた。ダーレストン卿が招きを受け入れていたら、フォリオット夫人はこのような姑息《こそく》なやり方ではなく、ダーレストンの寛大さにすがってすべてを打ち明け、ペネロペを受け入れてくれるよう頼んだだろう。それができなかったため、フィービーは今日、余計な疑念を抱かせないため姿をできるだけ隠す手はずになっている。幸い、ダーレストン・コートまでは遠いので式のあとすぐに出発したいとダーレストンは言っている。

　ペネロペは田舎で育ったので結婚がいかなるものかは動物を見て知っていた。フィービーの言葉によれば、それはすばらしいという。そこには数多くのキスも含まれているらしい。ペネロペにはそれが不思議だった。男性にキスされかかった経験が一度だけあるが、少しも楽しくはなかった。ジャック・フロビシャーの顔をひっぱたき、ジェラートにかまれたときの彼の悲鳴を聞いたときに意地悪な喜びは感じたけれど……。新婚のベッドで夫に従うのは妻の務めであり、おそらく、喜びを味わえるだろうとだけ母親は教えてくれた。フォリオット夫人は自分自身の結婚の経験から、そして、ダーレストンは経験豊富だろうと想像されるのでそう語ったのだ。

　花嫁の介添え役はむろん、いちばん近い親族の男性であるジェフリーが務める。それを思うとペネロペは心が重かった。自分が窮地から脱するためにフィービーを無理やり結婚させようとしたジェフリーよりリチャード・ウィントンのほうがずっと身近に感じられる。

　リチャードとジェフリーは対照的だった。リチャードはフォリオット夫人がこの結婚を許したのをいまだに憤慨している。ペネロペが自分の花嫁と似ているため人ごととは思えないのだろう。だが、彼は姉についてのフィービーの考えを受け入れざるをえなかった。

「ペニーは目が不自由なのをいやがっていたわ。それは不自由だからというより、わたしたちのお荷物になっていると思っているからよ。いま、ペニーはわたしたちの役に立っていると感じているの。それに、この結婚でペニーは隠遁《いんとん》生活から抜け出せるわ。わたしたちがこっそり仕組んでペニーを外の世界へ引っ張り出そうとするよりいいかもしれない」

　フォリオット夫人はこの意見に賛成だった。そして、リチャードがダーレストンのやり方に反対するとこう言った。「ダーレストンは一人の女性に裏切られ、フォリオット家の一員に非礼を働かれたのに、手紙の中で、〝ミス・フォリオット〟に好ましい印象を抱いたと書いてありました。フィービーはダーレストンと踊ったとき、ほとんど話をしなかったそうなので、好印象を抱いたというのはペニーと会ったときのことでしょう。それを考えると、わたしたちが彼をだましているわけではなさそうだわ。それに、ペニーなら彼に対処していけると信じています。視力を失ったペニーは人の気持ちや性質について敏感になっています。ほんの短い間、会っただけで、その声からいろんなことを読み取れるのですよ」

「ダーレストンを相手に彼女はきっと苦労しますよ。最近の彼は氷のように冷たいですからね。どうぞ、考え直してください。真実を知ったら彼は怒り狂うかもしれない」

「ペニーは彼を魅力的な人だと話していましたよ」

むろん、ペネロペはこのやりとりについては知らない。だが、花嫁が入れ替わっているのを知ったらダーレストン卿は少なくとも最初は激怒するだろうと覚悟はしていた。リチャードはダーレストンに事実を打ち明けると申し出てくれたが、ダーレストンは夫となる人であり、自分の口から話すときっぱり断ったのだった。ベッドに横たわりながらペネロペは思った。どのようにこの問題を切りだしたらいいだろう？　すべてを淡々と話すしかない。

　何よりも心配なのはほとんど目が見えないのを打ち明けなければいけないことだ。哀れみはまっぴらだ。同情されるかもしれないと考えるだけで耐えられない。ダーレストン・コート内の勝手がわかったら――きっと広いに違いないが、ダーレストンの助けを借りずともやっていける。ジェラートがそばにいてくれれば。

思いをめぐらしているペネロペに、サラが声をかけた。さっきから目を覚ましていたのだが、邪魔をしたくなくて話しかけるのをためらっていたのだ。

「ペニー、怖いの？」

その質問についてペネロペはじっくり考えてみた。正直に認めれば、怖い。「少しね。でも、ほかの人には黙っていてね」

「それなら、どうして結婚するの？」

「怖いというのを何かをやめる理由にしてはいけないのよ」

「ばかなことを言わないで、ペニー。あなたは彼をろくに知らないじゃない。臆病《おくびょう》ではないと証明するためだけに結婚する必要なんかないわ」

ペネロペはためらった。「サラ、皆、あなたの前では話さないようにしてきたのだけれど、ジェフリーはとてもひどいことをしたの。不当にも、いかさまをしたと人々の前でダーレストン卿を非難し、それから、自分がいかさまをしたのよ。借金はどうにかして払わなくてはいけないわ。ぞっとするほどのスキャンダル、これはお母様やフィービー、そして、あなたに悪い影響を与えかねない。ダーレストンとの結婚によってそのすべてが阻止できるの」

「真実を告げられたらダーレストンはペニーにひどく腹を立てるんじゃないの？」

「そうはならないように期待するわ。でも、たとえ、そうなったとしても、長くは続かないでしょう」ペネロペは自身たっぷりに言い切ったが、実際の心の内は違う。「さあ、花嫁への質問はそれくらいにしてちょうだい。起きる時間ではなくて？」

その朝、ティンソンは一週間前のフィービーの結婚式のとき同様、とくに早く階下に下りた。フォリオット家の娘たちは全員、大事だが、なかでもペネロペはいちばん大事だ。何人《なんぴと》も、何事もペネロペの結婚式をだいなしにするようなまねはさせないと、ティンソンは固く決意していた。

ジェフリーが前夜、遅くまで飲んでいたのは承知している。教会へ行く前に酔いをさまさせなければいけないだろう。濃いコーヒーをいれようとティンソンがキッチンへ行くと、そこに家政婦のミセス・ジェンキンスとフォリオット夫人付きのメイドのスーザンがいた。

ティンソンが中へ入るとスーザンが声をあげた。

「ああ、ミスター・ティンソン！　ミスター・ティンソンなら覚えているでしょう？」

「覚えているって何を？」

「食料貯蔵室のドアよ」ミセス・ジェンキンスが答えた。「昨夜《ゆうべ》、わたしたちが上へ上がるときにはちゃんと閉まっていました。でも、いまは開いているの。今朝、早く下へいらっしゃいました？」

ティンソンは首を振り、開け放たれたドアを見た。

「いや、わたしは下りてはこなかった。そうだ、貯蔵室のドアは閉まっていた。わたし自身が閉めたのだ」

スーザンはうなずいた。「ほらね、わたしが言ったとおりでしょう？　ミスター・ティンソンが閉めたのです。この目で見ました」

ティンソンは肩をすくめた。「そのあと、ジェフリー様がご自身でブランデーの瓶を取りにみえたのだろう。きっと下はひどい状態になっているに違いない。様子を見てこなくては。明かりを取ってきてくれないか、ミセス・ジェンキンス」

ミセス・ジェンキンスは食器室へ入り、火を灯《とも》したオイルランプを手に戻ってきた。ティンソンは礼を言って受け取ると貯蔵室へ入った。階段を数段、下りたところでランプの黄色の明かりが階段の下に横たわっているジェフリーの体を照らしだした。

驚きの声をあげたティンソンの背後にミセス・ジ

エンキンスとスーザンが駆け寄った。

「まあ、なんてこと！」

「死んでいるの？」

ティンソンは答えなかった。「そこにいろ！」彼はどなり、急いで階段を下りた。そして、主人の体の上に身をかがめ、首に手を当てて脈をみていたが、やがてゆっくり体を起こしてミセス・ジェンキンスとスーザンを見上げ首を振った。

　階段を上がってくるティンソンを二人はじっと見つめていた。三人はまだ誰もいないキッチンへ戻った。

「奥様はなんとおっしゃるかしら？」スーザンが震える声で言った。「今日はペニー様の結婚式の日なのよ。こんな恐ろしいことが起きたのだもの。結婚式は無理かもしれないわ！」

　ミセス・ジェンキンスとティンソンは長い間、目を見交わしていた。ほかの使用人たちにはこの二人がしばしば衝突しているように見えただろう。だが、意見の相違はあるものの、二人はよき友人で古くからの仲間だった。そして、ある事柄について二人の心は一つだった。ミス・ペニーは最高に美しく勇敢な娘で、彼女の苦悩を取り除くためなら命を投げ出してもいいと思っている。

「ドアを閉めて、ミスター・ティンソン」ミセス・ジェンキンスが静かに告げ、ティンソンは言われたとおりにした。

　ティンソンはスーザンに向かって言った。「ペニー様の大事な日をだいなしにしてはならない。奥様にもほかの誰にも黙っているんだ。貯蔵室のドアは閉め、奥様とミスター・ウィントンにはペニー様とダーレストン卿が出発されてからお知らせする。これはわたしだけが知っていたことにするから」

　スーザンはティンソンを凝視した。「手柄を独り占めしないでくださいな。ミセス・ジェンキンスもわたしも、黙っていたのを責められることなど恐れたりしません。そうですね、ミセス・ジェンキンス？」

「ええ、そうですとも。わたしたちを見くびってもらっては困りますわ」

　ダーレストン卿は前夜、泊まった宿屋から教会へ向かう二輪馬車の中で思った。自分は気がふれてしまったのではないだろうか？　隣に座っている花婿介添え役のジョージ・カーステアズはそう見なしているようだ。こちらの申し出を受け入れる旨を伝えるフォリオット夫人からのていねいな手紙が届いた日、ダーレストンがこれから行おうとすることを告げるとカーステアズは激しく反対した。

「なんてことだ、ピーター、これは女性への虐待だよ。その娘は誰かほかの男性を愛しているが、しかたなくきみと結婚するのかもしれないじゃないか！　お互いに嫌悪感を抱いたらどうする？　彼女はひどく退屈な女かもしれないし、きみのことを退屈な男だと思うかもしれない」

「彼女は退屈なんかじゃないさ。最初に会ったときには少々、面白みに欠けると感じた、それは認める。だが、あのときはダンスのステップに気を取られていたからだろう。それから二度、会っているが、とてもはつらつとしていて思慮分別があるところも見せていた。まともな会話ができた最初の娘と結婚しろと助言してくれたのはきみではなかったのか？　それに、ぼくは彼女の犬が気に入っている」

　ピーターの決断に影響を与えたと言われ、ジョージは腹立たしさのあまり早口になった。「プロポーズの根拠としては、いやはやすばらしいものだな！　それをプロポーズと呼ぶならの話だがね。ぼくはあくまで冗談で言ったまでだ。それから、彼女の犬が気に入っただと？　もし言葉どおりの大きさだったなら、その犬がきみを好きになってくれるよう祈るばかりだね。それはフォリオット家に滞在中のきみのいとこを襲った犬だろうから」

　ピーターは黙っていた。ジェフリー・フォリオットに手紙を書いたときにはまだひどく酔っていたこと、そして、申し出を受け入れると知らされたときには仰天したことはジョージにさえ言えない。

　今朝、宿屋で目を覚ましてからカーステアズはほとんど口をきいていない。カーステアズは破滅への一歩としか思えないまねはやめるよう友人を説き伏せようとしたが不首尾に終わった。カーステアズは心の中でため息をつきながら言った。「ピーター、もう運命の予言者役を演じるのはやめるよ。万事、うまくいくよう祈っている。それから、ぼくがいろいろ言ったのはきみを思えばこそだというのをわかってほしい。反対する気はないが、それでもなぜ、きみがこうしてまで結婚するのか、理由を話してくれないか」

　ダーレストンはしばらく無言だった。「理由はわかっているだろう？　ぼくはかつて愛のために結婚したが、その結果を見るがいい。われわれが戦っているとき、メリッサはぼくを裏切りバートンとよろしくやっていた。跡継ぎの問題がなければ二度と結婚などしないさ。だが、いとこのジャックに跡を継がせるのだけは絶対にごめんだ。それから一生、キャロラインのような女から逃げ回るのもだ。今度の話は、紳士からご機嫌をとってもらいたがる女ではなく、分別のある女性を妻にするのに最高の方法に思えた。妻と愛し合うつもりはない。ほかの男と浮気したらちゅうちょなく離婚できるからな！」

　ジョージはそれ以上何も言わず、二人は黙って馬車に揺られていた。

　教会に着いて馬車から降りる前、ピーターは友に話しかけた。「心配してくれて感謝している。ぼくは妻となる女性をいじめるつもりはないし、メリッサの罪を償わせるつもりもない。ただ、感情を伴う関係は持ちたくないだけだ。だが、きみがそうすべきだと思うなら、式の前にミス・フォリオットと話をし、彼女が無理やり結婚させられるのではないこと、状況を完全に理解していることを確かめるよ」

「遅くとも何もしないよりはましだ」ジョージは熱を込めてうなずいた。

　教区牧師のピアソンが二人を迎えた。式の前に花嫁と少し話をさせてもらいたいという花婿の要請にピアソンはちょっと驚いていた。

「それはきわめて異例ではありますが、聖具室でお待ちいただければ、到着されたミス・フォリオットに伯爵様が会いたがっているとお伝えしましょう」

「感謝する」ピーターは会堂管理人に従って聖具室へ行き、座り心地がよくない椅子に座って花嫁を待った。

　ほどなくピアソンに案内され、ベールを被《かぶ》り、アイボリーのサテンに包まれた花嫁が聖具室に入ってきた。牧師はドアの外で待っている。ダーレストンは咳払《せきばら》いをしてジョージをにらみつけた。ジョージはすぐ牧師のあとに従ってその場を去った。

　落ち着かないピーターは再び咳払いをすると花嫁を見た。彼女が壊れそうなほどほっそりしていることを忘れていた。かすかに花の匂《にお》いがする。彼女は無言でピーターが話しかけるのを待っていた。

「ミス・フォリオット、いささか遅すぎるのは承知している。だが、ぼくの介添え役から、きみが無理やり結婚させられるのではないかと言われた。ほかに愛する男性がいないか、ぼくと進んで結婚するのか確かめたい」伯爵は硬い口調で告げた。

　じっと耳を傾けていたペネロペは正直に答えるのがいちばんいいと判断した。「わたしたちが出会ったときにあなたに嫌悪感を抱いたなら、あるいはわたしの心がすでにほかの男性のものだとしたら、あなたに怒りの手紙を送ったでしょう。でも、実際はそうではありませんし、兄の行動がわが一族に大きな打撃を与える可能性があるのもわかっています。ですから、家族を苦しみから救えるのなら、わたしは喜んであなたと結婚いたします。あなた同様、わたしも〝好ましい印象を抱きました〟から」

　冷静に事態を見据えている花嫁にピーターは驚かされた。だが、彼女が分別を備えているのは間違いないようだ。「話してもらって感謝する、ミス・フォリオット。悲劇の片棒をかつぐのではないと知ってジョージも安堵《あんど》するだろう」

　五分後、ダーレストン伯爵こと、ピーター・アウグストス・フロビシャーは祭壇の前でミス・ペネロペ・フォリオットを待っていた。一方、教会で花嫁の双子の妹の存在に気づいたジョージは、故ジョン・フォリオット氏の娘に関する興味深い情報を突如、思い出していた。友人として花婿に注意したほうがいいだろうか？　それはやめておこう。きちんと調べずに決めた報いだ。

　義弟のリチャード・ウィントンに手を取られペネロペは教会の通路を進んだ。笑い物にならずに式を切り抜けなければいけない。ペネロペは心配でたまらなかった。薄暗い教会の中ではほとんど何も見えない。頼みの綱はこの場所をよく知っていること、何度も式の練習をしたことだ。それに、横にいるのはジェフリーではなくリチャードだ。ジェフリーがどこに消えてしまったのかはまったくの謎《なぞ》だった。それにサラがすぐ後ろにいるのも心じょうぶだ。

　なぜこの結婚をするのか、ペネロペの打ち明け話はサラの幼い心を大きく揺り動かした。姉たちに愛されているとサラは感じていたが、その一人が妹をスキャンダルから救うために結婚するのだと知り、姉の愛をいまさらながらに実感していた。ペニーのためなら何でもする。サラはそう自らに誓っていた。

　牧師の祈りが終わり、花嫁と花婿ははっきりと誓いの言葉を述べた。ペネロペはすぐそばに伯爵の声を聞いていた。記憶にあるとおりの魅力的な声だ。少し緊張しているようだが、それに気づく人はほとんどいないだろう。わたしの緊張ぶりのほうがはるかに目立っているはず……。

　ダーレストン伯爵は初め、花嫁は落ち着き払っていると思っていた。リチャード・ウィントンによって彼女の手が自分の手に重ねられるまでは。そのとき、彼女がかすかに震えているのに気がついた。今回の件に関するジョージの意見がよみがえり、ダーレストンは罪悪感を覚えた。彼女がこちらを見つめているのを感じ、励ますようにその手を握った。実際、励ましになればと願った。

　伯爵に手を取られたとき、ペネロペは突然、その存在を意識させられていた。窓から明るい太陽の光が差し込み、かたわらの彼の背の高さがおぼろげながらわかる。体の震えを止めようとするのだがうまくいかない。見えぬ目を凝らして彼を見つめようとしているとそっと手が握られた。すると震えが止まった。

　花嫁の震えが止まると、ダーレストンの後ろめたさは少し薄らいだ。教区牧師に導かれて結婚式は進められていく。ピーターはいまは落ち着いた花嫁の手に指輪をはめ、夫婦と見なすとの牧師の言葉を聞いていた。ついに結婚してしまった。もうあと戻りはできない。

「ピーター、花嫁にキスしなくては」ジョージが必死にささやき、教区牧師は笑いをこらえているような顔をしている。

　ダーレストンは妻の顔にかかるベールを持ち上げ、濃い灰色の目を見つめた。奇妙な目だ。相手がそこにいないかのように、まっすぐ先を見つめている。

ダーレストンはペネロペのあごをそっと押さえ、その唇に軽くキスした。唇は温かくて柔らかい。あとでまた彼女とのキスを楽しもう、ダーレストンはそう決めていた。

ペネロペは動揺していた。何が起こるかは知っていたが、キスは練習していなかった。それに、彼の唇に触れられた瞬間に全身に広がった熱い感覚はまったくの驚きだった。彼はわたしにキスしたくなかったのだろうか？　ジョージのささやき声ははっきりこちらにも聞こえた。面白がるべきなのか、それとも怒るべきなのか？　伯爵はわたしの腕を取り教会の外へ向かっていく。難関はこれからだ。伯爵はある意味でだまされている、それを伝えなければいけない。そのことがペネロペの良心に重くのしかかっていた。

結婚式の出席者は牧師館へ移り、そこで、フィービーとサラ、フォリオット夫人がペネロペをすばやく二階へ連れていってウエディングドレスを脱がせた。そのドレスは一週間前、フィービーが着たものだった。「フィービー、ドレスを貸してくれてありがとう。ずっとあなたに守られているようだったわ」ペネロペは双子の妹を抱きしめた。「それから、サラ！　あなたがいなかったらどうなっていたかわからない。とても心強かったわよ」サラは顔を赤らめ、鼻をすすった。

「ペニー、リチャードからダーレストン卿に話してもらわなくて本当にいいの？」母親が尋ねた。

「ええ。自分の口から打ち明けなければわたしは臆病者になってしまうわ。ちょっと普通とは違う結婚だとしても、彼を信頼するところから始めたいの。わたしから話すべきだわ」

あっという間にペネロペは馬車に乗せられていた。ジェラートが一緒に来ると知ると、花婿は少し驚いたような顔をした。ジョージは助け船を出してくれるどころか、新伯爵夫人に対してにこやかにこう言った。

「レディ・ダーレストン、一つだけ申し上げておきます。ピーターはあなたの犬がどれほどすばらしいか、ぼくに話してくれましたよ」

　ピーターはジョージをにらみつけ、いさぎよく降参した。いずれにしてもこの犬はわが家の一員になるのだから、いまでもあとでも同じことだ。ピーターは妻と犬に続いて馬車に収まり、リチャード・ウィントンがドアを閉めた。リチャードは愛情こもる声で「お行儀よくするんだよ、ペニー」と言い、それから彼は挑むような口調で言った。「彼女の面倒をちゃんとみてやってくれ、ダーレストン卿」

　このぶしつけな命令をダーレストン卿は賞賛に値するおだやかな態度で受け取った。「近々、きみとミセス・ウィントンにはぜひともダーレストン・コートにおいでいただきたい。そうしたら、きみ自身の目で確かめられるだろう。失礼するよ、ウィントン。世話になり感謝している」

　ウィントンが後ろに下がると、落ち着かない様子の年配の男がその腕に触れた。教会の後ろの席でフオリオット家の上級の召使いたちと一緒に座っていた男だ。おそらく執事だろう。花嫁に話しかけられ、ピーターは召使いのことは脇《わき》へ追いやった。

「妹と婚約して以来、リチャードは兄のように親身になってくれているのです」馬車が動きだすとペネロペはリチャードの態度を説明した。

「どうもそのようだな。疲れてはいないか、レディ・ダーレストン？　今朝は早く起きたんだろう？　ずっと忙しかっただろうから少し眠ったらどうだい？　ダーレストン・コートまで六十キロほどあるから」

　堅苦しい口調に驚いたペネロペだが、それを外には出さず、今朝早く起きたので昼寝はありがたいと答えた。しかし眠りはいっこうに訪れない。馬車の隅に背をもたれたペネロペは不安な心を静めつつ、夫に自分のことをどう話そうか考えていた。わたしの夫——彼を見ることさえできたら！　フィービーの説明を聞いただけで、どんな顔立ちなのかも知らない。眠るのをあきらめたペネロペが背を起こして告白をしようとしたとき、軽いいびきが聞こえた。ダーレストン卿は眠っているのだ。

　それから数時間が経《た》ったろうか、馬を替えるために馬車が宿場の宿屋の中庭へ入るとペネロペは目を覚ました。ダーレストン卿が食べ物が入ったバスケットを調達すると、再び馬車は出発した。いまだ、とペネロペは決心した。いやなことは早く終わらせなければ！　だが、ペネロペより先にダーレストンが話し始めた。

「最初にぼくの立場をきみにはっきりさせておきたい。知っているだろうが、これはぼくにとって二度目の結婚だ。最初の妻はぼくの名に泥を塗った。二度と結婚するつもりはなかったが、つい最近、跡継ぎのいとこが死んだ。それによって、ぼくの死後、爵位はそれに値しないとぼくが見なしている男が継ぐことになる。それは絶対に認められない。正直に言うと、ぼくが結婚したのは跡継ぎをもうけるためだ。この単刀直入な話にきみが衝撃を受けたとしたら申し訳ない。だが、ぼくはごまかしは嫌いだ。ぼくが……できるだけ早く結婚を完成させたいと考えているのをきみに伝えておくべきだと思う」

　ペネロペはどう答えていいかわからなかった。震える片手をジェラートの頭に置き、深く息を吸った。

「次はわたしが正直に申し上げる番ですわ。わたしは……あなたが考えていらっしゃる者ではありません」

「いったい何の話だ？　きみはミス・ペネロペ・フォリオットだろう？　いや、だったと言うべきか」

「ええ。でも、最初に〈オールマックス〉でお会いしたとき、あなたが会ったのはわたしではなく双子の妹のフィービーでした」

愕然《がくぜん》としたダーレストン伯爵はペネロペを凝視した。そういえば、〈オールマックス〉で踊った娘と公園で馬車に乗っていた、そして、コンサートで会った娘との間には微妙な違いがあった……。ダーレストンは間違いを犯したと悟った。

フィービー……そう、〈オールマックス〉で会った娘の名はフィービーだった！　双子だったのか！

「いったいどういうつもりだったんだ？　公園で父上と一緒にいた、そして、コンサートで会ったのはきみだった。それは間違いない！」

「ええ、二度、お会いしました」

「なぜだ？　節約するため二人で一緒に社交界デビューしたのか？」恐ろしいほどまでに静かな口調だ。

「違いますわ！　わたしは社交界デビューなど望んではいませんでした。ただ、フィービーと一緒にいたいからロンドンへ行ったのです。わたしのことを知っている人はほとんどいません。あなたがわたしと出会ったとき、あなたはわたしをフィービーだと思われた。それで、誤解はたださず、そのままにしておいたのです。それから、ジェフリーが賭《かけ》で大金を失ってしまった。それは初めてのことではなく、わが家には払えるお金はありませんでした。それで、ジェフリーはフィービーをあなたと結婚させようとしました。フィービーが婚約しているにもかかわらず……」

「彼が何だって？」ダーレストンの声に驚愕と不快感がありありと感じられた。肩を乱暴につかまれ、ペネロペは息をのんだ。もはやじっとしていられなくなったジェラートは激しくうなって威嚇した。

「いけません、ジェラート！」ペネロペは厳しい口調でたしなめた。

　ダーレストンはペネロペを放した。「すまなかった、許してくれ。きみを驚かすつもりはなかった。フォリオットがきみの妹を無理やりぼくと結婚させようとしたというのか？」

「ええ。あなたがフィービーのことを言っていらっしゃるのはわかっていましたけれど、彼女はリチャードと婚約したばかりだったので、わたしがあなたと結婚すると言ったのです。聖具室で申し上げたことは本当です。あなたに好感を抱いていなかったら結婚はしなかったでしょう。いずれにしても、あなたは結婚する相手にひどく関心があるようには見えませんでした。さもなければ、母があなたに事実を話していたでしょう」

「なぜこれを聖具室で話してくれなかった？」ダーレストンは激しく詰め寄った。「なんてことだ！　これが世間に知れたらぼくはいい笑い物だ。だが、いずれにしても、計画を変更する必要はない。きみときみの妹はそっくりなのだから、今夜、きみたちのどちらがぼくのベッドに横たわろうとたいした違いはない！　ほかにぼくが知っておくべきことはないのだろうな？　あるとしたら、あらいざらい話してもらいたい！」

　ペネロペは震えていた。これは想像していたよりはるかにひどい。ペネロペは唇をかみ泣きだしそうになるのをこらえていた。目が不自由なのをまだ話していない。泣きだすのが怖くてペネロペは黙っていた。だまされたことで自尊心が傷つけられた、その彼の屈辱を軽く考えすぎていたのにペネロペは遅まきながら気がついた。家族の全員がぺてん師だと彼は思ったに違いない。

「わたしたちが双子だと知ったら、あなたはわたしと結婚なさいました？」

　ダーレストンは癇癪《かんしゃく》を爆発させたのを後悔した。が、むろん、それを認めるつもりはなく、怒った声で言った。「ああ、決心は変わらなかっただろう」前にいるのがフィービーだったら話は違っていた、と付け加えるのは思いとどまった。ダーレストンの関心を引いたのはペネロペの活発な性格だと想像したフォリオット夫人の意見は当たっていたのだ。

「それから、この結婚を完成させたい気持ちも変わらない。だから、きみもこの状況に慣れてもらわなければ」ダーレストンは驚いているペネロペを腕に抱き寄せ、乱暴に唇を重ねた。

　不意を突かれたペネロペはもがくが逃れられない。だが、伯爵はジェラートの存在を忘れていた。大切な主人に向かってどなるこの見知らぬ男性への不安感を募らせていたジェラートは眼前の光景に腹を立て、激しく吠《ほ》えながらダーレストンに飛びかかりペネロペを離そうとした。半ば気を失いかけていたペネロペはすぐにはジェラートを制止できず、手探りで首輪を探してようやく犬を引き戻した。そして、すすり泣きながら床の上に座り込み、ジェラートの首をかき抱いてそのふさふさした毛に顔を埋《うず》めた。ジェラートは悲しげに鳴きながらペネロペの顔をなめ、時折、威嚇するようにダーレストンに向かって吠えた。

　犬の攻撃に仰天したダーレストンは座席の背にもたれ、これからどうしたものかと考えていた。取り乱した花嫁は馬車の床の上で泣き、その犬は、ダーレストンが女主人に近づこうとすればすぐに飛びかかる体勢を示している。ダーレストンは謝ろうとした。「その……ペネロペ……冷静さを失い、きみをおびえさせたのはすまなかった……許してほしい」泣き続けるペネロペにダーレストンは静かな口調で言った。「ハンカチはいるかい？」

「ありがとう」涙で詰まった声が返ってきて、小さな手が差しだされた。その手にハンカチを渡してやると、ダーレストンは自らが引き起こした混乱が信じられず両手で頭を抱えた。今夜は花嫁とベッドをともにするべきではない。それは凌辱《りょうじょく》したのと同じになる。

　二人が無言のまま馬車は進んだ。ダーレストンは緊張を和らげるために何を話したらいいのかわからず、ペネロペは来るべき夜を思い重苦しい気持ちに襲われていた。ダーレストンに抱かれたとき、ペネロペは恐怖のあまり動転していた。ダーレストンの抱擁にはやさしさのかけらもなかった。その唇は荒々しく、その腕は逃れようとする相手を許そうとはしなかった。彼と二人きりになると思うと不安でたまらず気分が悪くなってくる。

　夕闇《ゆうやみ》が迫るころ馬車はダーレストン・コートに到着した。ペネロペは緊張し震えを抑えられない。屋敷の正面に馬車が停止すると、従僕がドアを開けて乗降用の踏み台を引き出した。段を踏み外して悲鳴をあげたペネロペの体を夫の腕が支えた。「気をつけて！　ちゃんと見ないとけがをしてしまう」

　口先だけではない心から心配している声だ。こらえていたものが一気に崩れて泣きだしそうになるペネロペの様子を見て取ったダーレストンはペネロペを抱き上げ、居並ぶ召使いたちの前を通って屋敷の中へ入りながら命じた。

「できたら、ディナーは十五分後にしてくれ。ぼくは書斎で妻に見せるものがある」ダーレストンはペネロペを腕に抱いて書斎へ向かい、すぐあとにジェラートが続いた。従僕が急いで書斎のドアを開け、夫妻が中へ入るとドアを閉めた。ダーレストンは妻をソファの上にそっと下ろした。

　ペネロペはダーレストンを見上げ、震える声で頼んだ。「ジェラートを畜舎に連れていき餌《えさ》を与えてくれるよう召使いに頼んでいただけます？」

「それでいいのか？　犬がそばにいなくても？」

「ジェラートの態度を気にしないであなたとお話が

したいのです」これから打ち明ける話に夫はさっきよりもっと怒るかもしれず、ジェラートにまた襲われたら、犬はもうここには置いておけないと言いだすかもしれない。だから、ジェラートはいないほうがいい。それに、おびえている自分が恥ずかしくもある。生まれてからずっと、不安を正面から見つめ克服するようにと父親から教えられてきた。ジェラートに守られ、その後ろに隠れるような卑怯《ひきょう》なまねはできない。

「きみの好きなように」ダーレストンはデスクの脇のベルを鳴らす引き紐《ひも》を引いた。現れた執事にダーレストンは指示を出した。「メドウズ、奥様の犬を厩舎《きゅうしゃ》へ連れていき、餌をやってくれ」

「かしこまりました」

ペネロペは執事の声に不安を感じ取った。「心配はないわ。さあ、こちらへ来て首輪のところを持って」メドウズは部屋を横切ってペネロペの横に来るとジェラートの首輪をつかんだ。

「さあ、この人と行くのよ、ジェラート」ペネロペの命令にジェラートはしぶしぶ従い、ダーレストンの前を通るとき、最後にもう一度、うなった。

「頼むよ、メドウズ。犬が必要なときには奥様のほうから呼ぶから」

ペネロペは夫の声のするほうへ向くと、おそるおそる切り出した。「あなたにお話ししなければいけないことが一つ残っています」

「何だ？　これ以上、まだ驚かされることがあるのか？　とにかく、続けてくれ」

爆発するだろう怒りに身構えつつ、ペネロペはさらりと告げた。「わたしは目が見えません」

長い沈黙が続いた。やがて、ダーレストンの苦々しげな声が響いた。「ぼくはぺてん師の一族と結婚したようだな。ぼくが目の不自由な跡継ぎを望んでいると思うのか？　ディナーは十分後だ。ぼくと食事をする用意ができたらメドウズを呼ぶのだ」

ペネロペは部屋を横切るダーレストンの足音、それから乱暴にドアが閉まる音を聞いていた。彼の行動をはっきり理解したときにはすでに遅く、ペネロペはソファに座りこんだ。ベルを鳴らす引き紐の場所がわからない。そのことに彼が気づくまで、わたしはここで待っていなくてはいけない……。

ダーレストンはディナー開始の時刻からさらに二十分待ったが花嫁は現れず、あきらめて食事を始めた。ダーレストンは激怒していた。召使いたちはこの結婚に興味津々に違いない。そこへもってきて、あのいまいましい女のさっきの告白！　ダーレストンは味わいもせずに数品の料理を食べ、バーガンディーを一本、空けたがいっこうに酔いがまわらない。結婚を無効にできるだろうか？　そんなまねをすればスキャンダルとなり、自分はまったくの笑い物になってしまう。それに、法律はフォリオット家の味方となるだろう。

腹立たしい女だ。一緒に食事をして、召使いたちに幸せなところを見せようともしないのか？　だが、こちらの望みどおりにしてくれない原因はおまえにあるのでは、と良心がささやく。彼女はおまえを恐れているのだ。

従僕がブランデーをテーブルの上に置いたあと、ダーレストンはようやくペネロペの立場から状況を考え始めた。彼女がなぜこうしたのかを理解しようとした。彼女は妹たちや母親を大切に思っているようだ。自分の取った行動は目の見える女性ですらおびえさせたろう。ダーレストンは恥ずかしさにいたたまれなくなった。彼女にとっては悪夢を見ているようだったろう。そして、犬がそばにいてくれたのをダーレストンはいまでは感謝していた。彼女は最後の告白をする前にジェラートを送りだした。その勇気は認めなくてはいけない。少なくとも、乱暴なまねはしなかった、とダーレストンは思った。だが、それはわずかななぐさめにしかならなかった。自分の最後の厳しい捨てぜりふを思い出したからだ。

下がっていいと召使いに告げ、メドウズを探してくるように命じた。ほどなく執事が現れた。「犬には餌を与え、夜の寝場所も用意いたしました」

「ありがとう、メドウズ。それから、教えてくれ、奥様をいつ二階へ案内したか……」

「お言葉を返すようですが、奥様はまだ書斎においでになると存じます。二階に案内するようにベルを鳴らされませんでしたから」

このとき、ダーレストンはペネロペが食事の席に出なかった真の理由を悟った。己の愚かさに愕然としたダーレストンはあわてて立ち上がった。「ああ、なんてことだ！　メドウズ、二十分後に熱いスープとパンを奥様の部屋へ持ってきてくれないか。あとで説明するよ。愚かなぼくを叱《しか》ってくれ！」

ダーレストンは食堂を飛びだし玄関ホールを横切り書斎へ急いだ。そして、ドアの前で一呼吸置いてから軽くノックした。返事はない。ドアを開け、そっと中へ入った。出かかったぎこちない謝罪の言葉が途中で止まった。花嫁はソファで眠っていて、頬には涙のあとがある。ダーレストンは自分のしたことを心の内でののしった。理不尽な怒りをぶつけてしまった。すべては傲慢《ごうまん》だったぼくの責任だ。

ダーレストンは静かにソファへ歩み寄るとその横にひざまずいて花嫁の手を取り、そっと声をかけた。「ペネロペ、目を覚まして」彼女はすぐには目を覚まさない。だが、ダーレストンが再び話しかけるとぱっと体を起こし、ダーレストンから離れようとした。「心配しなくていい。ぼくはきみに謝り、二階のきみの部屋へ連れていくために来た。メドウズが食べ物を運んできてくれる。食事が終わったらぼくは部屋を出る。約束するよ」

ペネロペの不安そうな顔にダーレストンはうろたえた。と同時に、ほっとしてもいた。

「そうだ、それでいい。きみに対してとった態度をどれだけ恥じているか言葉では言い表せない。いささかも弁解の余地はない。実のところ〝ミス・フォリオット〟が妻としてふさわしいと思ったのは、妹ではなくきみのほうだった。だから、きみを妻に迎えられて不満はない。それから目の不自由なことについてだが、ぼくの態度は見下げはてたものだったと言うしかない。どうか許してもらいたい」

ダーレストンの声の変化に、ペネロペはわが耳を疑った。

「わたしのほうこそ謝らなくてはいけませんわ、ダーレストン卿。わたしたちはあなたをあざむいたのですもの。わたしの目は……。たとえこの結婚を取り消したいとおっしゃっても、あなたを責めはしません」ペネロペは鼻をすすり、涙をぬぐった。ああ、彼の姿が見えたらいいのに！

ピーターはペネロペの肩に手を置き、そっと腕の中に引き寄せると、その赤褐色の髪に頬を乗せ軽く抱きしめた。「結婚解消はいささか行きすぎのように思える。なぜなら、行き違いはあったが、はからずも望みどおりの花嫁を得たからだ。ぼくとこれ以上かかわりたくないときみが言わない限り、お互いの理解を深め、この結婚の気まずいスタートを払《ふっ》拭《しょく》するよう努力したらどうだろう？」

ペネロペは涙で頬を濡《ぬ》らしながら耳を傾けていた。

「ありがとうございます」彼女はささやいた。

6

翌朝、ペネロペはドアを軽くノックする音に目を覚ました。「どうぞ！」と答えるとドアが開き、ジェラートが吠《ほ》えながら部屋へ飛び込んできた。主人を見つけて大喜びで、ベッドに飛び乗ってペネロペの顔に鼻をすり寄せた。犬を連れてきた薔薇《ばら》色の頬をしたメイドが恥ずかしそうにあいさつした。

「奥様のお世話をするよう伯爵様から申しつかった者です。お茶と、それから伯爵様からのお言づてを持ってまいりました。午前中、奥様のご都合のよろしい時間にお屋敷の中をご案内なさるそうです」

「ありがとう」奥様と呼ばれるのは奇妙な感じだ。ペネロペはジェラートをもう一度、抱きしめた。

「さあ、行きなさい」そう命じると、ジェラートはベッド脇《わき》の床に下り、尾で床をリズミカルにたたいている。メイドがベッドへ近づく足音を聞くとペネロペはお茶を受け取るべく手を差しだした。カップが手の中にそっと置かれた。

「これでよろしいですか？　目がご不自由だとうかがっております。奥様のお手伝いをするようにと伯爵様は召使い全員に命じられました」

「それはありがたいことだわ」ペネロペはお茶を一口飲んだ。そして、感じがいい声のほうに向かってほほえんだ。「あなたの名前は？」

「エレンと申します」

「すべてのあり場所がわかるまでそばについて様子を説明してくれるかしら？　それぞれの部屋への行き方、屋敷内の配置がわかれば、あとはジェラートさえいてくれれば問題はないわ」

「喜んでお手伝いいたします。もうカーテンを開けてもよろしいですか？」

ペネロペはうなずいた。メイドが部屋を横切る音がして光が流れ込んできた。ペネロペはすぐにその違いがわかった。部屋はおそらく東に向いているのだろう。エレンが忙しく部屋の中を動き回っている間、ペネロペはお茶を飲みながら考えていた。ダーレストン伯爵は妻をいくらか気遣ってくれているようだ。昨夜、わたしを二階へ運んだあと、わたしがスープとパンを食べるのを見守り、ベッドからベルの引き紐《ひも》に手が届くのを確かめていた。そのあとの記憶はおぼろげだ。とても眠かったことだけ覚えている。ペネロペは突然、ナイトドレスを着ているのに気がついた。どうやってこれに着替えたのかしら。ペネロペは思い出そうとした。けれども覚えているのは誰かのやさしい手と声だけ。そう、夫がベッドに入れてくれたに違いない。そして服を脱がしてくれた……。ペネロペは真っ赤になった。


「もう起きられますか？」エレンの声にどぎまぎしていたペネロペはわれに返った。

「ええ、起きなければいけないわね。いま、何時かしら？」

「十時を過ぎたところです。これより前にはお起こししないようにとの伯爵様のご命令でした。奥様がベルを鳴らされない限り、十時に犬を連れていくようにとおっしゃいました」

「ありがとう、エレン」ペネロペはベッドの上に体を起こした。「ジェラートはおとなしくしていたかしら？」

「ええ、もちろんです。ただ、馬丁のフレッドが死ぬほどびっくりしたそうですけれど……。フレッドは馬房に犬がいるのを知らなかったのです。それに、この大きさですからね。馬丁頭のジョンソンは、辞めないようフレッドを説得しなければいけないと、メドウズに話していましたわ」

ペネロペは笑った。「あなたは犬は平気なのね。あながわたしについてくれたのは幸運だったわ」

「いえ、偶然ではありません。伯爵様はメドウズにメイドたち全員を集めるよう命じられ、理由も告げないまま、犬が好きなのは誰かとお尋ねになり、それから奥様の犬をお連れになって、犬が好きかどうかお確かめになりました。平気だったのはわたしだけだったのです」エレンは得意げに言った。

三十分後、エレンはペネロペをダーレストン卿《きょう》が待つ書斎へ案内した。ペネロペは少し落ち着かなかった。夫にどう迎えられるだろう？　ジェラートは夫にどう反応するだろう？　エレンは優れたガイド役で廊下やドアを的確に説明してくれたので、書斎に到着するころには、帰りは一人でだいじょうぶだという自信があった。「ありがとう、エレン」書斎のドアの前まで来るとペネロペは礼を言い、ドアをノックした。

「入りたまえ」との夫の声が聞こえ、ペネロペは中へ入った。

ピーターはデスクの前に座り、領地に関する書類に目を通していた。「おはよう、ペネロペ」

「おはようございます、だんな様」

「ピーター」

「何とおっしゃいました？」

「ピーター。ぼくの名はピーターだ。正確にはピーター・アウグストスだが、だんな様と同様、堅苦しく聞こえる。きみさえよければ、二人だけのときにはピーターと呼んでもらいたい」

ペネロペは注意深く耳を傾けていた。夫の声には温かみがある。昨日の怒りは消え去ったようだ。身構えていたペネロペの肩からすっと力が抜けた。妻を見つめていたピーターはそのすらりとした体から緊張が薄れていくのを見てほっとしていた。昨夜はよく眠れなかった。うとうとするたびに自責の念に駆られて目が覚めてしまう。自分の態度はいまも考えただけでぞっとする。ペネロペがここに落ち着くためにできるだけのことをしてやろうとピーターは決意していた。

さらに今朝、ピーターはリチャード・ウィントンから重大な手紙を受け取っていた。その手紙はダーレストン・コートまで夜を徹して馬を走らせてきた使いの者によってもたらされた。手紙の内容をどう妻に伝えたらいいものか？　ほかの女性なら手渡して読ませればいい。だが、この場合、それは不可能だ。

ピーターは遠回しに話すことにした。「教えてくれ、ペネロペ。きみの兄上が式に現れず、花嫁の介添え役がいなくてがっかりしたかい？」

ペネロペは顔を赤らめ、返事をためらった。実際にはほっとしたのだが、悲しかったと嘘《うそ》はつけない。かといって、ダーレストンに……いえ、ピーターに、義理の兄は大嫌いなのでリチャードに代わってうれしかったと告げるのも品がない。

結局、ペネロペは余計な感情は抑えて淡々と答えた。「がっかりはしませんでしたわ。腹違いの兄とわたしはそりが合わないのです。義理の弟が介添え役をしてくれてかえってよかったと思っています。わたしたちの結婚のいきさつを考えると、ジェフリーはばつが悪く、顔を合わせたくなかったのかもしれません」

その話を聞いてピーターは驚きはしなかった。フォリオット家の若い当主とその誇り高い妹が仲睦《なかむつ》まじかったとは想像できない。自尊心が強い彼女は、傲慢《ごうまん》でもなければ、お高くとまっているのでもなく、その物腰に威厳と品格が備わっている。女々しく、うさんくさいジェフリーとはあまりにも対照的だ。兄がぺてん師だと知って激怒したに違いない。

今度はピーターがためらう番だった。「落ち着いて聞いてもらいたいのだが、きみのところの馬丁がリチャード・ウィントンからの手紙を届けてきた。その手紙の中でウィントンは、一昨日の夜、きみの兄上が貯蔵室の階段から落ちたことをきみに伝えてほしいと言ってきた。昨日の朝早く、母上の執事が首の骨を折っている兄上を発見したそうだ。母上に知らせるのは結婚式が終わってからのほうがいいと執事は判断した。きみの結婚式をだいなしにしたくなかったからだ。こんな話を伝えなくてはいけないのが残念だ」ピーターはそれ以上、花嫁に言うべき言葉を思いつかなかった。

　驚きのあまりペネロペは呆然《ぼうぜん》となった。彼女は信じられないというように首を振った。「ジェフリーは死んだのですか？　まあ、なんてこと！　それも、わたしたちの結婚式の日に！　スキャンダルを避けるためにわたしはあなたと結婚したのです。スキャンダルを煽《あお》るためではなく。世間の人は何と言うかしら」

　それについてピーターはすでに考え、答えは出していた。「事実を告げるだけさ。事故はよくあることだ。そして、若い女主人のおめでたい日をだいなしにしたくなかった忠実な召使いの話を強調すればいい」

「ジェフリーが食料貯蔵室で何をしていたか、リチャードは書いています？　ああ、尋ねるまでもありませんわね。ジェフリーは酔っていたに決まっていますもの」

　夫は当惑顔でうなずいた。だが、すぐに余計な気遣いは無用だと悟った。「ああ。ジェフリーはほろ酔い気分だったようだとウィントンは書いている」

「ほろ酔い？　ほろ酔い気分ですって？　貯蔵室までたどり着けたのが驚きだわ」皮肉たっぷりに切り返したペネロペはそこでわれに返り、恥ずかしそうな顔をした。「はしたないことを言って申し訳ありません。でも、ジェフリーは本当に卑しい人なのです。あなたからのお手紙が来ると、ジェフリーはフィービーをあなたと無理やり結婚させようとしました。フィービーがすでにリチャードと婚約しているにもかかわらずです。それに、父の喪に服そうとさえしなかった。やさしくて愛情あふれる父だったのに！」ペネロペの目は涙でうるんでいた。

「彼はきみに無理強いはしなかったのだろうね？」ピーターは不安に駆られて尋ねた。

「そんなことは絶対にさせません。単に借金の問題だけなら、自業自得だと突き放したでしょう。でも、母や妹たちが恥をかくとなると話は別です。それに、この状況を利用して資産全体を信託にすることをジェフリーに同意させ、このまま浪費を続けられないようにしたのです。そして、その信託財産はジェフリーが死亡したいま、妹のサラが受け継ぎます。フィービーとわたしは財産は必要ありませんから」

「そういうことか。となると、目下の状況の実際的な問題だけを考えればいいのだね」ピーターは花嫁が着ている灰色のモスリンのドレスをじっと眺めた。「きみのために新しいドレスを数着、ロンドンから取り寄せる必要があるな。きみの喪は明けている――むろん、お父上のという意味だ。義理の兄上のためなら、一カ月ほど喪服に準じた服を着るだけで十分だろう。われわれはここ、ダーレストン・コートで静かに過ごすのだから、厳しく喪に服す必要はない。田舎を派手な色の服で駆け回らない限りはだがね。そうだ、絶対に新しいドレスが必要だ」これで話題が変えられるとピーターは期待した。

話題を変える効果はあった。だが、ピーターが期待していたようにではなかった。ペネロペはますます赤くなった。彼はわたしをどう思っているのだろう？　新しい地位にふさわしいドレスを持っていないとでも？　確かに、フィービーと母親が用意してくれたシンプルなドレスはここでは似合わないけれど……。ペネロペは背筋を伸ばした。「その必要はありませんわ。服はたくさん持っています」いささか無作法だったと思い直し、付け加える。「その……ご親切はありがたいのですが、わたしは新しい服はいりませんし、わたしのためにお金を使っていただきたくないのです」

　ピーターはあっけにとられた。女性に新しい服を揃《そろ》えてやるという申し出を断られたのは初めてだ！　たいていの女性は詳細なリストを手渡すものだ。ピーターは遅まきながら、フォリオット家が裕福ではないこと、そして、ペネロペが新しいドレスを準備する時間がほとんどなかったのを思い出していた。ぼくの申し出は彼女の身なりを非難しているように聞こえたのだろう。注意しなくては……。

「もちろん、必要はないだろう」ピーターは明るくやり返した。「ぼくはただ、新しい服を買う時間がなかったろうし、父上の喪が明けたばかりだから、きみの新しい服を揃えさせてもらえたらうれしいと思っただけだ。似合う色を選ぶ自信はあるから信頼してくれていい。ピンクは避ける。それはきみの好きな色ではないような気がするからだ。しばらくは半服喪期間だから、ブルーやレモンイエローのような淡い色はどうだろう？」

　ペネロペは恥ずかしそうに赤褐色の髪に手をやった。「ええ、ピンクは好きな色ではありませんわ。フィービーもわたしもその色は絶対に着ませんでした。二人とも、ブルーやグリーンが好みでした」ペネロペは無理に笑顔を作った。「勝手を言って申し訳ありませんでした。新しいドレスを買ってくださるなら、喜んでお受けします、だんな様」

　ピーターはほっとして顔をほころばせた。「そうこなくては。エレンに採寸を頼み、あとはぼくに任せてくれ」彼は本当にうれしそうだ。「それから、もう一つ」

「はい、何でしょう?」

「きみは約束を破っている」

「約束を破るですって!」

その反応にピーターはにやりとした。「ああ、破っている。ぼくをクリスチャンネームで呼ぶようにと言ったはずだ。きみは非常に反抗的だ。そして、そのことでぼくが何かしようとしたら、きみの犬はまたぼくをかもうとするのだろうな」

「まあ」ペネロペは言葉に詰まった。「あのときは申し訳ありませんでした、だん……いえ、ピーター。いつもはとてもお行儀がいいのです。でも……」

「謝る必要はない。ぼくは当然の報いを受けただけだ。きみに向かってどなり、強引に迫ったのだからな。犬がいてくれてよかった。ああ、そのことで話がある」

「はい、何でしょう、ピーター?」

ペネロペの耳に咳払《せきばら》いが聞こえた。彼は神経質になっているようだ。

「われわれの関係についてだ」ピーターは慎重に切り出した。ああ、どう話せばいいのだ? ピーターは書類をいじった。「いまのところ、ぼくは……夫としての権利をきみに行使するつもりはない」

ペネロペは思った。育ちのいい花嫁はどう答えるのだろう? 自分の口から出た言葉にペネロペは驚愕《きょうがく》していた。「なぜです?」

ピーターも驚いていた。まさか、こうした答えが返ってくるとは予想していなかった。「われわれはまだお互いをよく知らない。ぼくは……その……無理強いしたくない」

「わたしの目が不自由だからね」ペネロペは恥ずかしさで赤くなった。これは常に直面する問題だった。人は身体的な欠陥があるわたしをそのまま受け入れられずに同情する。彼は嫌悪感すら抱いたかもしれない。

ペネロペの声に苦悩がにじみ、頬が朱に染まるのを見てピーターは当惑した。彼女を傷つけるようなことを何か言っただろうか？　「そうだ」ピーターは静かに答えた。「きみがぼくを知り、信頼する前にベッドをともにするよう要求するのはフェアではないと思うからだ。とくに昨日のようなことがあったあとでは——」

その声には相手に対する思いやりが感じられる。昨日は癇癪《かんしゃく》を爆発させたけれど、夫は根はやさしい人なのだ。わたしに恩着せがましい態度をとったり同情したりせず、ただ名誉を重んじる心に従って行動しているだけ。「ありがとう、ピーター」ほかに言葉が出てこない。つまらぬ猜疑心《さいぎしん》を抱いたことをどうやってわびたらいいのだろう。

何が彼女を傷つけたのか、本当のところはわからないまま、ピーターはペネロペをじっと見つめた。今後、誤解を避けるためには彼女を理解しなければ……。

ためらいつつピーターは言った。「今日、屋敷の中と庭の一部を案内したらどうかと考えていた。メイドのエレンも手を貸してくれるだろう。残念ながら、彼女は女主人付きのメイドとしての経験はあまりないが……」

「彼女はジェラートが好きなのです」くすりと笑いながらペネロペはあとを引き取った。「ありがとう、ピーター。わたし付きのメイドをどうやって選んだか、エレンから聞きましたわ。屋敷の中を案内してくださるお時間があるのでしたら、喜んでお願いします。すべての場所がわかれば、ジェラートがわたしの案内役となってくれます」

「ジェラート？　どういう意味だ？」

実際に示すのがもっとも効果的な方法だとペネロペは経験的に知っていた。「あなたは座っていらっしゃる、そうですわね？」

「ああ、そうだ」彼女はどうしてわかったのだ？

「デスクの前に……わたしたちの間にデスクがありますか？」

「ああ」

ペネロペはジェラートの首輪に手を置き、しっかりした足取りでデスクにまっすぐ向かい、デスクの五十センチ前で立ち止まった。「デスクは五十センチほど先にありますね？」

「なぜそれがわかった？　ぼくが座っているのまでどうして？」

「あなたの声ですわ。声が聞こえてくる高さは立っている高さではありませんもの。それから、書類をいじっておいでの音がしましたので、デスクを前にしていらっしゃるに違いないと思ったのです。それから、デスクの場所ですけれど、ジェラートがわたしを止めたからです」

ピーターは目を丸くしてペネロペとジェラートを眺めた。「ジェラートはいつもそうしているのか？」

「ええ。人を待ったり、その人たちのやっていることを中断させる必要がなければ気が楽ですもの。できるだけ人に頼りたくないのです」

これは驚きだ！　常に人の助けや気配りが必要な女性と結婚したと思い込んでいたピーターはすぐに考えを改めた。これはあらゆる障害物に注意してやらねばならない、一人では何もできない子供ではない。そのように扱おうとしたら手厳しくやり込められてしまうだろう。

どう答えたらいいのか、ピーターは思案した。わからないときには正面から当たるしかない。

「実は、ぼくはいまの状況にとまどっている。きみの手を取って椅子に座らせ、付き添いなしでは絶対に動き回らないようにしなければいけないと思うのだが、きみはそれを嫌うだろうという気がする」

「ええ、そのとおりですわ。そんなことをされたら気が狂ってしまうでしょう。わたしは一人でいる時間を大切にしたいですし、もし誰かと一緒に過ごすとしても義務や哀れみからではなく、楽しいからそうしてもらいたいのです」

「きみの言いたいことはわかった。だが、きみがぼくの助けを必要としていて、ぼくがそれに気づかない場合があるかもしれない。そのときは遠慮なく、言ってもらいたい」

「ありがとう、ピーター。覚えておきますわ」その声には依然として遠慮が感じられる。素直に助けを求められないところがあるのだろう。こちらの態度に問題があるのだろうか、とピーターは自問した。それとも、彼女のプライドのゆえか？　はっきり言えば、その強情さのせいか？

　これは時が解決するに任せようと決心し、ピーターは話題を変えた。「さてと、屋敷の案内は朝食室から始めようか？　おなかはすいている？」

「ええ。案内をお願いしますわ」

　ピーターはペネロペの横へ行った。犬がどんな反応をするか心配だったが、女主人に何の危険も迫っていないと察したジェラートは関心なさそうにピーターを眺めている。

「ぼくの腕につかまるかい？」ペネロペは黙って手を差し出した。ピーターはその手にキスすると腕を取って部屋の外へ導いた。彼の唇に触れられたとき、体に奇妙な震えが走り、ペネロペは動揺した。これはなあに？

　朝食のあと、ピーターは屋敷の中を案内して回った。慎重に考えた結果、ピーターはペネロペが自由に歩き回れるようにしようと決心した。召使いたちには障害物を置きっぱなしにしたり、奥様に黙って何も動かしてはならないと厳命した。

　書斎に入ると、ピーターはこのことをペネロペに告げた。「ありがとうございます、だ……ピーター。でも、召使いたちは神経質になる必要はありませんわ。ジェラートがいれば決してつまずいたりしません。この四年間、わたしの目となってくれているのです」

「きみは生まれつき目が不自由ではなかったのか」

「ええ、事故でした。ある日、ジェフリーがわたしの乗っていた馬の近くで銃を発射したのです。驚いた馬から投げ出されたわたしは木の根元で頭を打ち、意識不明の状態が数日間続きました。意識が戻ったとたん激しい頭痛がして、やがて目がよく見えないことに気づきました。暗いところでは明かりの位置がかすかにわかります。動きも気配でどうにかわかります。でも……それだけです」

ピーターは黙っていた。だが、心の中で一つの心配が取り除かれていた。離婚は考えなかったが、妻の欠陥が子供に伝えられる危険性を危惧《きぐ》していたのだ。不安がなくなったいま、家族が持てるよう彼女に求愛する、その方法を考えるだけでよくなった。

ピーターは無言だったが、そのかすかな態度の変化を感じ取ったペネロペはすぐにその理由を察した。

「フィービーのこと、そして、わたしの目が不自由なのを黙っていたのは申し訳なかったけれど、目が見えないというわたしの欠陥が子供に伝わる危険性がわずかでもあったなら、わたしは誰とも結婚はしなかったでしょう。お願いですから、それだけは信じてください」

ピーターは目を見張り、妻を見つめた。「ぼくが考えていることがどうしてわかった？」

「さあ……わかりません。声かしら……」

ピーターはびっくりした。「きみがぼくの心を読めるなら、ぼくは行儀よくしなければいけないな。頭の中も態度も改めなければならないだろう」確かに、しばらくの間、思うことの一部はしっかり脇へ追いやっておかねばならない。だが、ペネロペを見ていると、彼女をわがものにしたい気持ちを抑えるのは難しい。教会で彼女にキスしたときの柔らかな唇の感触、そして昨夜、彼女を寝かしつけたときの記憶が鮮やかによみがえった。雄々しくも己の欲求を抑えたが、あのような状況が二度と起きないよう神に祈るばかりだ。

正直に言って、あのときのように自制心を働かせられる自信はない。妻のすらりとした体の線を見ているとどんな状況であっても欲望がかきたてられてしまう。彼女をわがものにする、愛する権利が自分にはあると思うとじれったさは増すばかりだ。こちらが考えていることを彼女に悟られないようにと念じつつ、ピーターは書斎の説明に集中した。座り心地のいい革張りの椅子に大きなデスク、壁にはずらりと本が並んでいて、いかにも男性の部屋という感じだ。フロビシャー家の人間は全員、本の蒐集《しゅうしゅう》を趣味としてきた。そして、この図書室は十七世紀の詩の写本のコレクションで知られていた。

夫の話に耳を傾けていたペネロペは、彼が何かに気をとられていると感じた。けれども、なぜ気をとられているのかは理解できなかった。愛の行為の経験がないペネロペは自分が彼の欲望の対象になっているなど考えもしなかったのだ。完全な結婚とはどういうものか、いずれはピーターが話してくれるものと思っていた。完全な結婚……それを考えると、不安になる。ある夜、彼がわたしの部屋へやって来てベッドをともにする……それはすばらしいことだとフィービーは話していた。フィービーとリチャードは愛し合っている。そこがわたしと違うところだ。母も、結婚生活のそういう面をきっと楽しめるだろうと話していたわ……。ペネロペは突如、ピーターの話を全然聞いていないことに気づき、書斎の説明にあわてて耳を傾けた。

書斎の次は客用のダイニングルーム、次いで小さなダイニングルーム――ともに一階にある――をめぐり、キッチンへ行き、そこでペネロペはフランス人のコック、フランソワとその助手たちに紹介された。フランソワはあいさつし、新しい女主人に触発されて新たな料理を創作すると約束した。

最後に二人は朝の間に戻った。そこに用意されていた軽食を食べながら、ダーレストンは妻に屋敷と一族の歴史について語った。伯爵の位を授かったのは十七世紀、チャールズ二世の王政復古の時代だった。当時のダーレストン子爵は国王のために勇敢に戦い、帰還した国王はその功に十分に報い、伯爵の位を与えたのだ。屋敷自体は、エリザベス朝様式のマナーハウスが消失したあと十八世紀に建てられたものだ。これらを語るピーターの声に熱い思いがあるとペネロペは感じていた。称号に対する誇り、その輝きを汚す者に渡したくない気持ちは理解できる。ジャック・フロビシャーを跡継ぎとして絶対に認めたくないのだ。

その日の午後、ピーターはペネロペを午前中に案内したところへ再度、連れていった。そして、ペネロペがさほど不自由せずに動き回れるのを見て目を見張った。驚くピーターにペネロペは笑い、こうしたことはすぐに覚えられるのだとだけ言った。

「信じられない！　ジョージはここに最初に泊まったとき、寝室とダイニングルームの間で迷子になったんだ」

「あなたとジョージはとても仲がいいのね」

「ああ。イベリア半島、そして、ワーテルローでウエリントン将軍の下でともに戦ったのだ。われわれはワーテルローで負傷し、療養のためここに戻った。ジョージの両親はすでに亡くなっていて、彼の妹は出産が近かった。そして、ぼくはその当時、一人になりたくなかった」言葉がとぎれた。夫が戦争から帰ったと知って愛人と駆け落ちした妻の話などしたくない。

ピーターの声に苦悩を察したペネロペは巧みに話題を変えた。「ウェリントン公を崇拝していらしたの？　父はわたしのために新聞記事をすべて読んでくれました。彼は超然としていて近寄りがたい人だという印象を受けたわ。将軍の下で戦うのは大変だったのではありませんか？」

「いや、それはない。将軍は任務を果たすべく戦場にいて、目的はやり遂げる人だと承知していたから。それに、近寄りがたい人物などでは決してないのは会えばわかるだろう。近いうちにぜひ引き合わせたい」かつての上官が新しいレディ・ダーレストンを気に入るという確信がある。

二人はジェラートとともに庭へ出た。大きな犬が女主人を導きながら障害物を避ける様子をピーターは興味深く眺めた。ジェラートは階段の前で常に止まり、出入り口の真ん中にペネロペを押しやって、誘導している。

「ジェラートを訓練したのか？」

「いえ、とくには。家族はわたしの視力が回復するか、少なくともいいほうへ向かうと期待していたのですが、そうはなりませんでした。事故当時、ジェラートは一歳でした。ジェラートは子犬のときに父がわたしとフィービーにくれたのですが、事故のあとはわたしのそばにいることが多くなり、しだいにわたしを誘導する役目を担うようになったのです。いまでは、ジェラートなしではやっていけません」

ピーターはペネロペをハーブガーデンへ連れていった。かぐわしい香りが二人を出迎えた。彼は笑いながら告げた。「名前はまったくわからないが、どれがいちばんいい匂《にお》いがするかは知っている」驚いたことに、ペネロペはその香りや手触りでほとんどすべてを区別し名前を挙げていった。庭仕事がとても好きらしい。

妻の五感が非常に鋭敏なのにピーターは気づき始めていた。たとえば少し離れたところに立っても、声を聞いただけで彼女はその居場所を難なく突き止めるのだ。ピーターはまた、妻の自立心の強さ、プライドの高さを理解し、漠然とながら尊重するようになっていた。彼女は新しい環境に直面しても、不安を口にして夫にすがろうとはせず、それどころか、勇気をもって未知の場所に大胆に足を踏み入れる。同様の状況に置かれたら、はたして自分も同じようにできるだろうかと、ピーターは思った。

「目が見えたらいいとは思わない？」ハーブガーデンを出て灌木《かんぼく》の間を歩きながらピーターはだしぬけに尋ねた。

ペネロペは少しためらってから答えた。「ええ、初めての方と会うときにはよく、そう思います。でも、知らない人と会うのは避けるようにしているんです。同情されたり、哀れまれたりして不愉快な気分を味わうからですわ」

「だから、フィービーと一緒に外に出なかった？」

「ええ。それに、一度に大勢の人と会うと混乱するのです。人込みが怖くて頭痛がしてきます。両親はわたしを地元の舞踏会へ連れていってくれましたけれど、結果は惨憺《さんたん》たるものでした。目が見えないわたしはフィギュアダンスはだめで、まったく踊れません。それに、わたしと踊りたい男性も誰もいませんでした。それで三十分間、フィービーはわたしになりすまして踊ったのです」

ピーターは大声で笑った。「それでは、ぼくが最初の犠牲者ではなかったのだね。妹さんの代わりに踊るというのはきみのアイディアだったのか？」

「とんでもない。フィービーが思いついたのです。でも、母はいい顔をしませんでした。わたしも舞踏会は楽しくなかったので、それ以後、舞踏会へ行くのは断りました。臆病《おくびょう》だと思いますけれど、家にいるほうが気楽なので」

その口調は悲しみをおびていた。しかし表情からは何もうかがえない。「ぼくがどんな様子なのかわからなくて、じれったくはないのか？」ピーターは唐突に尋ねた。

「いいえ、どんな方かはわかっていますもの。〈オールマックス〉で初めてお会いしたあと、フィービーがこう話してくれました。背は高くて一メートル八十センチくらい。黒い髪に灰色の瞳、日焼けした肌。体格も立派で、フィービーによると、とてもハンサムだとか……」

ペネロペの声にまぎれもない茶目っ気を感じ、ピーターは小さく笑った。彼女はこのぼくをからかっている。怖がってはいないのだ。

二人が立ち止まり庭のベンチに腰を下ろすと、ペネロペはためらいがちに頼んだ。「あの……お互いにもう少し慣れたなら……あなたの顔を触らせてもらいたいの。そうすれば、あなたがどんなふうか感じられるから……」

この願いにピーターは驚いた。彼女が薔薇やその花びらに触れる様を見てきている。柔らかな手で同じようにそっと触れられるのはさぞここちよいだろう。

ペネロペは一心に耳を傾けているといった表情でピーターのほうを向いている。だが、無言のピーターにとまどい、顔を赤らめた。「申し訳ありません。あなたを怒らせるつもりはなかったのです」

「怒ってなどいないさ。いま、ここで触れてみたらどう？　二人だけだから」その声はいまの言葉に嘘偽りがないと告げている。ペネロペは手を上げてピーターの顔に触れ、たくましいあごの線をなぞった。鼻筋が通っていて頬骨は高く、口元は温かく、引き締まっている。髪は縮れ毛で手触りがいい。

ペネロペの手が顔に触れている間、ピーターは身じろぎせず座っていた。それはまるで愛撫《あいぶ》のようだった。彼女が意図してそうしているわけではないとわかるものの、自分が高まるのをピーターは意識せずにはいられなかった。彼女の顔はこちらに向いている。赤褐色の巻き毛が額を縁取り、唇はかすかに開かれている。ついに、ピーターは自分をごまかせなくなった。彼女を驚かせないよう、そっと片腕をその腰に回して体を引き寄せた。ペネロペのやさしい指の動きが止まった。

「ぼくもやらせてもらえないかな、ペニー？」

愛称で呼ばれて防御の姿勢が崩れたペネロペは声を出すのが怖く、黙ってうなずいた。

ピーターは自由なほうの手でペネロペの顔にそっと触れ、その柔らかさ、なめらかさを味わった。白い喉も同じように柔らかい。腕の中のペネロペは震えているが逃れようとはしない。小さな唇をそっとなぞったピーターは突き上げる快感にうめきつつ唇を重ねた。前回とは異なり、ペネロペは抗《あらが》おうとはせず、むしろ体を寄せて精いっぱいキスを返してくる。ペネロペは腰に腕を回されたときからキスの予感がした。彼女は身を引かないように自分に言い聞かせた。というのも、彼の唇によってかきたてられた感覚が強力だったからだ。心臓がどきどきして息苦しくなり、体の力が抜けていく。

ピーターにとって、妻のおずおずした反応は新鮮に感じられた。これまで、レディ・キャロラインや身分がそれほど高くはないその他の女性たちとの関係を楽しんできたが、こんな気持ちになるのは初めてだ。ためらいがちに抱擁を返すペネロペにいとしさがこみ上げてくる。彼女の唇は信じられないくらい甘い。前日、乱暴に唇を奪ったのをピーターはいたく恥じていた。いま、ピーターはペネロペの腰を抱く手に力を込めながらやさしく、だが、情熱的にキスを浴びせ、もう片方の手でモスリンに包まれた胸のふくらみに触れた。ペネロペがはっと息をのんだのが感じられる。ピーターはペネロペを放した。彼女とベッドをともにしたい。だが、彼女のためを思うのならあせってはいけない。

「ありがとう、ペネロペ……ぼくは……屋敷へ戻ったほうがいいだろう」声にうろたえぶりが表れている。ああ、彼女が欲しい。彼女が隣の寝室で眠るのは拷問に近い。部屋をつなぐドアを開け、彼女のベッドに入りさえすればいい……。昨日の夜、まだ涙で頬が濡《ぬ》れている彼女をベッドに寝かしつけたときの愛らしさが思い出される。繊細な白い胸を愛撫したいという誘惑に勝つのは不可能だった。そして、彼女の寝顔は甘いほほえみを浮かべていた！

　ペネロペはゆっくり立ち上がった。意外にも足がまだいうことを聞いてくれる。彼にどう応《こた》えたらいいかしら？　いまのキスで体は震え、心はこんなにも動揺している。この感覚は……わたしの理解をはるかに超えている。胸に触れられたときあえいだのは心地よかったからだ。わたしの反応に彼は気分を害しただろうか？　いいえ、それはないわ。だって彼の手つきはちっとも乱暴ではなく、そっとわたしに触れたもの。

　ピーターの頭の中もペネロペとは別の意味で混乱していた。意地悪な、猜疑心に満ちた声が注意しろ、一人の女性として、恋人として惹《ひ》かれ始めているのではないかと警告する。彼女に無関心でいろ、彼女とは距離を置いたほうがいい。メリッサを忘れたのか？　同じ間違いを繰り返したくはないはずだ。

　いや、彼女はメリッサとは違う。確かにメリッサは処女だったがペネロペのように純真ではなかった。そう思ったが、疑念の声はつきまとって離れない。いいか、彼女に心を動かしてはならない。

　屋敷に着くころにはペネロペはピーターの態度の

変化に気がついていた。愛想のよさは変わらないが、ペネロペの信頼を勝ち取りたいという気持ちは感じられず、ただ、屋敷までの戻る道順を機械的に話している。ペネロペはそれが少し悲しかった。なぜ、彼は突然、一歩、離れた態度をとるようになったのだろう? よくわからないけれど、原因はわたしにあるらしい。この予測不能の夫には近づきすぎないほうがいい。

7

一カ月後、ダーレストンは陽光あふれる朝食室でハムと卵を食べていた。妻は朝食に現れるだろうか。それとも今日一日、顔を見ないで過ごすのか。結婚してからというもの、夫婦の関係はいっこうに進展していない。それは自分のせいだと、ピーターは承知していた。

結婚式から一週間ほど、ペネロペは夫を知ろうと努力を重ねていたが、ピーターはそのたびに礼儀正しくはねつけた。それ以後、ペネロペはあきらめて夫と一緒にいるのを避けるようになっていた。彼女に巧みに無視されて一週間ほど経《た》ったころ、ピーターは自尊心を傷つけられ、お互いの溝を埋めるため少し積極的な態度にでることにした。

だが、ペネロペはすることがたくさんあると言い、夫と一緒にいるのは望んでいないようだった。彼女は多くの時間を家政婦とともに過ごして屋敷内のやり方を学び、それ以上の時間を客間でピアノを弾いて過ごしていた。ピーターはよく客間のドアの外で立ち止まり、音楽を聴いていた。中へ入れば、ペネロペが演奏をやめてしまうのが経験からわかっていたからだ。

「おはよう、ペネロペ」ペネロペがジェラートとともに朝食室へ入ってくるとピーターは手紙から顔を上げた。「よく眠れたかい？」

「ええ。おかげさまで」

ピーターは立ち上がりペネロペを椅子まで導くとジェラートの頭をなでた。ジェラートはピーターを友達として完全に受け入れている。「お茶を飲むかい？」

「ええ、お願いしますわ、ピーター」

ピーターはお茶を注《つ》いでやりカップを手渡した。

「ほら、お茶だ。きみは今日は忙しいのかな？ 一緒に馬車で出かけようかと思うのだが」

「お誘い、ありがとうございます。でも、今日は食品室に一日いる用事がありますの。別のときにお願いしますわ」

「きみの好きなようにするといい」

ペネロペの必要なものがすべて揃《そろ》っているか確かめると、ピーターは手紙を読んだり整理したりする仕事に戻った。妻と感情的なかかわりは持つまいという決心が行きすぎたのかもしれない。二人きりのときはクリスチャンネームで呼んでくれるが、その態度が堅苦しいので、〝だんな様〟と呼ばれているような気分になる。

ピーターにとってさらに厄介なのは、夜、ドアを隔てた自分の寝室にとどまっているのが耐えがたいことだった。よく眠れないうえに、眠りに落ちると彼女の夢を見る。そして、ますますドアの向こう側へ行きたくなる。最初の日、庭でキスしてから、彼女にキスはしていない。あのときの彼女の反応が忘れられない。

いま、テーブルの反対側にいる他人行儀な彼女が抱擁され、あれほど熱く応《こた》えたとは信じられない。いまの彼女は月のようによそよそしく、冷たく見える。窓から差し込む陽光にまどろみながらスコーンを食べ、お茶を飲む妻を、ピーターはじれったい思いで眺めた。赤みを帯びた髪は日の光を浴びて銅色に輝き、普段は青白い頬がかすかにピンクに染まっている。

いつものように、ペネロペはピーターの視線をひどく意識していた。彼を避けているのは一緒にいるのがいやだからではない。自分の気持ちに自信がないのだ。ピーターを簡単に愛するようになってしまうかもしれない、それが怖い。夫は妻から愛されたいなどとは思っていないのに。あれから、彼はキスもしようとしないし、結婚生活に伴うはずの自然な触れ合いも拒んでいる。彼はわたしに魅力を感じていない、あるいはうんざりしているのだろう。だから、彼に対して特別の感情を抱くのは愚かなことだ。ペネロペは夫の視線を意識しながらお茶を飲み続けていた。夫がティーカップに嫉妬《しっと》しているなど知るよしもなかった。

「ジョージ・カーステアズから手紙が来た。彼が泊まりに来るのは反対かな、ペネロペ？」

「反対だなんてとんでもない。あなたのお友達にぜひお会いしたいわ。いついらっしゃるの？」

「向こうの都合のいいときに来てくれと書くつもりだ。おそらく、彼はぼくの返事を受け取りしだい、すぐにやって来るだろうな」

「それならミセス・ベイツに知らせて、すぐにお部屋を用意させるようにします。お友達がいらっしゃるのはいいことですわ」朝食を食べ終えるとペネロペは立ち上がった。「よろしければこれで失礼します」

「差し支えなかったら、ちょっと待ってくれ」二人の間の溝を埋めなければ、とピーターはすばやく決断した。

ペネロペは問いかけるような表情でピーターを振り返り、「かしこまりました」と答えると再び腰を下ろした。

その冷ややかで堅苦しい返事にピーターはひるんだ。彼女がとどまったのは、そうしたいからではなく義務からなのだ。一瞬ためらったあと、ピーターは言った。「一緒に馬車で出かけてもらいたいのだ。われわれは顔を合わせる機会がほとんどない。食品室やミセス・ベイツにきみを独占させたくない。それに、ジェラートも外を走りたいだろう」自分の名前と〝走る〟という言葉を聞いたジェラートは興奮して吠《ほ》え、尾を振った。

「本当にわたしと出かけたいのですか？」ペネロペは驚いた。これまで誘いを断ったとき、彼はいつも平然としていた。だから、彼は一人のほうがいい、ただ義務から誘ってくれただけだという思いは強くなるばかりだった。

「ああ、一緒に来てもらいたい、ペネロペ。そろそろ小作人の何人かと会ってもいいころだ。ぼくの妻としての務めの一つだ」妻としてのすべての義務を果たしてもいいころだとどうやって彼女を説得したらいいのだろう？

「あなたがそうお望みなら、もちろん、ご一緒しますわ。何時に出かけます？」

「手紙に目を通し、返事を書いてから……いまから一時間後ではどうだい？」ピーターは答えながら残りの手紙をぱらぱらとめくった。

その中の一通が目にとまった。「ああ、これはきみ宛《あて》だ。母上からだ」

「母から？　お願いです、読んでくださいな」ペネロペは喜びを隠さずに頼んだ。

「きみに読んでやる？」妻の手紙を読むなどピーターは考えてもいなかった。

夫の驚きを誤解したペネロペは赤くなった。「申し訳ありません。あなたがお忙しいのなら、エレンに読んでもらいますわ」ペネロペはピーターの横へ行き、手紙を受け取るべく手を差し出した。

知らずに相手を傷つけたと悟ったピーターは手を伸ばしてペネロペの腰に回した。「おばかさんだな、もちろん、ぼくは忙しくなどない。きみが自分宛の手紙を読む方法を知らなかっただけだ。さあ、もう一度座って。すぐに読んであげるから」ペネロペが抗議する前にピーターはペネロペを膝の上に抱き寄せた。「ほら、落ち着くだろう？　母上がきみ以外の誰にも聞かせたくない話を書いていないといいのだが。もしそうだったら、どうしたらいい？」

腰に手を回され、夫の膝の上にのっている自分にうろたえたペネロペは考えもせず反射的に答えた。

「耳を塞《ふさ》げばいいんじゃないかしら」

ピーターは声をあげて笑った。「なるほど。あるいは、目を閉じていようかな」ピーターは手紙を開けて読み始めた。

「〝親愛なるペニー、お手紙、ありがとう。元気にやっているとのこと……〟手紙を書いたのか？」

「ええ、短い手紙で元気だと知らせたのです。慎重に、あせらなければ文字は書けます。宛名はエレンが書いてくれました。彼女が村へ行くとき、出してくれるよう頼んだのです。いけなかったでしょうか？」

「そうだな。なぜ、ぼくから無料送達の署名をもらって玄関ホールのテーブルの上に置かなかった？

きみの母上は、ぼくがきみに手紙を書かせないようにしていると思うではないか」

「無料送達ですって？　まあ、そういう署名をいただけるということを忘れていましたわ。母があなたをひどい人だと思わないといいのですけれど……。もう一度、手紙を書いたほうがいいかしら」

「おそらく。さもないと、あの獰猛《どうもう》なウィントンにひどい目にあわされる」ピーターは軽口で応じた。「さて、どこまでだったかな。ここだ……読むよ。〝ダーレストン卿《きょう》はあなたの手紙を無料送達にはしてくださらないのですか？　それとも、あなたがそうお願いするのを忘れただけなのかしら。サラは、ダーレストンがあなたを地下牢《ちかろう》に閉じ込め、あなたがこっそり手紙を書かざるをえない状況に置かれているに違いないと言っています。『ユドルフォー城の謎《なぞ》』を読ませたのがいけなかったようです。あの本をサラに与えたのをリチャードは謝っています。わたしは、もしダーレストンがあなたを地下牢に閉じ込めるような卑劣な男なら、逆にわたしたちを安心させるために手紙を無料送達にして、もっと頻繁に書き送らせるだろうと言ってやりました。でも、犯罪者はいつも致命的な間違いを犯すもので、それがこれだとサラは言い張ってききません。そして、ダーレストンが『ユドルフォー城の謎』に登場する悪者のような振る舞いに及んでいるかもしれない、きっとあなたがひどい目にあっているに違いないと思っているようです。なぜなら、お金持ちの女性を選んだはずが、お金持ちではないとわかってダーレストンが怒っているだろうと……〟」

冷静さを取り戻そうと、ピーターは読むのをやめた。

「何と想像力豊かなことか！　ペネロペ、直ちに手紙を書いてくれ。きみの言葉をぼくが書き取るつもりだが、そうすると、きみの妹は新たな疑念を抱くだろうな。笑わないでくれ、ぼくの名声が危機に瀕《ひん》しているんだぞ」

ペネロペは笑いをこらえたがだめだった。普段もの静かでよそよそしい妻の態度が薄れたので、ピーターはうれしくなり、手紙の先を読んだ。

フィービーとリチャードは元気です。わたしたちとよく一緒に過ごしています。二人ともとても幸せそうです。フィービーがあなたに手紙を書くでしょうから、わたしからは何も言いません。

馬のアリアームが子を産みました。雌です。リチャードによると、将来有望だそうです。

サラがよろしくと言っています。あの子も手紙を書くそうですが、あなたへの励ましの手紙にするか、ダーレストンを脅す手紙にするか迷っているのでしょう。何かあればジェラートがまず行動を起こすだろうと考え、自分を慰めているようです。今回のことでダーレストンが激怒しなかったのでほっとしています。あなたも寛大でなければいけません。わがままを言ってはいけませんよ、ペニー・ダーレストン。やさしく、愛情深い妻におなりなさい。

あなたを愛する母より

手紙を読み終わったあとピーターはしばらく無言だった。安心して夫にもたれているペネロペはかすかに笑みを浮かべ、物思いにふけっている。二人の間の近さを楽しみつつ、ピーターは妻の繊細な横顔を眺めた。そっと手を伸ばし、その頬に触れたピーターはその柔らかさに驚かされた。われに返ったペネロペは問いかけるように夫を見た。ピーターはペネロペを軽く抱きしめた。「きみの小さな妹が抱いている不安を静めるため、今夜、きみの家族に手紙を書かなくてはいけないな」

夫をからかう誘惑にペネロペは抗しきれなかった。

「とんでもない！　疑念を煽《あお》ったら、あの子はもっと喜びますわ。あなたが手紙を書き、わたしが署名するだけというのが面白いかもしれない。ヒロインになりきって、あなたの手からわたしを救う夢を見る、あの子の興奮ぶりを想像してくださいな」

「ぼくの手はきみにとってそんなに耐えがたいものには思えないがね」ピーターは愉快そうに言った。「手紙を受け取った彼女は少年のなりをしてきみを救いに来るだろう。今度会ったら、彼女に『ノーサンガー僧院』をあげよう」

「それはどんなお話ですの？」

「数多くのセンセーショナルな小説、とくに『ユドルフォー城の謎』を読んで空想にふける若いレディの話で、『高慢と偏見』や『マンスフィールド・パーク』を書いた同じ女性の作者によるものだ。きみは読んだことがあるかな？」

「『高慢と偏見』は母が読んでくれましたわ。皆、とても気に入りました」

「それはいい。『ノーサンガー僧院』もぜひすすめたいね」ピーターは立ち上がりペネロペを床の上に立たせた。「さあ、行こう。馬車で出かけるなら、その前に手紙に目を通し、少なくともジョージに返事を書かなければ。彼が客としてやって来るのをきみがかまわなければの話だが……。そうだ、サラも招こう。彼女の疑念を晴らすために！」

「いいのですか？　サラはあなたのことを悪者だと思っているわけではないと思いますが。でも……わたしもあの子には会いたいわ」

「もちろん、彼女を招くといい」こんな簡単なことでペネロペが喜ぶとは。ピーターはうれしかった。お互いの関係はこれからよくなるだろう。ピーターはドアを開け、ジェラートと出ていくペネロペをかすかな笑みを浮かべつつ見送った。そしてペネロペが受け取った手紙を思い出して、一人笑いながら書斎へ向かった。

一時間後、外出の支度を整えたペネロペはピーターのところへ行った。ボンネット選びにエレンと時間をかけたが、自分で全体の姿を確かめられないのがもどかしい。書斎のドアを遠慮がちにノックしたペネロペは、「お入り、ペネロペ」という夫の深い声が聞こえるとなぜか息が止まりそうになっていた。

ペネロペが中へ入るとピーターはデスクから顔を上げて笑顔を向けた。「支度はできたかな？　手紙は片づけたから出かけようか？　そのボンネットはよく似合っているよ」実に魅力的だ。ボンネットが顔を縁取り、あごの下で結んだ濃い緑色のリボンが色白の肌を際だたせている。

夫の賛辞にペネロペはとまどっていた。なぜまた、友好的な態度をとっているのだろう？　これはいつまで続くのか？　とにかく、何か言わなければ……。

「ありがとうございます」

ピーターは待っていた軽四輪馬車にペネロペを導き、楽々と抱き上げて馬車の座席に座らせた。腰に夫の手が回されると同時にペネロペはおののいた。しっかりしなさい、と自らをたしなめる。彼はわたしを馬車へ乗せてくれているだけじゃないの。

ピーターもまさに同じことを自分に言い聞かせていた。それに、幌《ほろ》がない馬車、とくに後ろに馬丁が控えている場合、たとえ、相手が妻であっても愛し合うにはふさわしい場所ではないとも……。

馬車にひらりと乗ったピーターはペネロペの魅力的なウエストのくびれや手紙を読んでやる間、ひざの上に座っていた彼女の様子を頭の中から追いだそうとしていた。雑念を抱きながら威勢のいい二頭の葦毛《あしげ》を駆るのは危険極まりない。

馬車での遠出は快適だった。領地内のいくつかの農場に立ち寄り、ピーターが作物や収穫について農夫たちと話をしている間、農夫の妻たちがペネロペをもてなした。ペネロペはピーターがすぐれた領主として尊敬されていること、そして、彼が小作人たちの幸せを真剣に考えているのを知った。最後に訪れた農場はとくに興味深かった。

「ここに長居はできないかもしれない」とピーターは言った。「トム・ジュークスは去年結婚して、まもなく最初の赤ん坊が生まれる。実は、奥さんはエレンの姉なんだ」

「ああ、ピーター、そう言ってくだされば、エレンからの手紙を言づかったのに」

「すまなかった、それは考えつかなかったな。だが、少なくとも、奥さんからの伝言をエレンに持って帰ってやれる」

二人が到着したとき、トム・ジュークスは中庭にいた。そして、伯爵が新伯爵夫人を紹介するべく伴ってきたことを非常に晴れがましく思った。「お目にかかれて光栄です。マーサのやつは家の中におります。中に入って会ってやってください。お目にかかれなかったらがっかりします。わしの腕につかまってください。目がご不自由だが、周囲の状況を一度、覚えたら絶対に忘れないとエレンから聞いています」

「ぼくは馬とここにいるよ、トム。マーサの邪魔はしたくない」

「邪魔だなんてマーサは思いませんよ、伯爵様」トムは中に入るよう勧めたが、女性だけのほうが話しやすいだろうとピーターは考え、外にいた。

まもなくトムがピーターのところに戻ってきた。

「二人はすぐに仲よくなりましたよ。ふさぎ込んでいるわけではなかったけれど、お客様がいらっしゃってマーサも元気がでたようです。すべてがすんだらほっとします」

「元気な男の子が欲しいのだろう？」

農夫はちょっと考えてから答えた。「まあ、そうです。でも、マーサが元気ならどっちでもいいんです。失礼を承知で言わせてもらえば、同じ立場になったら伯爵様も同じように考えるでしょうよ」

ピーターは農夫の肩をぽんとたたき、話題は農作物のことへ移った。

まもなく、キッチンの戸口にペネロペが現れた。ピーターとともに待っていたジェラートは中庭を横切って駆けていった。ペネロペはジェラートの首輪に手を置き、ピーターとジュークスのところに案内させた。

トムは目を丸くしている。「奥様が犬を案内役にしているのはエレンから聞いてたけど、信じられなかったです。でも、マーサは、犬は羊や家畜の番ができるんだから、人間だって案内できるはずだって言っています」

「ジェラートは有能な案内役だよ」ピーターが説明した。「さてと、われわれは昼食のため屋敷に戻るとする。きみは仕事を続けてくれ。マーサの具合をみにまた来るよ。何か必要なものがあったら知らせてくれ」

「ああ、ミスター・ジュークス」ペネロペが声をかけた。「お産のとき、二、三日、エレンをよこすとマーサに話しておきましたから」

「ああ、奥様、それがわかっていれば、マーサの気持ちはずっと楽になるでしょう。ありがとうございます」

「たいしたことではないわ。こういう場合、わたしだって妹にそばにいてもらいたいもの。だから、エレンはここに来るべきだと思っただけよ。それでは、失礼するわ」

ピーターはペネロペを抱き上げて馬車に乗せ、自分もその横に飛び乗った。馬車は勢いよく走りだした。「やさしいんだね、ペネロペ。きみがどれだけエレンを頼っているか知っているから、その寛大さには感心するばかりだ」

「マーサは子供が生まれるの楽しみにしていますけれど、少し不安を抱いているように思えたのです。彼女は多くは言いませんでしたが、エレンをよこすと話したとき、ほっとしていたのは間違いありません」

　それから一キロほど二人は無言のまま馬車は進んだ。だが、それはぎこちない沈黙ではなかった。ピーターはエレンをしばらくの間、手放してもいいという妻の寛大さについて考えていた。最近、ペネロペと過ごすことはほとんどなく、その分、エレンに頼るところが多かったに違いない。それでも、彼女は決して不平はこぼさなかった。ただ……人といると目の不自由なことがじれったくなると認めていたが……。いや、違う。彼女がいらだつのは目が見えないことではなく、それに対する人々の反応が原因だ。彼女は何と言っていたっけ？　哀れみ……いたわられるのがいやなのです、と。

　ピーターは唐突に尋ねた。「ペネロペ、目が見えないことで、何がいちばんじれったい？」ペネロペはすぐには答えない。「すまない。余計な詮索《せんさく》をするつもりはなかった。忘れてくれ」

「気を悪くなどしていませんわ、ピーター。じれったいことがあまりにもたくさんあるので、どれから始めたらいいのか、わからなかっただけです」

「だが、きみはいままで何一つ、こぼさなかった」

「こぼしてどうなります？　わたしがいちばん残念なのは読書です。でも、わたしの家族はいつも喜んで読んでくれました。譜面も読んでくれましたわ。妹たちは新しい曲を練習するのをよく手伝ってくれたものです。一緒に練習するときもありました。一人がピアノを弾き、わたしがそれを耳で覚えるのです。たくさんの詩を覚えるのにも手を貸してくれました。わたしが望むときにはいつでもそばにいてくれたのです」

なぜ彼女が家族のためにまったく見知らぬ男性と結婚したのか、その理由をピーターは悟った。彼女へのやさしい気持ち、守ってやりたいという衝動が突き上げてくる。手綱を片手で持ち、空いた腕をペネロペの肩に回した。「新しい曲を練習する手伝いはできないが、本は読んであげられる」

「でも、あなたにご面倒はかけたくありませんわ」彼の手が肩に触れている。胸が奇妙にときめくのを無視しながらペネロペは言い返した。

「きみの音楽を楽しませてもらうお返しだよ。ドアの外でよく聴いているんだ。ぼくは音楽が好きだ。きみもわかっているだろう、ペネロペ？」

「あの……あなたのお邪魔になっていると思っていましたわ！」

「とんでもない。唯一、気に入らないのは、ぼくを中に入れてゆったり座らせ、聴かせてくれないことだ。ぼくはドアの近くに隠れていなければいけなかった。中へ入ると、きみはいつも弾くのをやめてしまうから」ピーターは軽くペネロペを抱きしめると全神経を馬たちへ戻した。

ペネロペは返答に詰まっていた。夫の態度の変化が理解できない。これまで夫に思いやりがなかったとか無作法だったというのではない。ただ、よそよそしくて近寄るのがためらわれた。いま、彼は本当に親しくなりたいと望んでいるのだろうか？　それとも、またいつもの冷ややかな態度に戻ってしまうのか？　彼がやさしく、うち解けてくれるのはうれしく、いまは何でも尋ねられる気がする。でも、調子に乗りすぎてはいけない。彼が差し出すものだけを受け入れ、それ以上は期待しないこと。言うのは簡単だけれど実際には難しい。

ペネロペは物思いにふけり、ピーターはひたすら馬車を走らせていた。ペネロペの沈黙は不快ではなかった。むしろ、常におしゃべりをしていなければという義務感に縛られていない女性を横に乗せて馬車を駆るのは新鮮な経験だった。自らが作りだした二人の間の溝を少しは埋められたのならいいのだが……。

「ジェラートは今日の走りをおおいに楽しんだようだ」大広間に入りながらピーターは言った。「もっと外へ連れ出してやらなければいけないな。きみは楽しかった？」

「ええ、おかげさまで。ジェラートは以前はもっと運動していました。父……父とわたしは一緒に馬車で出かけたものです」かすかなためらいは、父を失った悲しみの大きさを物語っていた。

「父上を亡くしてさびしいだろうね？」

「父のことはいつも思い出しています。わたしたち、とても仲がよかったのです。でも、亡くなっていてよかったですわ。ジェフリーの行為を知ったら、恥ずかしさに耐えられなかったでしょう。兄の行動についてあなたに謝ろうとずっと思っていました。でも、どう切りだしていいかわからず……」

「謝る必要などない。チャンスがあったのに、あのいまいましいさいころ《ダイス》のゲームをやめさせなかったぼくにも責任はある。あのことはもういいんだ、忘れてくれ」

その日はおだやかに過ぎた。ペネロペは午後は食品室で過ごし、ハーブを選《え》り分け乾燥させる作業をする家政婦を手伝っていた。手を動かしながら、つい今朝の馬車での遠出のことを考えてしまう。なぜピーターは突然、愛想よくなったのだろう。

彼は気分屋なのかもしれない。ペネロペはマーサ・ジュークスを訪ねたときのことを思い出した。そして別のことに思いあたった。彼は跡継ぎを望んでいる。そうでしょう？　このやさしさはわたしが進んで彼とベッドをともにするようにしむけるための計略なの？　ペネロペは顔を赤らめた。考えれば考えるほど、それらしく思えてくる。

その結論にたどり着くと、ペネロペは自分の気持ちを見つめてみた。最近、よそよそしい態度を示されているにもかかわらず、わたしは夫を嫌ってはいない。嫌うどころか、おおいに好感を抱いている。わたしには常に礼儀正しく接してくれるし、小作人の間で尊敬され好かれているところからすると悪い人ではないらしい。それに、彼に対するわたしの体の反応……。触れられるのを楽しんでいる。庭でキスされたとき、やめてほしくなかった。なぜ彼はやめたのだろう？　キスを返すべきではなかったの？　あきれられてしまったの？　わたしを魅力的だとは思わず、ただ、義務を果たして跡継ぎをもうけなければと感じている？

その夜、身じまいを普段より入念に整えたペネロペはロンドンから届いたダークグリーンの絹のドレスを着せてくれるようエレンに頼んだ。あつらえた数々の美しいドレスについてはエレンが詳しく説明してくれていた。すべてペネロペにぴったりで、その輝く巻き毛や白い肌を引き立てるものばかりだった。

ディナーの席に着くころには、ペネロペは緊張のあまり、防御の壁の中に再び引きこもってしまっていた。その変化にピーターはすぐに気づき、ペネロペを殻から引き出そうとした。ペネロペの短い手紙が引き起こした疑惑についてからかい、サラからの手紙が届いたときの返事の仕方を提案した。しだいにリラックスしてきたペネロペは心配事を忘れ、夫との一時を楽しむようになっていた。

一方、ピーターは妻にいたく満足していた。そのすらりとした体の線を何一つ、見逃さず、味わうように眺めていた。ぴったりした絹のドレスが体の曲線を浮きたたせている。馬車へ抱き上げたときの柔らかい感触をピーターは思い出した。キャンドルのほのかな光に赤褐色の髪の明るい部分が一段と際だち、内なる炎で輝いているようだ。その甘い唇の記憶が欲望をかきたてる。だが、ピーターは雄々しくもこらえた。

ディナーのあと、二人は客間に座り、ペネロペは夫のためにピアノを弾いた。繊細なタッチの演奏をピーターは心から楽しんでいた。目が不自由にもかかわらず様々なことができる妻には驚かされてばかりだ。

ハイドンのソナタが始まるころにはピーターは決心していた。もう待てない。彼女が欲しくてたまらない。結婚式から一カ月も経《た》っているのだ。彼女もわかってくれるだろう。それに、跡継ぎを望んでいると宣言していることだし。

ソナタを弾き終えるとペネロペは立ち上がり、ピアノの蓋《ふた》を閉めようとした。手を貸すべくピーターはそばに行った。彼女がすぐ近くにいる。ピーターの自制心は崩れた。手をペネロペの腰に回し、そっと、だが、逃がさないように腕に寄せた。びっくりしたペネロペはその場に凍りつき、本能的に顔をピーターのほうに向けた。

ピーターはペネロペの体がこわばったのを感じた。彼女を放せと良心が命じている。だが、腕に抱く彼女の感触にかきたてられた官能の炎に紳士としてのたしなみは脇《わき》へ退けられ、ピーターは唇をペネロペの唇にためらいなく重ねた。片手をペネロペの背に回し、もう片方の手で喉、そして、頬をなぞる。しばしの間、ペネロペは自然にわき上がる衝動を抑えていた。だが、ピーターのさまよう手が胸に触れると、思わず喜びのうめきをあげ、腕を彼の首に回してすがりついた。

その反応を感じ取ったピーターは腕に力を込めて

ペネロペを抱きしめた。信じられないくらい繊細で柔らかな唇がわずかに開いた。誘惑に抗しきれず、ピーターは舌を差し入れた。その甘さを存分に味わうピーターの口からうめきがもれる。ああ、彼女をいまここでわがものにしてしまいたい！

　ピーターの手がドレスの胸元に滑り込む。ペネロペは瞬間、世界がひっくり返ったような衝撃を感じていた。全身が震えている。このまま気を失ってしまいそうだ。胸元にさまよう指はからかうように柔らかな肌に触れている。

　ピーターは唇を離し、その頬にささやいた。「ペニー、もうがまんできない。きみが欲しい。わかってくれるね？」ピーターは再びキスした。最初はやさしく、それから情熱の高まるままに激しく責めたてる。自分で何をしているかわからないまま、ピーターはペネロペを抱きあげてソファへ向かった。腰を下ろすと妻を膝に抱き、すでに防御の壁が崩れているペネロペへの愛《あい》撫《ぶ》を続けた。再び手を胸元にはわせベルベットのような肌をなぞりながら唇を喉へ滑らせた。ペネロペが陶然と身を震わせた。めくるめくような感覚にペネロペはわれを忘れた。彼の手と唇で全身に火がついたようになっている。どうしていいかわからないペネロペはピーターの顔に触れ、ぎこちなくキスを返していた。ピーターの内にいとしさがこみ上げてきた。純粋無《む》垢《く》な彼女は愛らしくて魅力的だ。もはや自分の感情を抑えきれないと悟ったピーターはだしぬけにペネロペを放した。

「ペネロペ、そろそろ上へ行ってベッドに入ったほうがいい。そうしないと、ぼくは責任が持てない」立ち上がったピーターの手が震えている。急いで事を進めたくないだけだとピーターは自分に言い聞かせた。だが、実際は、自分の気持ちが怖いからだ。

　ペネロペはわが耳が信じられなかった。何かいけないことをしただろうか？　ピーターの拒絶にうろたえたペネロペはゆっくり立ち上がり、ベルの紐《ひも》のところへ行った。ピーターがすばやく部屋を横切っていく音がする。ドアが開く音。ピーターは荒々しくドアを閉めて出ていった。受けた愛撫にペネロペの体はまだ震えている。もっと続けてほしかった。なぜ彼は出ていってしまったの？　きみが欲しいと言ったのに……。わたしがいやがっていたと思ってはいないはずだわ。答えが見つからないままペネロペはベルを鳴らし、メドウズを待った。

執事はすぐに現れた。「エレンをわたしの部屋へよこしてちょうだい。もうやすみます」

「かしこまりました」

悲しみに沈んだペネロペはジェラートとともに客間を出て自分の部屋へ向かった。ピーターはどこへ行ったのだろう？　たぶん、書斎だ。あそこは彼の避難所。立ち入ってはいけないところ。

エレンがペネロペの部屋へ行くと、女主人は考え込んでいて元気もないのに驚いた。レディ・ダーレストンはいつもほがらかなのに……。今夜は話をしたくなさそうで、いまにも泣きそうにすら見える。エレンはすでに、妹のところへ行ってあげなさいと言われており、配慮してくれた女主人にはおおいに感謝していた。ペネロペの髪をとき、寝支度を整えながらエレンは明るくおしゃべりをした。もしかしたら、奥様は伯爵様とけんかをしたのかもしれない。服を片づけながらエレンはそう思った。

「おやすみなさいませ、奥様。さあ、おいで、ジェラート」出ていきかけたエレンは隣の部屋へ続くドアが開いているのに気がついた。閉めるべきだろうか？　お二人がけんかをなさったのなら、開けたままにしておいたほうがいいだろう。ドアが閉まっていては仲直りもできない。

満たされぬいらだち、悲しみを抱えてペネロペは大きなベッドに横たわった。求愛に積極的に応えたからピーターはいやけが差してしまったのだ。それなら、今度、キスされたら決して応えたりしない。そうできたらの話だけれど……。夫の官能的な抱擁に冷静でいるのは難しいかもしれない。あの巧みな唇と手。うとうと眠りに落ちながらペネロペは思った。言い寄られたら、それを楽しんでいないふりをすればいい……。

一時間後、寝室に入ったピーターは隣室へ続く開いたドアの脇に立ち、眠っている妻を眺めた。ピーターも満たされぬいらだちにさいなまれていた。突き放したときの彼女のとまどいと苦痛に満ちた顔が頭から離れない。なぜ、胸に忍び寄るこの言いようのない感情を抜きにして妻と肉体関係が持てないのか？　封印してきた感情を呼び覚ますくらいなら、彼女とベッドで愛を交わさないほうがいい。だが、跡継ぎが欲しいなら、夫婦の契りを結ばなければ。

ああ、なぜ彼女はあれほど愛らしく、こちらの求めに素直に応じるのだろう？　その素直さを目のあたりにするたび、いとおしくなる……いや、だめだ。確かに彼女はとても好ましい女性で、伴侶《はんりょ》としても申し分ない。だがそれ以上の感情を抱くのは禁物だ。

8

翌朝、朝食室に入ったペネロペはどうにかして昨日の親密な雰囲気を取り戻そうとしていた。服装にはとくに注意を払い、いちばん似合うとエレンと家政婦が言ってくれた濃いブルーのモーニングドレスを選んだ。だが、その努力は徒労に終わった。

ペネロペが部屋に入るとピーターは顔を上げ息をのんだ。濃いブルーに色白の顔がいちだんと引き立ち、ブルーのリボンで結んで片方の肩に垂らした艶《つや》やかな巻き毛が濃い布地に映えて輝きを増していた。その繊細な口元に浮かんだやさしいほほえみ。昨夜、その唇がこちらの求めを受け入れてくれた。柔らかで震えるあの唇……。ああ、それについては考えまい！　美しい顔に心を惑わされるようなまねは二度としない！

「おはようございます、ピーター」

「ああ」ピーターは立ち上がり、ペネロペのために椅子を引いてやった。「よく眠れたかな？」

「あの……ええ」嘘《うそ》だ。ほとんど眠れなかった。ペネロペはぎこちなく腰を下ろした。夫のそっけない朝のあいさつに出ばなをくじかれてしまった。彼の声は氷のように冷たい。

「お茶を飲む？」

「ありがとうございます」

ピーターはお茶を注《つ》ぎ、カップをペネロペに渡した。そして、ひどい態度だと非難する良心の声は無視しようと努めつつ新聞に視線を戻した。

ペネロペは再び試みた。「昨日の遠出は楽しかったわ。またいらっしゃるなら、ご一緒していいかしら？」

「今日は馬に乗っていく。そのほうが時間の節約になるから」

ピーターは妻の顔を見つめた。瞬間、その唇が震えたと思った。だが、すぐに、冷ややかな表情が顔に広がった。「余計なことを言って申し訳ありません」二度と同じ間違いはすまい。拒絶されてペネロペはひどく傷ついていた。施しを求めるようなまねをしてしまった。次に誘われても、ぴしゃりと断る。勝手に一人で行けばいいんだわ！

そのあと、ペネロペは外へ行きたくてそわそわしていた。音楽に集中しようとするが、ヘンデルの魅力は外出への期待とは比べものにならない。手綱を引いてもらわなくてはいけないとしても、馬に乗るのはさぞ楽しいだろう。屋敷から出たいのはジェラートのためだとペネロペは自分に言い聞かせていた。だが、生来正直なペネロペは自分に嘘はつけない。本心は夫と一緒に過ごしたいのだ。夫の情熱的なキスが忘れられず、昨夜は眠れなかった。彼はとてもやさしかったが、逃れることを許さず求めてきた。わたしを欲しいとまで言った……。昨夜のことを思い出し、ペネロペの鍵盤《けんばん》の上の指の動きが遅くなった。

わたしはいったい何をしたのだろう？　尋ねる勇気があったらいいのだけれど、朝食のときの彼のあいさつはよそよそしく冷たかった。ああ、こんなこと、時間のむだだわ！　彼はどうしたというのだろう？　わたしを好きであるかのように振る舞ったと思えば、次のときにはわたしを厄介者扱いする。

反抗的な考えが頭の中に浮かんだ。わたしが出かけてはいけない理由があって？　自分で楽しむためにピーターの都合を待っている必要はないのだ。馬丁の誰かに付き添ってもらえばいい。決断するとペネロペはピアノを閉め、服を着替えに行った。

予想どおりエレンはいい顔をしなかった。「乗馬ですか？　伯爵様がなんとおっしゃいますか……」

「伯爵様などどうでもいいわ。わたしの乗馬服を持ってきてちょうだい」

　エレンは言われたとおりにした。馬丁が引き綱を引くのだから問題はないと思い直したのだ。馬丁頭のジョンソンは信頼できる男だ。でも、伯爵様が何とおっしゃるかは考えたくない！

　午前中、小作人を訪ね、領地の改善や来るべき冬に備える穀物について話し合うのに忙しかったダーレストン伯爵は屋敷へ帰るべく庭園を横切ったとき、目の前の光景に驚愕《きょうがく》した。いまは現役を引退しているお気に入りの狩猟用馬のネロに妻が乗り、馬丁頭と犬を引き連れゆっくりした駆け足でどこかへ行こうとしているではないか！

　ジョンソンはどういうつもりだ？　小さくののしり声をあげたピーターは一行を制止するためグリセルダを全速力で走らせた。

　馬のひづめの音を聞きつけたジョンソンは振り返った。「奥様、止まったほうがいいでしょう。ご主人様が戻られ、こちらに向かってこられます」

　ペネロペは口元に浮かんだレディらしからぬ返事を押し込めた。「わかりました。だんな様もわたしたちと一緒にいらっしゃりたいのかもしれませんね」

　それはどうだろうか？　伯爵の険しい表情を見たジョンソンは不安になっていた。なぜ奥様の言いなりになり、こんなばかなまねをしてしまったのだろう。解雇されてしまうかもしれない！

　一方、ペネロペは平然としていた。決して引き下がったりしない。彼の馬に乗ってはいけないとは言われていないもの。だが、ジョンソンは窮地に立たされるとそのとき気づいた。

「心配ないわ、ジョンソン。だんな様が怒っていらっしゃるのはこのわたしよ。あなたはこの考えに賛成ではなかったと申し上げるわ」

「ありがとうございます、奥様」

ピーターは冒険を求めて出歩く花嫁とその付き添いの横に馬を止めて二人をにらみつけた。

「いったい何をしている？」

激怒している主人の声に馬丁はうなだれたが、ペネロペは背筋を伸ばしてピーターと向き合い、甘い声で答えた。「乗馬ですわ。一緒にいらっしゃいません？　あなたは今朝、ほかのご用事がおありになるとのことでしたけれど、お仕事が早くおすみになったようですね。ご一緒してくださるなら大歓迎ですわ」

ピーターはペネロペを凝視し、怒りをあらわに告げた。「きみが馬に乗るのは安全とは思えない。ぼくの言葉に従い、直ちに厩舎《きゅうしゃ》に戻ってもらいたい。それから、ジョンソン、こんなことをするなんて、どうかしているぞ！」

ペネロペは憤然と言った。「お言葉ですが、わたしは子供のときから馬に乗っていて、わたしが視力を失っても乗馬をやめる必要はないと両親は考えました。ですから、ご心配には及びませんわ。ジョンソンはただわたしの命令に従い、しかるべき馬に鞍《くら》をつけて付き添ってきてくれただけです。そうしてはいけないというご命令はありませんでしたもの。ですから、彼を責めないでください」

ピーターは馬丁に衝撃を与えない答えを何一つ考えつかなかった。彼はしばし言葉に詰まり、ぶっきらぼうに告げた。「ジョンソン、馬を交換してくれ。グリセルダは元気すぎてほかの馬を導くには向かない。妻の乗馬にはぼくが付き合う」ピーターは馬から降りた。

ジョンソンは主人に従い、おとなしい老馬の手綱を伯爵に渡した。伯爵はひらりと鞍にまたがると引き綱を取った。

「おまえは厩舎に戻っていい、ジョンソン」うちしおれている馬丁を見てダーレストンは付け加えた。「なんてことだ！　命令に従っただけのおまえをこのわたしが解雇するなどと思っているわけではないだろうな？」

「はい。あ、いえ、そんなことはありません。ありがとうございます！」ジョンソンはグリセルダに乗り、互いに向き合う伯爵と頑固な伯爵夫人を残してその場を去った。

ピーターは深呼吸すると告げた。「さあ、行こうか？」

「ええ」

馬を速歩《トロット》で駆けさせながらピーターは妻の様子をうかがった。鞍に悠然と座っている。

「レディ・ダーレストン、今後、召使いを驚かす前にぼくに一言、相談してくれるとありがたい」静かな声にはまぎれもない怒りがある。内心、おじけづいたペネロペだが、あごをさらに高く掲げ、挑むように夫を見た。

「本当にその必要があるのでしょうか？　あなたのお邪魔をしない限り、わたしがどう過ごそうとあなたには関係ないのではありませんか？」

「きみはぼくの妻だ！　きみの安全に関しては心配している！」

「まあ、そんなこと、考えもしませんでしたわ。わたしに関心をお持ちだとは知りませんでした」

その澄ました態度がかんに障る。この無作法な女は心配などいらぬお世話と言っているのか！　腹立たしいが、鞍に座っている彼女は様になっていると認めざるをえない。馬に楽々乗っている。事故のあと乗馬をあきらめなかったのも無理もない。この問題で言い争ってもむだだろう。彼女が馬を巧みに操れるのは明らかだ。

「馬を操るきみの腕前は確からしいな。ぼくかジョンソンと一緒なら、馬に乗ってもだいじょうぶだろう。信じるか信じないかはともかく、ぼくはきみの身の安全には関心を抱いている」

「それはご親切に。ですが、わたしのことはご心配なさらないようお願いします。乗馬はジョンソンがいてくれれば問題ありませんわ。あなたは領地のお仕事でお忙しいでしょうから」心とは正反対の冷淡さを込めて言った。厄介だが義務として一緒に時間を過ごすという申し出にペネロペの自尊心は耐えがたいほどに傷ついていた。

妻を深く傷つけてしまったとピーターはすぐに気がつき、話題を変えた。「ネロの速度はどうだい、ペネロペ？」

「おかげさまでとても快適ですわ、だんな様」

堅苦しい返事にピーターはひるんだが、それについて触れるのは差し控えた。結局のところ、原因はこちらにあるのだ！

「ネロは事実上、引退しているけれど、厩舎の中でいちばん信頼できるとジョンソンが教えてくれました」

「ああ、そうだ」ピーターはかつての友をいとしげに見やった。「戦場でネロに乗っていた。ネロ……そしてジョージ・カーステアズがいなかったら、ぼくは死んでいただろう」ピーターはしばし黙り込んだ。戦いの場面がよみがえる。一面に立ちこめる煙、銃声、死んでいく兵士や馬の叫び声。ピーターは頭を振り、凄惨《せいさん》な光景を追い払った。

「何があったのです？」やさしい声にピーターはわれに返った。ペネロペはピーターの声の何かから、彼がその日見た恐ろしい場面が永遠につきまとって離れないのだと感じ取っていた。

「ぼくは部下の隊列を整えていた。われわれは方陣を敷いて陣地を守っていたが、フランス軍の侵攻はやまなかった。いたるところで銃弾が飛び交っていたが、ネロは厩舎にいるかのように落ち着いていた。ついに、マスケット銃の弾がぼくに命中した。覚えているのは脇腹《わきばら》の激痛、そして、泥の中に横たわりネロの腹を見上げていたことだけだ。部下の話だと、それはいままで見たことがない不思議な光景だったという。ほかの馬なら逃げ出していただろう。だが、ネロは部下たちがどうにかフランス軍を撃退するまでぼくの上に立っていた。さもなければ、ぼくは踏みつぶされていた」

「そして、ミスター・カーステアズは？」

「ジョージはその有様を見守っていた。そして、機を見てぼくのところへたどり着き、ぼくをネロの背に乗せると部下の一人に命じて後方へ連れていかせた」

ペネロペはしばらく無言だった。彼の怒りは、彼が特別大事にしている馬にわたしが乗っているのを見たせいだったのかもしれない。「あなたのお許しも得ずにネロに乗って申し訳ありませんでした。ネロには誰も乗せたくないというお気持ちはわかります」

「それはかまわないのだ、ペネロペ」ピーターは当惑していた。「乗ってやらなくてはいけないのだが、ネロもいささか年でね、以前ほどは乗っていない。きみが乗ってくれるのならありがたい話だ。いまもあいつのために時折、乗ってはいるが、それ以外のときは自分の馬と考えてくれていい」

「ありがとうございます」

二人は無言で進んだ。ピーターが再び口を開いたとき、いつものよそよそしく堅苦しい態度に戻っていた。ため息をついたペネロペは夫と親しくなろうとする試みはあきらめることにした。礼儀を重んじる冷ややかな関係を夫が望んでいるのなら、それはそれでいいではないか！

翌朝、目覚めたペネロペは厩舎に伝言を伝え、一緒に馬で出かけるのにいつが都合がいいのかジョンソンに問い合わせた。お風呂から出る前に、ジョンソンは奥様のご都合のいいときにいつでもお供するとの答えが返ってきた。

体をふきながらペネロペは慎重に考えた。「わかったわ、エレン。わたしの乗馬服を出しておいてね。それから、わたしが着替えたら、誰かをジョンソンのところにやって。朝食後、わたしもすぐに行きますと伝えてちょうだい」

「かしこまりました」

「それから、エレン」

「はい？」

「乗馬のあと、お散歩に出かけるので、何か食べ物を持っていきたいの。果物とパン、チーズがあればいいわ。それから、あなたが一緒に来るのなら、あなたが食べたいものもね」

「お疲れになるのではありませんか？」そう言ってからエレンは自分の立場を思い出した。「もちろん、お供しますけれど、でも……」

「ではなしよ。わたしの乗馬服を出すことと、あなたがお昼に何を食べたいのかだけを考えて」

エレンはすぐに乗馬服を用意してくれた。ペネロペは朝食室へ向かった。廊下を抜けながら自分に言い聞かせる。わたしが夫の態度を気にしていると、彼に絶対に悟られてはいけない。彼が愛想よくする、さらには言い寄ってきたとしても、ただひたすら上品に振る舞う。見えない境界線を越えるたびに拒絶されるのは耐えられない。

自らが定めた感情の境界線を越え続けているのはピーターのほうだとはペネロペは想像もしなかった。

ペネロペが部屋へ入ってくるとピーターは立ち上がり、新聞を下へ置いた。「おはよう、ペネロペ。お茶を飲むかい？」

「ありがとうございます、だんな様。お願いしますわ」礼を失しない冷たい声はわれながら上出来だとペネロペは胸の内で自分をほめた。

口の先まで出かかった妻の堅苦しさをたしなめる言葉をピーターはのみ込んだ。彼女の表情にある何かが注意しろと警告している。ペネロペは、母と妹たちが言う〝ペニーの要注意の顔〟になっていた。

お茶を注《っ》いでペネロペの前に置いたピーターはぴったりした乗馬服に目をとめた。「今朝は乗馬をするつもりだったのかな？」

「ええ、厩舎に伝言を伝えてあります。朝食のあと、ジョンソンが待ってくれています」

ピーターは腰を下ろして考えた。昨日の妻に対する態度はひどかった。妻の供をするべきだとわかってはいる。だが、妻の次の言葉は夫に何も期待していないことをはっきりと示していた。

「ジョンソンと乗馬を楽しみますわ。彼はとても話しやすそうです。そのあと、エレンとわたしはピクニック・ランチを持ってジェラートを長い散歩に連れていくつもりです」

「ああ、そんなことをしたらきみは疲れきってしまうじゃないか！」考える前に言葉が先に飛び出した。

「わたしのことはご心配なく。どのくらいの時間、馬に乗れるか、歩けるかは自分でちゃんとわかっていますから」ペネロペは話題を変えた。「それで、あなたは今日はどうされるのですか？」

「領地に関する仕事だ。小作人と会わなくてはいけない。きみが一緒に来たいというなら……」

「ご親切にありがとうございます。ですが、ジョンソンが供の役を立派に果たしてくれると思いますわ。それに、あなたのお邪魔はしたくありませんから」

突き放した口調に傷ついたが、ピーターはただ肩をすくめた。「好きなようにするといい」朝食を終えるとピーターは席を立つわびを言い、仕事に向かうため部屋を出た。

　ピーターが出ていき部屋のドアが閉まるとペネロペはほっと息をついた。冷ややかな態度を保つのは想像していたよりはるかに難しい。なんと、お茶を飲み終える手がかすかに震えている。おばかさんね！　ペネロペは自らをたしなめつつサイドテーブルへ行き、慎重にゆで卵を取ったものの、なぜか、食欲は失《う》せていた。

　ペネロペが厩舎へ入るとすぐにジョンソンがやって来た。「おはようございます、奥様。ネロには鞍《くら》を着け、準備はできております。これからは奥様がネロにお乗りになると伯爵様からうかがっております。皆、喜んでおります。ネロは年をとっていますが、いい馬で、あまり外へ行けないのでちょっと退屈していたところです」

「毎日、ちょっと乗るだけだから、わくわくするような喜びはあまり与えてやれないかもしれないわね」

「年寄りの馬にはちょうどいいですよ」ジョンソンは明るく言った。「フレッド！　奥様のためにネロを、そして、わしのためにミスティを連れてこい」

「了解！」石畳の中庭に馬のひづめの音が、それから、うやうやしく言う声が聞こえた。「連れてきました、ミスター・ジョンソン。ほかに用事はないですか？」

　ちょっとびくついた声だ。ペネロペの記憶を揺り動かすものがあった。「フレッドなの？　空のはずの馬房にジェラートを見つけて仰天した？」

「ああ、そうです、奥様。ばかなやつです。さあ、ごあいさつしないか！」

「おはようございます、奥様。いい犬だってわかっているんだけど、こんな大きなやつは見たことがなかったから」

「ジョンソンだって見たことがないと思うわ。だいじょうぶよ、ジェラートは悪さはしないから、約束するわ。さあ、行きましょうか」

「奥様がよろしければ」ジョンソンはネロをペネロペの横へ連れてくると、ペネロペの脚を支えて鞍に乗せた。ペネロペはすばやく体勢を整えると手綱をたぐり寄せ、ネロの口に触れながらジョンソンが馬に乗るのを静かに待った。

ジョンソンは馬にまたがると声をかけた。「よろしいですか、奥様？」

「ええ、いいわよ」

二人はともに速歩で中庭を出ていき、ジェラートがはねながら付き従う。

ジョンソンはこれから行く道を説明した。「庭園を抜けて村へ行くのがいいでしょう。お望みなら駆け足ができる場所もありますよ。農場を回り、森を抜けて戻ってこられます。一時間半くらいかかるでしょうか」

「申し分ないわ、ジョンソン。あなたが楽しめるコースを選べばいいのよ。わたしにとってはどこを行こうとたいした違いはないから」

ジョンソンはちらりと奥様を見た。「それはどうでしょうか。春が来れば森にはすみれが咲くし、いたるところで鳥がさえずります。いまも、いい匂《にお》いがしています。ですからこの道がいいと思ったんですよ。奥様はハーブがお好きだとエレンから聞いて……。きっとお気に入ります」

「いろいろ気を配ってくれてありがとう。感謝しています」

ペネロペは乗馬を存分に楽しんだ。ジョンソンは優秀なガイドで、道すがら景色の説明をしてくれる。さわやかな日で、ペネロペは太陽の温かさを感じた。うれしいことに、頭上でひばりが高らかに鳴いている。二人は馬を止め、ペネロペはしばらくの間、うっとりその鳴き声に聞きほれた。彼女はジョンソンに話しかけた。

「あのね、わたしの実家のご近所にミセス・ナイトンという人が住んでいるの。ある日彼女がひばりを一羽、捕まえてね。哀れなことに鳥を鳥籠《とりかご》に入れて客間に置いたのよ。ひばりは日に日に元気をなくしていったわ。わたしと妹はかわいそうでたまらなくなり、とうとうひばりをミセス・ナイトンの庭に放したの。ひばりがはばたいて、また自由になれたと知ったとき……ああ、あのときのすばらしい鳴き声は忘れられないわ！　あの恐ろしい籠の中では悲嘆に暮れるほかなかったのでしょう」

　ジョンソンは鼻を鳴らした。「ひばりだけでなく野生の鳥を閉じ込めるやつなんざ、籠に閉じ込めてやればいいんですよ。鳥を籠に入れるなんてとんでもない。ひばりだけじゃない、鳥たちには空と風が必要なんです。籠の中のひばりがきれいに鳴かなかったのも無理はない」

「ええ。いじけたように鳴いていたわ。きっとつらかったのでしょう」

「そのとおりですよ」とジョンソンは相づちを打った。「奥様はご近所と面倒なことになっても気になさらなかったのですか？」

「ええ、全然！　母はミセス・ナイトンの前ではたっぷり罰を与えると約束したけれど、家へ帰る馬車に乗り込むとすべて取り消してくれました」

　馬丁は大声で笑った。「母上はご自分でそうしたかったんでしょうよ！」

　それから、和やかな雰囲気のなか、二人は馬を進めた。伯爵を子供のときから知っているジョンソンはほかの古くからの使用人たち同様、前の伯爵夫人を好ましく思ってはいなかった。この新しい伯爵夫人ははるかに魅力的だ。今度の奥様には品があるとメドウズが話していたが、それは当たっている。真のレディだ。気取りすぎず、頭がいいだけでなくやさしい心も持っている。向きを変えて屋敷に戻る道をたどりながら、ジョンソンは賢明な選択をした主人を胸の内で祝福していた。

ペネロペが屋敷に戻るとエレンとフランソワがジェラートのための大きな骨も入っている心のこもったピクニック・ランチを用意してくれていた。エレンは心配したが、ペネロペは馬に乗ったあとも疲れておらず散歩に出かける気持ちは変わらなかった。屋敷の外に出たい、ジェラートに運動をさせてやりたいという偽りのない願いもあったが、妻が意気消沈している、一緒にいてもらいたがっているなどと夫に少しでも思われたくなかったからだ。

ピクニック・ランチと敷物を携えてペネロペとエレンは出発してキッチンガーデンから果樹園を抜けた。三キロほど離れたところにピクニックに絶好の場所があるとエレンは告げた。小川が一メートルほどの高さの小さな滝となり淵《ふち》に落ちているという。日だまりの安全な場所で、水を持っていく必要がない。四十五分ほど歩いてその場所に着くと、淵のそばの枝を大きく広げた樫《かし》の木陰に敷物を広げた。

ペネロペの耳には様々な音が聞こえている。小さな滝の音、鳥のさえずり、水面にときおり鱒《ます》がはねる音。満ち足りた気持ちで敷物に座ったペネロペは食べ物を並べるエレンを手伝った。パイにコールドチキン、ロールパン、チーズ、分厚く切ったプラムケーキ、それに新鮮な果物。フランソワはこうした簡単な食事を用意するのも上手だった。エレンによると、ダーレストン伯爵は猟銃や釣り竿《ざお》を携えて戸外で過ごすのが好きなせいだろうという。

「伯爵様は形式張ったことがお好きではないのです」主人についての意見をその妻に語る立場にはないのをエレンはすっかり忘れていた。だが、ペネロペはいっこうに気にしていない。夫のこと、夫の好きなこと、嫌いなことを知るのはうれしい。

　午後はおだやかに時が過ぎていった。そして、ペネロペはエレンの家族について、とくに姉のマーサについて多くのことを知った。ときどきエレンは話すのをやめ、つまらないおしゃべりをしたのを謝るのだが、ペネロペはただ笑い、もっと聞きたいと答えるのだった。エレンから家族の話を聞いているうちに、実家を恋しく思う気持ちがいくらか薄れていくのを感じた。

　生まれて初めて母親や妹たちから離れ、心から話せる、あるいは打ち明け話ができる相手がいなかったペネロペは耐えがたいほどの寂しさを味わい始めていたのだった。ピーターの態度が気まぐれでなければ、二人は友達になれるのに……。彼について好きな部分はたくさんある。そして、使用人たちは明らかに主人に対して大きな尊敬と愛情を抱いている。これは彼がすぐれた人物だということにほかならない。ペネロペは『高慢と偏見』の一場面を思い出していた。主《あるじ》のダーシー・フィッツウィリアムを賞賛する家政婦の話を聞き、ヒロインのエリザベスはダーシーに関する見方が間違っていたと悟る。そして、それまで強く反発していたダーシーを深く愛するようになるのだ。

　愛……わたしには縁遠いものだ。ペネロペはそうつぶやいた。

9

それから数日間、ペネロペは朝の乗馬に出かけるかエレンと散歩に出ていた。朝食、あるいはディナーのとき以外、ピーターとはほとんど顔を合わさず、会話もお互いの健康や行動について礼儀正しく尋ねる程度にとどめた。朝食のときですらペネロペはピーターを避けようとした。そして彼がいないと見計らうや階下へ下りた。

雨がひどく降ったある日の午後、ペネロペは食品室でミセス・ベイツを手伝っていた。奥様に手伝ってもらって助かる、目がちゃんと見えるのにハーブの区別がつかないレディたちよりはるかにいい、とミセス・ベイツはほめてくれた。二人は一緒にハーブを煎《せん》じたり乾燥させるために並べたりして、その間にミセス・ベイツが屋敷やそのしきたりについて話してくれた。ペネロペは前の伯爵夫妻が開いた華やかなパーティや伯爵夫人が病気で死去したときの老伯爵の落胆ぶりについて聞かされた。

「伯爵様は生きる気力を失われ、一年後、奥様のあとを追うように亡くなりました。ピーター様は当時、イベリア半島にいらっしゃいましたが、伯爵様は呼び戻そうとはなさいませんでした。ついに、ミスター・メドウズが伯爵様に黙ってピーター様に手紙を書き状況をお知らせました。ピーター様は将校の職を売られて退役され、一カ月もしないうちにお帰りになりましたが手遅れでした。伯爵様は亡くなり、ピーター様はその一年半後に結婚されたのです。ひどい結果になりましたけれど――」大きくため息をついたミセス・ベイツは、すぐに明るく続けた。

「このお屋敷もいまではすっかり変わりましたわ。

ええ、奥様、本当です。さあ、裁縫室へ行き、このラベンダーを入れるモスリンの袋をもっと取ってこなくては。今年はこんなにたくさん採れました」

ミセス・ベイツはせかせかと出ていきドアを閉めた。ペネロペはいま聞かされた話について考えた。ピーターの両親に会ってみたかった。とてもすてきな方たちだったよう……。ドアが開く音にペネロペはわれに返り振り向いた。足音はミセス・ベイツのものではない。ひげそり用の石けん独特の匂《にお》いがし、ジェラートが元気に尾を振って床をたたいている音がする。

「ごきげんよう、だんな様」

ピーターは、部屋へ入ってきた人物を即座に見分けるペネロペの並はずれた能力にもはや驚かなくなっていた。「やあ、ペネロペ」彼は淡々と答えた。「ミセス・ベイツにお話があるのならすぐに戻りますから」

「実は、きみを探して来たのだ」この前、妻と顔を合わせたのはいつだったろう？　少なくとも、四日は経《た》っている。あのときは、ぼくが朝食室を出る前にたまたま彼女が朝食に下りてきたのだった。彼女はこのぼくを避けているみたいではないか！

ペネロペはちょっと驚いた顔になった。「わたしにお話ですか？」

ピーターは深く息を吸った。「ああ、そうだ。いとこのジャックが突然、やって来たのをきみに知らせるべきだと思ったのだ。友人を訪ねる途中で、結婚の祝いを述べるために立ち寄っただけだそうだが、泊まっていくようにと勧めざるをえなかった」

夫は妻をじっと見ている。ペネロペの顔が青ざめ、声にも動揺が感じられる。「あの……あなたはいとこの方がお好きではないと思ってましたわ」

「ああ、好きではない。だが、彼はぼくの後継者であり、ただ嫌いというだけで彼がこの屋敷に泊まるのを拒否するのは名誉にかけてできないのだ。どうかしたのかい？　きみはジャックを知っているはずだが……兄上の友人ではなかったのか？」

「え……ええ、そうでした。一度、わが家にお泊まりになったことがあります」ペネロペは懸命に落ち着こうとした。ジャックを恐れ、嫌悪しているのをピーターには告げられない。ジャックと絶対に二人きりにならないように注意しなくては。「長く滞在されるのですか？　ミスター・カーステアズはいつ到着されるのでしょう？」

「ジャックは二、三日、泊まるだけだ。それから、ジョージからは返事が来た。フェアフォードがいない間、そばにいてやるため、妹のところにもう少し滞在するそうだ。一週間後くらいにやって来るだろう」

「わかりましたわ。それでは、あなたとミスター・フロビシャーにはディナーのときにお目にかかります」

話はこれで終わり、というそっけない態度にピーターは突然、腹が立ってきた。このぼくをこんなふうに追い払うなど許せない！　ピーターはペネロペの手を取り強く引き寄せた。ペネロペは体をこわばらせ、離れようとする。だが、ピーターはそれを無視し、空いているほうの手でペネロペの顔を上向かせた。ペネロペは抵抗をやめたが、表情は冷ややかなままだ。だが、震えているのをピーターは感じていた。ピーターは頭を下げ唇を重ねた。いつも返ってくる熱い反応を期待して。だが、何の反応もない。おとなしく腕に抱かれてはいるが、よそよそしい態度は変わらない。

ペネロペは欲望を抑えるのに必死だった。ピーターのやさしいキスに応《こた》えようとする自分を止められない。恐ろしいほど心臓がどきどきして、いまにも膝の力が抜けそうだが、どうにか理性の力にすがりつき、外見は平然とした態度を保っていた。これ以上、耐えられない、キスを返してしまうと思ったとき、ピーターはキスをやめて体を離した。

ペネロペは下がり、静かな声で尋ねた。「ご用はこれだけでしょうか？」

とまどったピーターはペネロペを凝視した。彼女の全身から安堵感《あんどかん》が漂っているのが感じられ、その表情は夫の関心が自分に向けられるのはうれしくないと語っている。ピーターはすぐに気を取り直して言った。「話はそれだけだ。これで失礼するよ、ペネロペ。それではディナーのときに」

いささか混乱して食品室を出たピーターは書斎へ戻ると、やるつもりにしていた仕事は脇《わき》へ置き、何かへまをしたのだろうかと自らの行動を振り返った。答えが出るのにさして時間はかからなかった。ペネロペはこのぼくとの間に距離を置こうとしている。彼女と親密な関係になりたくないというこちらの気持ちを察したに違いない。それは好都合ではないか。ただ一つの問題は、感情や感覚がない彫像のような彼女を愛しても楽しくはないだろうということだ。とくに、その彫像がこれまではこちらの欲望をかきたてる純真さと情熱が入り交じった反応を返していたとなればなおさらだ。

だが、それはたいした問題ではない。おまえは彼女を非常に魅力的で愛らしいと思っている。彼女とうまくやっていけるはずだ。そして……いや、だめだ！ ぼくの口説きを不快だと感じているとしたら無理強いはできない。でも、本当に不快に感じているのだろうか？ ピーターは突然、理解した。妻は無関心という砦《とりで》にこもり、自ら傷つかないよう身を守っているのだ。

ピーターは自分が何をしたかを悟り、己をののしった。この難局を打開するたった一つの方法は彼女に打ち明け、謝罪し、複雑な気持ちを説明することだ。そして、そのためには自分が閉じこもっている殻から抜け出さなければいけない。でも、そうしたら、妻と感情的に深くかかわり合うという状況を作りだしてしまう……。

予想したとおり、ピーターはディナーのときまでペネロペの姿を見ることはなかった。隣室でディナーの着替えをしながらエレンと話しているペネロペの声がする。ドアをノックし、客間までエスコートしようかとピーターは一瞬考えたが、すぐに思い直した。結局のところ、望みどおりのものを得たのだ。そうではないか？　自分の時間や感情をわずらわせない妻を……。

幅広のタイ《クラバット》を結びながらピーターの思考はいとこに向かった。今度はジャックは何を望むのだろう？　金であることは間違いない。跡継ぎとなるはずのジャックにはすでに多額の手当を与えているが、その暮らしぶりを支えるにはまだ足りないらしい。わが家に跡継ぎが生まれて後継者から外されたらジャックはどうするだろう？　なにがしかのお金で解決する必要があるだろうが、ジャックはきっといい顔はしない。まあ、それについて考える時間はたっぷりあるが。

客間に行くといとこは袖《そで》付きの安楽椅子にくつろいで座っていた。「やあ、ジャック。召使いたちの対応に問題はなかっただろうね？」

「ああ、もちろんだとも。ここへ来るといつも家に帰ったような気がする。ところで、花嫁はどこかな？　また会えるのを楽しみにしていたんだ」

「まもなく下りてくるはずだ」答えながらピーターは思った。いとこがペネロペと会うと思うと不快感を覚えるのはなぜだろう、と。フロビシャーに道中の様子や、どのくらいここに滞在するつもりか尋ねようとしたとき、ペネロペが部屋に入ってきた。

ペネロペの到着を最初に知らせたのは戸口から聞

こえる恐ろしいうなり声だった。ピーターが驚き振り返るとペネロペがジェラートの首輪をしっかり押さえていた。ジェラートは歯をむきだしてうなっている。どうしたのだろう？　ジェラートのこうした激しい反応を一度だけ見た。あれは結婚式の日、馬車の中だった。そのとき、ピーターはジェラートの注意がフロビジャーに向けられているのに気がつき、いとこを見た。ジャックは青ざめ、尻込みしている。

ペネロペはすぐに言った。「申し訳ありません。メドウズをお呼びになったほうがいいでしょう。メドウズに頼み、ジェラートをキッチンのフランソワのところに連れていってもらいます。わたしとジェラートは廊下で待っております」

「フランソワがかまわないのなら、それがいいだろう」

「フランソワならだいじょうぶですわ。ジェラートとはいい友達なのです。キッチンから何も盗もうとしない犬は初めてだとフランソワは話していましたもの」ペネロペはまだうなっているジェラートを部屋の外へ引っ張り出した。

フロビジャーのほうを向いたピーターは言葉に詰まった。ジェラートがあれほど敵意を丸出しにした態度をとる理由は一つしか考えられない。そして、それはジャック来訪の入らせにペネロペが明らかに動揺したこととも一致する。フロビジャーがペネロペの目の不自由さにつけ込み無体なまねをしたかもしれないと疑っただけで胸に激しい怒りがわいてくるのにピーターは驚いていた。その怒りをどうにか抑えたピーターは犬の態度を軽い口調で謝った。ジェラートの反応を証拠にいとこを責めるわけにはいかない。実際はそうしたかったのだが……。

ペネロペは一人で客間に戻ってきた。ピーターはそばに行き、その腕を取った。

「ペネロペ、ぼくのいとこのジャック・フロビジャーはもう知っているね？」

ピーターはペネロペをしぶしぶジャックのところへ連れていった。だが、ペネロペは落ち着き払い、明るくあいさつして手を差しだした。「ええ、存じ上げていますわ。ごきげんよう、ミスター・フロビシャー。お待たせして申し訳ありませんでした。すぐにディナーを始めたほうがいいですわね。さもないと、フランソワのせっかくの創作がだいなしになってしまいますもの」

「それはいい考えだ。だが、その前に、きみの最近のご不幸に対してお悔やみを申し上げなければいけない。それを聞いてぼくはとても驚き、悲しんだ」

最初、ペネロペはとまどった顔をしていたが、じきに答えた。「ジェフリーが亡くなりましたのよ。お悔やみ、ありがとうございます」

「それも、結婚式の朝だとか。ピーターはあれこれ気を配ったことでしょう、悲しみにくれるきみを慰めたいと……。さあ、お悔やみはこれくらいにしてもっとめでたい話をしよう。きみを一族に迎える歓迎の辞、それからこんな魅力的な花嫁をめとったダーレストンにお祝いを申し述べたい」フロビシャーは身をかがめてペネロペの手を取ったがキスはしなかった。この恐るべきいとこが横に立っているときはしないほうがいい。フロビシャーは値踏みするようにペネロペを眺めた。相変わらず魅力的だ。そのみずみずしい美しさには心がそそられる。だが、その美しさはぼくのためではない。すべてはダーレストンのものだ！

ディナーが始まり、フロビシャーは努めて愛想よく振る舞っていた。そして、何事も見逃さず、夫婦の間に緊張が漂っているのをすぐに感じた。二人の間がぎくしゃくしているとしたら好都合だ。いとこは女性を扱う手練手管にたけているとの評判だが、どうやら、この女性には通用しなかったらしい。うれしい限りだ。フロビシャーはいとこに領地について質問し、退屈な答えを神妙な顔で聞いていた。

フロビシャーはペネロペに話しかけた。「いとこは領地の仕事に多くの時間を費やしているようだ。きみはどうして過ごしているのかな？」

「わたしはメイドやジェラートと散歩に出かけるか、ジョンソンと乗馬をします。ジョンソンは馬丁頭ですわ、ご存じでしょう？　それはお天気がいい場合の話ですけれど……。お天気が悪いときは屋敷の中ですることがたくさんありますから」

「馬で出かける？　ダーレストンがそれを許すとは驚きだな。非常に危険じゃないか。それも、供は馬丁だなんて！」

「ペネロペはぼくが干渉せずとも、自分にとって何が安全か、安全ではないか見極める力があるんだ」

フロビシャーの発言が自分自身の最初の反応とほとんど同じなのにピーターはいらだっていた。ペネロペは辛辣《しんらつ》な言葉を返すのではないだろうか？

「それはそうだろうな」フロビシャーはあわてて言った。「それで、馬でどこへ出かけるのかな、レディ・ダーレストン？」

　ペネロペは礼儀正しく答えた。ピーターが口を挟んだおかげで、夫のいとこで客のフロビシャーに手厳しくやり返すのは無作法だと思い直す時間ができた。「行き先はジョンソンに任せています。たいていは庭園を抜けて村に入り、農場と森をぐるりと回って帰ります」ペネロペはそこでやめた。馬で出かける楽しさ、ジョンソンが語ってくれる田舎の情景、それをジャック・フロビシャーのような人に話すものですか！

「ああ、そうか。そして、絵のように美しい古い橋を渡って庭へ戻る。さぞ気持ちがいいだろうな」

「ええ、そうですわ。よくご存じですわね」

「ああ、よく知っている。それだけやることがあるのなら、ピーターに相手をしてもらう必要など全然なさそうだ」

　それから数日間、ペネロペはフロビシャーを避けるのにたいした苦労はいらなかった。最初の夜のジェラートの態度を見たフロビシャーは、ジェラードがそばにいるとわかっているときにはペネロペをひたすら避けていたからだ。

　二日後、フロビシャーを見送ったペネロペは心底、ほっとした。礼儀上、朝食の席には顔を出さなくてはいけなかったし、昼間、散歩にも出かけられなかったからだ。むろん、ピーターも客に対するもてなしは忘れなかった。つまり、ピーターとはペネロペが望む以上に一緒にいなければならなかった。ピーターの妻に対する態度は依然として、ていねいではあったがよそよそしかった。予想されたことであり、自分が望んでいることでもあったのだが、ペネロペの胸にはかすかに疼《うず》く痛みがつきまとって離れなかった。

　フロビシャーは朝食後、すぐに出発した。ペネロペは厩舎《きゅうしゃ》のジョンソンに伝言を伝え、心も軽く三日ぶりに遠乗りに出かけた。気持ちがいい日だった。太陽はときどき、雲に隠れるが、秋の気配を感じさせるそよ風がさわやかだ。

　ペネロペとジョンソンはいつものルートを通り、森の小道を抜けて小川にかかる橋にさしかかった。ジョンソンは身を前に乗り出しネロのくつわについている引き綱を外した。橋は狭く、二頭が並んでは渡れないので、ジョンソンはいつもペネロペを先に行かせた。馬の中でネロがいちばん信頼できるからだ。

　ペネロペはネロを前へ進めた。この賢い老馬はまっすぐに橋に向かうはずだ。最初、分厚い板を踏むひづめの音がした。それから驚いたことに、馬は途中ではたと立ち止まり、不安そうに鼻を鳴らしながら回れ右をしようとした。手とかかとで制御しつつペネロペはネロをなだめようとした。「ほら、おばかさんね。どうしたの？　さあ、行きましょう。この橋は知っているはずでしょ」ペネロペは前進するよう促した。老馬は一歩踏み出すごとに鼻を鳴らしながら、しかたなく命令に従った。

突然、不気味にきしむ音が聞こえた。おびえたネロはいななきながらあとずさりしようとした。だが、遅かった。ジョンソンは警告の叫び声をあげて前に飛び出したが間に合わない。橋が崩れてネロの体は大きく前に傾き、女主人は岩がごつごつ出ている小川に投げ出された。

仰天したジョンソンは鞍《くら》から飛び降りて小川に飛び込み、女主人のところへ行こうとしたが、川の流れが速く岩に足を滑らせてしまった。ペネロペは二つの岩の間にうつぶせに横たわっている。ジェラートがジョンソンより先にペネロペのところにたどり着いた。大きな犬は女主人の髪をくわえ、川岸に向かって引っ張ろうとしている。

「いい子だ」ジョンソンはあえぎつつペネロペとジェラートのところにたどり着いた。「さあ、奥様を抱き上げるから口を離すんだ。そうだ」ジョンソンはぐったりしているペネロペを慎重に反対側の岸に運び、草の上にそっと下ろした。すぐに、喉元のボタンを外すと仰向けにして胸郭をリズミカルに押した。ペネロペの口から水が噴き出し、すぐに弱々しく咳《せ》き込み始めた。

「ああ、神様！」ジョンソンはつぶやくとペネロペの体を起こした。ペネロペは呆然《ぼうぜん》としているようだが、奇跡的にどこもけがはしていないようだ。心配なのは、冷たい風にペネロペがぶるぶる震えていることだ。早くお屋敷に連れて帰らなければ！

ジョンソンは上着を脱いでペネロペの体にかけた。

「ここにじっとしていてください、すぐに戻ってきます」ジョンソンはすばやく川を渡り馬を取りに行った。ネロはどうにか立ち上がり川を渡っていた。両膝をひどく切り、片脚を引きずっている。老馬の苦境にジョンソンの胸は痛んだ。まず奥様を助けなければ。間の悪さを呪《のろ》いつつジョンソンはおとなしい雌馬のミスティの手綱を取るとペネロペのところへ戻った。

震えているペネロペに励ましの言葉をかけながらそっと立たせ、どうにか鞍の上に座らせた。体がふらついて危険だ。地上から懸命に支えたとしても、馬から落ちてしまいかねない。ペネロペが落ちないようにと祈りつつジョンソンは馬に飛び乗り、ペネロペの体を前にずらし鞍の上に収まった。ペネロペをしっかり支えたジョンソンはゆっくり屋敷へ向かった。ジェラートが前を走っていく。ちらりと後ろを振り返るとネロが脚を引きずりながらついてくる。歩みの遅さにあせりつつ屋敷まで半分の道のりまで来たとき、右手の方角から驚きの叫びが聞こえた。ジョンソンはほっと安堵の息をつきつつ振り返った。グリセルダに乗ったご主人様がこちらへ向かって駆けてくる！

グリセルダを一行の横につけたピーターは激しい剣幕で尋ねた。「いったい何があったんだ、ジョンソン？　彼女はだいじょうぶなのか？　おまえは奥様の面倒をみているはずではなかったのか？」

「返す言葉もありません。奥様はお屋敷にお連れし、暖かいベッドに入られたらだいじょうぶだと思います。橋が落ちたんです。ええ、そうです。わしの責任です。ネロが理由もなく橋のところで尻込みするわけがないから、すぐに気づくべきでした」

ピーターは告げられた状況をしばらく無言で考えていた。「すまない、ジョンソン。おまえのせいではない。ぼくは屋敷に戻り、彼女のために馬車を持ってくる。おまえはこのまましばらくがんばれるか。それとも、ぼくが彼女のそばにいて、おまえがグリセルダに乗って屋敷へ戻るか？」

「伯爵様が奥様のそばにいらしたほうがいいでしょう。奥様を落とさないように必死で、わしの腕はもうしびれています。お願いしていいでしょうか？」

　ピーターはグリセルダから飛び降り、ペネロペを気遣いながら、おとなしいミスティにまたがった。ジョンソンが入れ替わりにグリセルダに飛び乗り、ピーターが走りだす前にもう駆けだした。ピーターはミスティを歩かせ、ゆっくりした速さで屋敷へ向かった。ペネロペはピーターの肩にもたれている。ピーターはペネロペの全身の震えを感じていた。

「もうすぐ家だ」ピーターは励ました。ジョンソンと入れ替わったのを彼女はわかっているのだろうか。意識はあるようだから、こちらの存在はわかっていても、答えるだけの体力がないらしい。ペネロペはかすかに首を回し、信頼しきった様子でその頬をピーターの胸に寄せた。

　屋敷まで一キロほどのところで馬車が到着した。御者台にはジョンソンが、その隣にフレッドがいる。そばまで来て馬車が止まると、もう一人の馬丁が飛び降りた。フレッドは御者台から降りて馬たちの前に回った。

「よくやった、ジョンソン」ピーターはほっとしていた。

「グリーブス先生を呼びにやりました。それから、お屋敷には知らせてあります。皆、正面玄関で待っています。馬車で戻るのがいいでしょう。ミスティとネロはジムが連れて帰ります」

「ネロ！　やつのことを忘れていた！」ピーターは周囲を見回した。老馬は一足ごとに首を振りつつ、脚を引きずりながらついてくる。この古い友がひどいけがをしているのを知ってピーターはたじろいだ。

だが、いまはそのことを考えている暇はない。ペネロペを馬車に移すのに手を貸すべくジョンソンが待っている。二人でペネロペをミスティから降ろして馬車の中へ運んだ。ピーターはペネロペを座席に横たえると見つけた毛布でくるんでやり、自身は床にひざまずいて馬車が揺れたときにペネロペの体がぐらつかないようにしてやった。ジェラートがピーターの横に飛び乗るとジョンソンはドアを閉めた。

ジョンソンは激しく揺れないよう気をつかいながら馬車を走らせ、できるだけ急いで屋敷へ戻った。正面玄関へ馬車を止めると、エレンにメドウズ、ミセス・ベイツが心配そうに待っていた。伯爵が半分、意識がない妻を寝室へ運ぶと、ミセス・ベイツとエレンがあとを引き継ぎ、伯爵を部屋から追い出した。

ピーターはおとなしく部屋を出ると、医者を迎えに玄関ホールへ下りた。ありがたいことに、医師はまもなくやって来た。ピーターはグリーブス医師を二階へ案内し、ペネロペの部屋の前で告げた。「妻のメイドとミセス・ベイツが中にいる。ぼくはここで待っています」

「わかりました」グリーブス医師はうなずいて、中へ入った。

ピーターは廊下の椅子に腰を下ろし、じりじりしながら待っていた。大けがはしていないはずだ。だが、ジョンソンが心配したように、ずぶ濡《ぬ》れになったことと冷たい風に当たったのが問題だ。それに、水も飲んでいるだろう！

グリーブス医師が姿を現すまで長い時間が経ったような気がするが、実際には三十分ほどだった。

「お待たせして申し訳ありませんでした、伯爵」医師は取り乱した人間には慣れている。

「どんな具合です？」

「心配はないでしょう、奥様は弱々しげに見えますが、芯《しん》はおじょうぶです」ピーターはほっと胸をなで下ろした。医師は続けた。「軽い脳震盪《のうしんとう》と擦り傷が数箇所あります。一番の問題は濡れたこと、そして、水を飲んだことです。馬丁がすぐに機転を利かせたのを感謝しなければいけませんね。さもなければ大事にいたっていたでしょう。一週間ほどで体の調子は元に戻るはずです。それからさらに一週間は静かに過ごさせてください。馬車で出かけるのはいいですが、乗馬や散歩はいけません。暖かくして風に当たらないようにしてください。薬を置いていきます。どうすればいいかはミセス・ベイツとエレンが知っています。一日、二日は夜、誰かが付き添っていたほうがいいでしょう。少し熱があり、意識が混乱するときがあるかもしれません。心配はありません。ただ、安心させてあげてください」

「ありがとう、グリーブス」

「どういたしまして。それから、ご結婚、おめでとうございます。このような状況で奥様にお目にかかるのは残念です。明日、様子を見にまいります。ああ、下まで送ってくださらなくて結構です。長年、うかがっておりますので、お屋敷の中はわかっております。どうぞ、中へお入りになり、奥様にお会いください。それから馬のことを安心させてあげてください。ひどく心配しておいでです。必要ならば嘘《うそ》をついてください。ですが、もっともらしいのをお願いしますよ。それではこれで失礼します」グリーブスは手を差し出した。

ピーターは医師の手を握った。「ありがとう。それでは明日」

ピーターはしばし立ち止まり、軽くノックをした。それからまっすぐペネロペの部屋へ入った。ペネロペはいくつかの枕《まくら》にもたれてベッドの上に起き上がり、エレンがあとわずかとなったチキンスープをスプーンで飲ませている。

ミセス・ベイツがピーターのところにやって来た。

「ああ、ピーター様。恐ろしいことが起きましたね」

「心配いらないよ。医者の話だと、すぐによくなるそうだ。二、三日は夜、誰かが付き添ってやるようにとのことだ。だから、きみかエレンがディナーのときまで一緒にいてくれたなら、そのあとはぼくが代わる」

「そうお望みならそういたします。奥様はいま、お眠りになりたいようです。でも、ディナーの前にピーター様にお会いになりたいとおっしゃられましたら、お呼びします」

「ああ、そうしてくれ。ぼくは一日、屋敷の中にいる。どこにいるかはメドウズがわかるようにしておく。さて、少し話をするかな」

ピーターはベッドへ行き、眠そうな妻をのぞきこんだ。「寒くないか?」

ペネロペは目を開き、ほほえみかけた。「ええ、ずっと温かくなりました」ペネロペは力なく答えた。「疲れがひどくて――」

「眠るんだ。いまはエレンとミセス・ベイツにきみを任せておくが、あとで戻ってきて付き添うよ」

「ネロは……ひどいけがをしたのでは? ネロは橋を渡りたくなかったのよ。でも、わたしが無理に渡らせてしまった。ネロは必死で止まろうとしたのに!」ペネロペの目に涙があふれている。

「ちょっとしたかすり傷と打ち身だけだ」ピーターは嘘をついた。ネロの傷の程度は見当もつかない。「きみが外に出られるようになるころには元気になっているさ。だから、心配しないで。さあ、ゆっくり休むといい」ピーターはそっとキスすると部屋を出た。

ディナーのあと戻ってみると、エレンがペネロペに付き添っていた。赤々と燃える暖炉の炎が部屋をほの暗く照らしだしている。エレンは唇に指を押し当て、ピーターはわかったとうなずいた。

エレンは忍び足でピーターのところへ来て小声で言った。「奥様はいま、寝入られたばかりです。スープを少しとお薬を差し上げました。四時間後か、あるいはお目覚めになったときに、またお薬を差し上げなければいけません。お医者様がおっしゃるのに、一度に数時間以上は続けて眠られないだろうとのことです。咳き込まれた場合の温かい飲み物を作るために暖炉の脇に水がいっぱい入ったやかんを置いてあります。ミセス・ベイツがかのこ草とカモミールが入った小さなブルーの瓶をマントルピースの上に置いていきました。よく眠れるそうです。お湯の中に少し入れてください」

「ありがとう、エレン。ぼくは自分の部屋へ行って着替えて戻ってくる。時間はかからないから」

ピーターは静かに出ていき、十分後、寝間着の上に部屋着を羽織って戻ってきた。そして、エレンをねぎらって下がらせるとそっとベッドのところへ行った。ペネロペはぐっすり眠っているが、呼吸が少し苦しそうだ。ベッド脇に小さなテーブルが引き寄せられ、その上には薬とレモネードが入った水差しにコップ、ラベンダー水が入ったボウルが置かれている。

必要なものがすべて揃《そろ》っているのを確かめると、ピーターはベッドの反対側に回って静かに床に入った。一晩じゅう付き添うには楽な姿勢がいい。ピーターは羽根布団の下に潜り込んだ。ペネロペの寝息を聞きながら身を横たえ、落ちた橋について考える。

管理人のスタンウィックがジョンソンと一緒に橋を見に行ったのだが、戻ってきたスタンウィックが言うには、橋の支柱が一部、緩んでいたらしい。夏の初めに点検にやった男を厳しく罰するつもりだと彼は告げた。ピーターはいぶかった。橋はきちんと修理されていたように見えたし、いままで信頼してきた男が突然、仕事の手を抜くなどありえない。自分の首はもちろん、人の命がかかっている場合はなおさらだ。

　いつしか、ピーターはうとうとしていた。真夜中に目を覚ますと、隣のペネロペが身じろぎしている。ひどく咳き込み、苦しそうだ。

　ピーターはすぐに声をかけた。「ぼくだ、ペネロペ。気分はどうだい？」

　残念ながら、それはペネロペをますます混乱させる結果になった。ペネロペはなぜ夫が自分のベッドにいるのか、わけがわからなかった。

「ピーター？　なぜ？　何が望みなの？」おびえたように言う。

　夫が妻のベッドで夜を過ごすのは当たり前だ……そう言いたいのをピーターはこらえた。

「つまり……ぼくは夜間看護師だ」

　ペネロペはじっと考えた。夜間看護師？　なぜわたしに夜間看護師が必要なの？　奇妙な夢から完全に目覚めたペネロペは何があったか思い出そうとした。「わたしは……ネロから落ちた、そうでしょう？　そして、ずぶ濡れになった」激しく咳き込んで、起き上がろうとする。

　ピーターはペネロペを助け起こした。「ちょっと待って。飲み物をあげる」ピーターは彼女の体越しに手を伸ばしてコップにレモネードを注《つ》ぎ、ペネロペに手渡した。

　ペネロペは咳《せき》が出て声を出すことができず、礼の印にうなずいた。

　ピーターは暖炉のところへ行き、やかんを台にのせた。中の水はかなり温まっている。彼はすぐにかのこ草とカモミールの薬湯を用意した。

　ピーターはできた薬湯をペネロペのもとへ持っていった。「これをのみなさい。ベイツが勧めてくれた薬湯だ。のんだら、薬をあげる」

「ありがとう」ペネロペはカップを受け取り、匂いをかいだ。「かのこ草とカモミールね。これをのむと眠くなるわ」

「真夜中にはそれも悪くないだろう」

「真、真夜中ですって？　そして、あなたはわたしのベッドにいらした！」

「別に不都合はないだろう？　われわれは結婚しているんだ。忘れたのかい？」

「え、ええ……でも……」

半ば面白がり、半ばいらだちつつピーターはペネロペをさえぎった。「ぼくがきみに対してよからぬ下心を抱いているなどという考えは捨てなさい。ぼくはただきみの体を心配しているだけで、ミセス・ベイツとエレンに休んでもらおうと思っただけだ」

「あの……すみません」ベッドの中にピーターがいたこと、そして、つまらぬ誤解をしたことにうろたえたペネロペはぎこちなく謝った。

「謝らなくてもいい。さあ、薬湯をのんでしまいなさい。それから薬だ」

彼女は言われたとおりにした。だが薬湯をのんだとたん、顔をしかめた。「うっ……苦い！」

「早くよくなるためだ」ピーターはぶっきらぼうに言い、暖炉のそばの安楽椅子に腰を下ろした。

声がした方向に顔を向け、ペネロペは尋ねた。

「なぜ椅子に座っていらっしゃるの？」

「ぼくがベッドにいるのはいやみたいだから」

「ええ……でも、あの……違います。わたしは……」ペネロペは口をつぐんだ。疲れきって、自分でも何が言いたいのかわからない。

疲労と混乱が入り交じった声にピーターは顔を上げた。具合が悪く、やさしさを必要としている彼女をからかうなど恥ずべき行為だ。「いいんだ、ペニー。きみの邪魔にならないのなら、ベッドに戻る」

「ええ、お願いします」半分眠りながらペネロペはつぶやいた。

ピーターがベッドに行ったときにはペネロペは再び眠りに落ちていた。彼はそっとベッドに入り、楽な姿勢をとった。

うとうととまどろみながらピーターはうれしい夢を見ていた。自分がベッドにいるのを知ったペネロペが……。その夢があまりにも生々しく、彼は飛び起きた。目を開けて見まわすと、ペネロペが眠っている間に寝返りを打ち、体をこちらにあずけるように寄り添っている。ピーターの心臓が早鐘を打ち、全身の血が沸き立った。こうなったらもう眠れない。妻は病気なのだ。おまけに、よからぬ下心は抱いていないと愚かにも宣言してしまっている。ピーターは懸命に欲望を抑えつつ一夜を過ごした。

ペネロペが再び目を覚ましたとき、そばにはエレンがいた。伯爵は午後、戻ってきて奥様に付き添い、夜はエレンとミセス・ベイツが交代で看病に当たるという。

ペネロペは悲しむまいとした。結局のところ、彼は忙しい人で、わたしたちの結婚は便宜上のものにすぎないのだから。

10

　二日後、お茶の時間が終わってまもなく、二頭の栗毛《くりげ》の馬が引くジョージ・カーステアズの二輪馬車がドライブウェイを進んできた。かなり回復したペネロペが客間でピアノを弾いていたとき、大広間からざわめきが聞こえてきた。

「やあ、メドウズ、元気か？　ご主人様はどこだい？　出かけている？　うさぎ狩りだと？　それなら、うさぎのパイにありつけるな」

　ペネロペは大広間を見渡せる回廊に出た。客にあいさつせねばと思うと緊張する。彼はわたしの目が不自由なのを知っているだろうか？　この結婚についてピーターは友達にどう話したのだろう？

　声をかけようか迷っているとカーステアズが顔を上げ、女主人の姿を見つけた。「こんにちは、レディ・ダーレストン。間の悪いときにお邪魔したのでなければいいのだが」

「奥様、こちらはミスター・カーステアズでいらっしゃいます」メドウズが説明した。「コートと帽子をお預かりいたしましょう、ジョージ坊っちゃま。どうぞ、奥様のところへおいでください。ピーター坊っちゃま……いえ、伯爵様もまもなくお戻りになるでしょう」

「さあ、いらしてくださいな、ミスター・カーステアズ」ペネロペは笑顔で言った。「お部屋でお休みになりたいのならご無理は申しませんが」

「休む？　とんでもない」階段を上がったところでジョージはジェラートを眺めた。「あなたの犬は覚えているよりずっと大きい！　ご気分はいかがですか、レディ・ダーレストン？　馬から落ちて川に転落なさったとか。もうよくおなりになったのですか？」

「ええ、かなり。さあ、客間にまいりましょう」ペネロペはジェラートとともに客間へ向かった。ピーターから状況を説明する長い手紙をもらっていたジョージはさっと前に出てドアを開けてやった。ペネロペはほほえみ、礼を言った。

「どうぞ、お楽になさってくださいな、ミスター・カーステアズ。サイドテーブルにブランデーが入ったデカンタがあるはずです。それとも、お茶を持ってこさせましょうか？」ペネロペはアン王朝様式のソファに座り、ジェラートはその横にうずくまった。

「お心遣いいただき恐縮です。でも、ダーレストンを待ちましょう。彼は元気ですか？」

「ええ。でも、領地の仕事でとても忙しくしています」実はこの数日、ペネロペは夫とほとんど顔を合わせていなかった。それに、珍しく夫としての権力を行使して妻を屋敷から出さないようにしたので、彼女はとても退屈していた。

ジョージはペネロペの声に鬱屈《うつくつ》したものを感じていた。妻との間に感情的なかかわりはいっさい持ちたくないとピーターは話していたが、それを実行しているようだ。むごい話だ。彼女はとても愛らしい女性だ。ピーターが世間でよく知られている冷徹な人間を演じているとしたら、彼女にとって気詰まりな日々だろう。

ジョージはペネロペの家族について礼儀正しく尋ねた。十分後、ピーターが部屋へ入ってきたとき、二人はその朝、ペネロペ宛《あて》にサラから届いた手紙で大笑いしていた。二人とも最初はピーターの存在に気づかず、ピーターは戸口に立って二人の様子を眺めていた。楽しげな妻を見るのは久しぶりだ。すきま風を感じたペネロペは問いかけるような表情でピーターのほうを見た。快活さが消え、警戒するような顔になったとピーターは思った。

　ペネロペが向いている方向をたどったジョージはピーターの姿を見つけた。「やあ、ピーター。きみの義理の妹はきみについてかなり厳しい見方をしているようだな。これを読んでみたまえ」

「いいかな、ペネロペ？」

「もちろんですわ、ピーター」

　親愛なるペニー

　元気になったことと思います。ダーレストン卿《きょう》はなぜ、あなたの最初の手紙を無料送達にしてくれなかったのでしょう？　ひどくけちな人のようですね。お母様はあなたがダーレストン卿に頼むのを忘れていただけと言っています。でも、それはどうかしらね。ダーレストン卿がそれほど締まり屋なのは残念です。だって、結婚式のときにはすてきそうに見えたのですもの。人は見かけによらぬものというのがこれでよくわかります。

　わたしは『ユドルフォー城の謎《なぞ》』を読んでいます。そして、お母様はわたしが想像力を働かせすぎだと言います。わたしだってダーレストンがあなたを実際に地下牢《ちかろう》に閉じ込めているとは思いません。そうでしょう？　でも、あなたが馬から落ちたとき、彼はどこにいたのかしら？　あなたが馬から落ちるなんてありえない話だわ。リチャードも同じ意見です。彼とフィービーは元気にしています。そして、うんざりさせられるくらい愛し合っています。あなたは違うわよね？　分別を持った姉が一人くらいいてもいいでしょう。

　このくだりまでくると、ピーターは読むのをやめ、ぎこちなく小さく笑った。ペネロペはこのぼくを愛するどころか、好意を抱くことすらありそうにない。むしろ嫌悪感を抱くようになっただろう。ピーターは手紙をペネロペに返しながら軽い口調で言った。

「どうやら、ぼくは自分の評判を裏切らないよう、きみのためにじめじめした地下牢を見つけなくてはいけないな。やあ、元気かい、ジョージ？」

「ああ、ピーター、おかげさまで元気にしている。ペニーの手厚いもてなしを受けていたところだ。結婚式では十分にお祝いを言う暇がなかったな。きみは実に運がいい男だ！」ジョージは笑ったが、主人夫妻の間に明らかに漂っている緊張した雰囲気に内心、うなっていた。ピーター、この愚か者めが！大きなへまをしてしまったな！

ペネロペは顔を赤らめ、立ち上がった。「よろしければディナーの着替えのためわたしはこれで失礼しますわ」ピーターがペネロペを部屋の出口まで連れていきドアを開けてやった。「ありがとう、ピーター。うさぎを撃ち取ることができました？」

「三匹」

「よかったわね、ジョージ。これでうさぎパイにありつけるわ」ペネロペはくすりと笑うと部屋から出た。

ピーターはあとについて廊下に出てドアを閉めた。

「ペネロペ？」

「はい、だんな様？」

「堅苦しい言い方だな」訴えかけるような口調にペネロペの心は揺らいだが、冷静さを繕って答えた。

「わたしたちの関係は一貫性を保つのがいいと存じます」

ピーターがそばにいるのは承知していたが、そっと手を握られてペネロペは飛び上がった。「ペニー、こんなことはばかげている……」

ペネロペの指は震えている。いつものように、触れられると体が反応してしまうのだ。ピーターはペネロペを引き寄せ、長いまつげに縁取られた灰色の瞳を見つめた。やがて、その視線は唇へと注がれた。

美しい形の唇は前にも増して柔らかそうで誘っているように見える。体の内に欲望が燃え上がり、ピーターは身を前に乗り出した。だが、最後の瞬間、ペネロペが体を引いた。

「わたし……着替えをしないと。失礼しますわ」ピーターは不承不承、ペネロペの手を放し、立ち去るのを見送った。彼女との間を元どおりにできたらどれほどいいか……。

ピーターは意気消沈してジョージのところへ戻った。「きみとペネロペはお互いに気が合ったようだな」

「すてきな女性だ。目が不自由なのは残念だが、しかし彼女は積極的に様々なことをしようとしているよ。きみはあの犬とはうまくいっているのかい？」

「いまは問題ない」

「ということは、襲われた経験があるのか？」

「そうされてもしかたがないときだけだ」この問題にはこれ以上、触れたくない。「ブランデーはどうだい、ジョージ？」

しばらくの間、二人は互いの知り合いについて当たり障りのない話をしていた。

「さあ、ジョージ、何を悩んでいるんだ？」ピーターが促した。「きみは手紙には書きたくないことがあると言っていた。さっさと話してしまえ」

ジョージは顔を曇らせた。「ああ。その問題がなければ、いま、ここに来ようとは夢にも思わなかっただろう」

「そんなに遠慮する必要はないじゃないか」

「遠慮する必要はないだって？　新郎の介添え役は普通、新婚夫婦の邪魔はしないものだ」

「余計な心配は無用だよ。われわれは互いにのぼせ上がって結婚したわけじゃない。きみだって知っているだろう。何だか知らないが、さっさと話したまえ」

ジョージは深呼吸した。「きみのいとこのジャック・フロビシャーのことが心配なのだ。悪い噂《うわさ》が立っている」

「ああ、ジョージ、わがいとこについては悪い噂だらけだよ。無視するんだ。ぼくはそうしている」

「彼は自暴自棄になりつつあるようだ。高利貸しに追われているらしい。二、三週間前、キャリントンの妹のアメリアと駆け落ちしようとした」

「なんてことだ！　世間に知られたりはしなかったろうな？」

「ああ、すべては伏せられた。実のところ、キャリントンがジョージに決闘を挑まなかった主な理由はそれだった。決闘騒ぎになれば世間に知れてしまう。そして、娘にとっていいことは何もない。彼がこれを打ち明けてくれたのはきみに警告したかったからだ。ジャックがこうしたまねをしでかしたのはきみが結婚したからだと、彼は考えているんだ。すべてから閉め出されたわけだからな」

「だが、きみはジャックについての噂があると言っていたな」

「噂は彼についてではなく、彼が広めているんだ。少なくとも、ぼくはそうにらんでいる」ジョージは咳払《せきばら》いした。これからが厄介な部分だ。慎重に切り出さなければ。「ピーター、きみがフォリオットともめた夜、ジャック・フロビシャーもその場にいた。フォリオットの財産ではそれだけの借金を払えないと、フロビシャーは知っていた。当然ながら、フロビシャーはきみの結婚に激怒した。そして、きみが結婚したのは彼の邪魔をするためであり、後悔させてやると息巻いているそうだ。ペニーについてもありとあらゆる噂を流している。結婚はフォリオットの借金を清算するために仕組まれたものだとか。それは事実だが、きみは誰にも知られたくはないはずだ」

ダーレストンは驚愕《きょうがく》し、ジョージを見つめた。

「なんてことだ！　皆、やつの言葉を真に受けているのか？」

「火のないところに煙は立たず、というわけで人々は耳を傾けているよ。いちばん受けがいいのは、すべてはきみを結婚に引きずり込むための計略だったというものだ。きみの奥方にはいささか酷な噂だ。それでなくとも、彼女は問題を抱えているんだ。結婚に追い込まれた人間がいるとしたら、それは彼女のほうだ」

「ほかに何かあるのか？」最後の言葉は無視して尋ねた。

「ああ、一つある。キャリントンは窮地に立ったフロビシャーがきみを始末しようとするのではと心配している。フロビシャーはきみに再婚してほしくなかったと公言している」

「跡を継げるようジャックがぼくを殺そうとしていると本気で言っているのか？　頭がどうかしているよ。ここは十九世紀の英国だ。中世のイタリアではない！」

「わかっているよ。ばかげているのは百も承知さ。だが、進退窮まった彼がそうしたまねをしでかす可能性はある。ミス・アメリアと駆け落ちしようとしたのだって彼がいかに追い込まれているかの表れだ。それからもう一つ」ジョージは続けた。「フロビシャーが跡を継ぎたいと望んでいるとしたら、ペニーに危害を加えようとする可能性もある」

「ペネロペに？　どうしてだ？」

「彼女はきみの妻だ。跡継ぎが――」ジョージは落ち着かなかった。いくら親友でも、これは微妙な話題だ。

「その心配は……」もう少しで、ペネロペが跡継ぎをもうけるチャンスはないとジョージに告げるところだった。「このことを知っている者はほかに誰かいるのか？」

「いや。キャリントンだけだ。直ちにきみに警告するようにと彼は言った。フロビシャーが頼った高利貸しについて何か知っているのだろう。キャリントンの話では、きみのいとこが高利貸しに首根っこを押さえられているとしたら、事態は深刻だという」

ダーレストンは部屋を見回した。「まったくばかげた話だとは思う。だが、注意したほうがよさそうだ。ペネロペにはまだ黙っていてくれないか。ジャックが何か企《たくら》んでいるとしたら、偶然の事故のように見せかけるだろう。だがジェラートがそばにいる限り安心だ。むろん、噂についてはどうにかしなくてはいけない。妻が噂の種になるなど許せない」

「いま、事故と言ったね。彼女が馬から落ちた一件はどうだろう。事故が起きる直前、ジャックがここに滞在していたのではなかったか。彼が橋に細工をしたのでは？」

「それはないだろう。彼は彼女の行く場所どころか、馬に乗るのも知らないはずだ……いや、待ってくれ。知っていたかもしれない。ある夜、ディナーのとき、彼女の乗馬についての話が出たような気がする。そうだ！　馬に乗るのは危険だと彼は言った。ぼくが間に入らなかったら、ペネロペは手厳しくやり返していただろう」

「彼女が馬で出かける先を彼は知っていたのか？」

ピーターはかすかな記憶を呼び覚まそうとしたが、思い出せない。

「わからない。でも、それは考えすぎじゃないかな。ペネロペが最初に橋を渡ろうとしたのはまったくの偶然だったんだ」

「最初に渡ったのが彼女でなかったなら、もっと悪い結果になっていたかもしれない。きみの手紙には、ネロが渡るのをためらったとあった。ジョンソンが先に行き、ペネロペがネロを促してあとに続いたら二人の足下で橋は崩れ落ちていたかもしれない」

「それはそうだな。とにかく、ディナーの着替えをしなくては。遅れたらフランソワが怒り狂う」

　その夜のディナーはそれまでの数日間と比べてはるかに楽しいものとなった。ジョージとペネロペはどうやら意気投合したらしい。ジョージはペネロペを賞賛し、彼女もジョージに対し、一度は夫にしたようにうち解けた態度で接している。夫に対する態度も少し和らいでいた。だが、ピーターは嫉妬《しっと》という悪魔に心がさいなまれているのを意識して落ち着かなかった。ペネロペのよそよそしさは自分のせいだと言い聞かせてもざわめく心は静まらない。

　ジョージとペネロペはフランスとの最近の戦争について話している。ペネロペは状況を関心を持って見守っていたらしく、質問や意見に示された知性の高さにピーターはちょっぴり誇らしい気分になっていた。

「もっと多くの女性が戦争を理解してくれたらいいと思いますよ」ジョージは言った。

「ジョージ、男性だってわかっていないやつは大勢いるよ」ピーターが抗議した。

「ええ、わたしの義兄《あに》の友人のミスター・フロビシャーがいい例ですわ。彼は、戦争は何でもないことに大騒ぎしているだけだと言い、パリへ行けないのを嘆いていました」ペネロペは突如、ジャック・フロビシャーが夫のいとこで、ダーレストン家の跡継ぎなのを思い出した。ペネロペは顔を赤らめた。

「あの……申し訳ありません。ミスター・フロビシャーがあなたのいとこだということを忘れていました」

　ダーレストンは短く笑った。「謝る必要はない。ぼくがどう思っているか、ジョージはよく知っているよ。彼もぼくと同意見だろう。世間の人が、ぼくたちがいとこだというのを忘れてくれたらいいのだが」

流れる気まずい沈黙にジョージが口を挟んだ。

「ところで、ペニー、前から気になっていたことがあるのだが……。フロビシャーがきみのところに滞在したとき、腕をどうかしたらしいが何があったんだい？　何週間も包帯をしていた。犬にかまれたと話していたが」

「ジェラートは彼が気に入らなかったのよ」ペネロペは詳しい説明は避けた。

ジョージはそれ以上は尋ねなかった。何があったのか、ダーレストンにはおよそ想像がついた。「ジャック・フロビシャーはいやなやつだ。かまれて当然のことをしたのだろうよ」ほかの男がペネロペに触れる、そう考えただけで再び怒りがこみ上げてくる。ピーターはペネロペを凝視した。その表情は読みにくい場合が多いのだが、フロビシャーの腕の話が出ると青ざめたように見えた。

ポートワインを楽しむ男性陣を残してペネロペは客間に引き取った。二人が客間に入ってきたとき、ペネロペはピアノを弾いていた。ペネロペは弾くのをやめたが、二人は続けるように頼み、耳を傾けた。ペネロペは一心にピアノを奏でている。何かに集中しているときの彼女はとくに愛らしいと、ピーターはひそかに思った。

その柔らかな体の曲線にもおおいにそそられるが、それ以外のことを考えようと彼は手で髪をかき上げ、視線をペネロペの顔に向けた。濃い赤褐色の髪は頭上で結い、柔らかな巻き毛をふわりと下へ垂らしている。動くたびに巻き毛が揺れて首筋に触れ、こぼれた一筋の巻き毛が頬にかかっている。それを後ろに払ってやりたくてピーターの指はうずうずしていた。

ピーターはうめきたくなるのをこらえ、ピアノから魔法のような音を生みだしている彼女の指に目を落とした。音楽に集中しようとするのだが、彼女に触れられたときのことを思い出してしまう。なんてことだ、これでは恋に悩む青臭い若者みたいではないか！　ピーターは意志の力を振り絞り、ペネロペのことを頭の中から追い出した。

　ピーターはジョージに聞かされた話について考えた。ジャックはこのぼくを本当に殺すつもりだろうか？　ありえない。だが、ばかげていると一蹴《いっしゅう》することもできない。本当の夫婦になることがますます重要になってきた……。そのときジョージの声がして、ピーターはわれに返った。ペネロペは演奏を終えている。ジョージは『ガゼット』を手にして彼女に何か読んであげようと申し出ている。ペネロペはうれしそうだ。

　ピーターはいらだちを覚えた。彼女はあんなに愛想よくする必要はないじゃないか！　なぜジョージは彼女にあれほど気を配るのか？　彼女を前からずっと知っていたかのようにペニーと呼ぶなんて！　彼女のこのぼくに対する礼儀正しく控えめな態度とジョージに対する態度の違いは際だっている。

　彼女の堅苦しさはピーターが自分から望んだものなのだが、それでも、自尊心は傷ついていた。そして、ペネロペが部屋へ引き取るころには、行儀よくしろと注意するためにペネロペの寝室を訪れようと決意していた。

　ジョージとダーレストンはあとに残り、しばらくの間、歓談していた。ジョージは陽気で屈託がなかったが、ピーターはいささかふさぎ込んでいた。どうにかしなくては、とジョージは思った。親友が悩んでいるのはすぐにわかった。夫婦の間の緊張がこちらにもはっきり感じられる。その原因も想像できる。

「ピーター、きみは運がいいやつだ。きみがしたように、ぼくも自分でろくに知りもしない女性との結婚話をまとめたら、ひどい結果に終わるのが関の山だ。結婚してみたら、相手は頭が悪いか、癇癪《かんしゃく》持ちか、もっとひどい女性だとわかるだろう。だが、きみは違う。このうえなくチャーミングで頭がいい女性だった。おまけにすてきな犬も連れている！　ありがたいことに、メリッサともまったく違う」

　この賛辞にピーターはちょっと驚いた顔をした。そして、しばし沈黙してから答えた。「ああ、きみの言うとおりだろう。もっとひどい結果になっていたかもしれないな」

　ジョージはそれ以上、何も言わなかった。そのことについてピーターが少しは考えてくれればいい。ピーターは友が妻とすぐにうち解けたのに腹を立てているらしい。だが、これをきっかけに、ピーターはペネロペがメリッサのような危険な女性ではないと理解し、気に入らない他人ではなく友として彼女に接するようになるかもしれない。

　馬車に揺られて疲れた、明日の朝、また会おうと言ってジョージは腰を上げた。

「残念ながら、明日の朝は領地の管理人と会わなければいけない。一人で勝手にしていてくれないかな。午後、狩猟に出かけてもいいし」

「もちろんだとも、勝手にするよ。ペニーを乗馬に連れ出してもいいかな？　彼女の話だと、きみはあのネロに彼女を乗せて、事故のあとも乗馬を続けてさせているとか」

　なぜかわからないが、ペネロペがジョージと馬で出かけると思うとピーターは腹が立った。昨日、外に連れていこうと誘ったら彼女は断った。ジョージの申し出ならいそいそと応じるに違いない。ジョージに対してもっと控えめな態度をとるように妻に注意しなければいけない。ピーターはその思いをさらに強くしていた。そして、そのことを考えながら寝支度をすると隣の寝室へ続くドアをためらわずにノックした。

何の反応もない。妻はすでに眠っているのだろうか？　やがて、驚いた声でどうぞ、との返事が返ってきた。ペネロペはベッドの上に起き上がり髪の毛をとかしていた。ピーターはベッドのところへ行きペネロペを見下ろした。ペネロペは不安そうに夫を見つめた。いったい何の用事だろう？　自分が震えているのをペネロペは意識していた。

「ピーター？」あっぱれにも声は落ち着いている。だが、夫は妻が動揺している気配を感じ取っていた。

「話をしてもいいかな、ペネロペ？」

「もちろんですわ」話だけだろうか？

ダーレストンは単刀直入に言った。「きみがジョージを気に入ってくれたのは喜ばしい。だが、親しげにしたり、会ったばかりの男性とクリスチャンネームで呼び合う必要はない。ほかの男性なら許せなかったろう。わが妻には思慮深さを忘れず、ほかの男性にはレディらしい慎みある態度を保ってもらいたいと望んでいる。それを忘れないでくれ」

ペネロペはあっけにとられた。「あなたが控えめを好むからといって、わたしにもほかの人たちを退屈させるようにと本気でおっしゃっているのですか？　そんなのばかげていますわ」

ペネロペの反撃は予想外だった。驚いたピーターはぴしゃりとやり返した。「そう思いたいなら思えばいい。ぼくは二度も妻を寝取られるつもりはない！」

ペネロペは愕然とした。ほのめかされた侮辱にしばし返す言葉もなかったが、すぐに怒りを爆発させた。考える前にベッドから出ると、屈辱と怒りに震えつつピーターの前に立った。激しい言葉が口をついて出る。「よくもそんなことを！　わたしを歓迎されざる客ではなく友として扱ってくれる人に会えて喜ぶ、そのどこがいけないのです？　わたしが不義を働くとおっしゃりたいのですか！　あなたがわたしのことをそのように考えていらっしゃるとしたら、あなたがわたしを避けているのも当然ですわね。あなたなど大嫌いだわ。さっさとここから出ていって！」

　おだやかな花嫁が癇癪持ちだとは――ピーターは心底、驚いた。冷ややかで礼儀正しい態度が返ってくるものと思ったのに。ピーターがどう言い返そうか考えたのはつかの間だった。というのも、エレンが女主人に着せた薄手のナイトガウンはその魅力的な肢体を隠す役割をほとんどなしていなかったからだ。隠すどころか、そのすらりとした体をはっきり見せている。ピーターはペネロペを見つめた。欲望が頭をもたげ、その薄い絹をはぎ取りたいということしか考えられない。

　ピーターがまだそこにいるのに激怒したペネロペは、自分が裸同然なのも知らぬままに厳しい口調で繰り返した。「出ていって、ピーター。わたしを一人にして！」

　ペネロペは地団駄を踏み、ドアを指さした。ないも同然のナイトガウンの下で魅力的な胸が盛り上がるのを眺めたピーターは、妻と一戦交えるつもりだったのを忘れた。彼はその細い肩をつかんで抱き寄せ、激しいキスを浴びせた。

　ピーターは顔にぴしゃりと平手打ちを食らった。間の悪いときにキスしたらしい。彼は身を引いて腹立たしげに言った。

「すまなかった。きみの前から消えるとしよう。おやすみ」

　ピーターはすぐさま部屋から出て荒々しくドアを閉めた。ペネロペはゆっくりベッドに戻ると枕《まくら》に顔を埋《うず》め、泣きながら眠りについた。ドアの反対側では、ピーターが無言で自らを呪《のろ》いつつ立っていた。押し殺した泣き声が聞こえるが、戻って謝るなど自尊心が許さない。ペネロペの傷ついた顔がまぶたから消えず、良心をさいなむ。憎らしい女め！

11

前夜、妻に冷淡な態度をとったピーターは翌朝、メドウズから奥様はベッドで朝食を召し上がるそうですと告げられると無言でうなずき、新聞に目を戻した。

ジョージが顔を上げた。「メドウズ、朝、ぼくと馬で出かけないか奥様にきいてみてくれ。馬車のほうがいいと言うなら、それでもいい」ジョージはピーターに尋ねた。「馬車のほうがいいかもしれない。どうかな？」

「かもしれないな」ピーターはそっけなく答えた。

ピーターの機嫌の悪さを察したジョージはそれ以上、何も言わずひたすら朝食を食べながら考えていた。ピーターが肩の力を抜いて妻を信頼するようになるのにどれくらいかかるだろう？　ピーターはぼくとペネロペがすぐにうち解けて友達になったのが気に入らないのだ。ばかなやつだと、ジョージは押し殺した声でつぶやいた。

「何だって？」

「いや、その……独り言さ」聞こえてしまったかと思い、急いで弁解した。

　ピーターはそれ以上追及しなかった。だが、ばかなやつが誰を指しているのかは見当がつく。ジョージの言うとおりかもしれない。いったい、自分はどうなってしまったのだろう？　彼女に終始一貫してやさしく振る舞い、癇癪《かんしやく》を爆発させないようにすることはできるはずじゃないのか？　彼女は迷惑な存在では決してない。魅力的で、美人ですらある。しとやかで、それでいて活力にあふれている。昨夜、平手打ちを食わされた場面を思い出しピーターは苦笑した。

　肉体的に彼女に惹《ひ》かれているのは間違いない。彼女を好きになるのは簡単だ。でも、それが問題なのだ。好きになどなりたくない。好きにならなければ、彼女に傷つけられることもない。だが、彼女は傷つく。良心の声がそうささやく。なぜペニーがメリッサの罪ゆえに傷つかねばならない？

　朝食を終えるころにはピーターの気持ちはかなり明るくなっていた。まだ混乱はしているが、生来の正義感から、自らの態度をはっきりさせなければいけないと思い至ったのだ。彼女のことで一喜一憂するのは誰のためにもならない。彼女を遠ざけておくのが一番だ。

　二人が朝食を終えるころメドウズが戻ってきた。

「ジョージ坊っちゃま、奥様はあなた様のご都合よろしいときにいつでもご一緒にお出かけになるそうです。差し支えなければ、馬車でいらっしゃりたいとのことです」

「ありがとう、メドウズ。ぼくの栗毛《くりげ》を馬車につなぐよう厩舎《きゆうしや》に指示を出しておいてくれ。馬の準備ができしだい出かけたいと奥様に伝えてくれ。ピーター、本当に一緒に来ないのか？」

「ああ」ピーターは心から残念そうに言った。「ぼくの新しい葦毛《あしげ》を試してみないか？　やつらは運動が必要だし、きみの馬は旅のあとだから休ませたほうがいい」

　ピーターはこれでさっきの不機嫌な態度を謝っているのだ。ジョージはにやりとしたくなるのをどうにかこらえた。「喜んで使わせてもらうよ。走らせすぎてだめにしないよう注意する。葦毛を用意してくれ、メドウズ」

「かしこまりました。ですが、奥様を疲れさせないようお願いします。お体の具合がよくなかったのですから」それだけ言うとメドウズは任務を果たすべく出ていった。

　ピーターは当惑気味に執事を見送った。「なんてことだ。メドウズはそのうち彼女を子供のときから知っていたみたいに親愛の情を込めて〝ペニー様〟と呼ぶのではないか。いやはや、驚きだ」

「驚くことじゃない」ジョージはあっけにとられているピーターがおかしくてならなかった。「ペニーはとても愛らしい。妹を思い出すよ」

　三十分後、ジョージとペネロペはピーター自慢のウェールズ産の葦毛の馬が引く馬車に乗り、ジェラートが横を駆けていく。最初、ペネロペは口数が少なかった。目の下にかすかな隈《くま》ができている。ピーターが葦毛を使うよう申し出てくれたとジョージが話すとペネロペは少し元気になった。お気に入りの葦毛を貸してくれたのなら、夫はわたしのことをそんなに怒ってはいないのかもしれない。

「どこへ行こうか、ペニー？　きみが決めてくれ」

「ジュークスの農場へ行ってみません？　マーサに赤ん坊がもうすぐ生まれるので見舞ってやりたいのです。エレンかからマーサ宛《あて》の手紙と赤ん坊の服を少し預かっているので。農場の場所はご存じですか？」

「なんとかなるだろう。一度、ピーターと一緒に行ったことがある」

一人の子供が農場への行き方を教えてくれた。そして、馬車を進めながらジョージは考えていた。ピーターのペニーに対する混乱した態度について説明するべきではないだろうか？　ピーターが知ったら怒るだろう。だが、ペネロペの沈んだ顔を見て決心した。「ペニー？」

「はい？」

「かまわなければピーターについて話してもいいかな？」

「ピーターについて……」

「ピーターは変わったやつだ。いまはとても不機嫌に見える。彼についてきみがもっと知ったら、彼を扱いやすくなるかもしれないと思ってね。彼は根はとてもやさしい人間だ。だが戦争から帰ったあと、変わってしまった」

「メリッサ？」

「そうだ。彼は愛のため彼女と結婚したが、ほかの人たちは皆、彼女が彼の金目当てで結婚したのを知っていた。彼女がバートンと駆け落ちして事故で死んだとき、ピーターは耐えがたい苦痛を味わわされた。むろん、軍隊に復帰する前に彼女がどんな女性か、ピーターにはわかっていた。メリッサは自分の行動を隠そうとはしなかったからね。おそらく、ピーターは死ねると思って軍隊に志願したのだろう。メリッサは彼の名に泥を塗った、彼はそのことが忘れられないのだ。きみがこの話を知っているかどうかは知らないが……」

「ピーターが少し話してくれたわ。彼はほとんど自分の殻に閉じこもっているけれど、ときにはこのうえなくやさしくなる。彼の気分を理解するのはとても難しいわ……それに、彼はわたしがあまり好きではないみたい」

ペネロペの悲しげな声にジョージは胸を突かれた。

「ピーターはいま女性というものが信じられないのだ」レディ・キャロライン・ダベントリーとピーターの関係について触れるのは控えた。「でも、彼が分別を取り戻すまできみが忍耐強く待っていてくれさえしたら……彼をあまり怒らせないでくれ……」ジョージは最後まで言わずに黙り込み、二人はしばらく黙って馬車に揺られていた。

やがて、ジョージはためらいがちに口を開いた。

「再婚する、そして、そのなりゆきを聞いたとき、彼の頭がおかしくなったのではと不安だったが、いまでは、これ以上の伴侶《はんりよ》は望めなかったと喜んでいる。昨日の夜、彼にもそう言った。誰の目にも、きみがメリッサとは違うのは明らかだ。彼にもそれがわかっているはずだ。そのうちに彼も変わり、少しは扱いやすくなるだろう。不機嫌なときの彼は手に負えないからな！」

秋の日差しを浴びて葦毛の馬たちがゆるい駆け足で走っていく。ペネロペはジョージの助言について考えていた。ピーターとうまくやっていけるようになるのだろうか？　ジョージは親友でおそらくピーターをよく理解しているはずだ。ピーターからうとまれたくない。たとえ愛し合うことはないとしても、友人にはなれるはず。

でも、それが問題なのだ。いくら超然としていようとしても、機嫌がいいときのピーターの魅力、やさしさに防御の壁が崩れてしまう。知らないうちに、夫を愛してしまっている！　跡継ぎをもうけることしか妻に望んでいない夫、妻のことなどなんとも思っていない夫……。たとえ愛されなくとも、信頼と尊敬に値する妻だとどうにかして彼にわかってもらいたい。

自らが陥った苦境にペネロペは内心、うめいた。でも、もう引き返すには遅すぎる。

馬車が農場に着き、ペネロペはわれに返った。ジョージが農場の中庭に馬車を乗り入れると、ペネロペはしばらくの間、彼を無視していたのに気がついた。

「ごめんなさい、ジョージ。失礼なまねをするつもりはなかったのよ。あなたがピーターについておっしゃったことを考えていたの。努力してみるわ。彼がやさしい人だというのは承知しているの。わたしの目が不自由だと知ったときも驚きはしなかった。結婚しようと思っていたのが実はわたしの妹のほうだったとわかったときも……」ペネロペはあわてて口を押さえた。「こんなこと、お話しすべきではなかったわ」

ジョージは笑った。「事の次第はピーターが手紙で知らせてくれた。彼にとっては当然の報いだ。だが、教会へ行く途中、彼が語ってくれたところによると、結婚しようとしたのは実際にはきみだったそうだよ」

「彼もそう言ったわ。でも、それはわたしを傷つけまいとしただけだと思っていた」

「そうじゃない。きみを気に入った理由の一つはジェラートだった」

「わたし付きのメイドをどうやって選んだか、彼はあなたに話したかしら？　メドウズに命じて屋敷中のメイドを並ばせ、犬が好きか尋ねたの。それから、ジェラートを連れてきて、逃げださなかったただ一人のメイドを選んだのよ」

ジョージは笑った。「ピーターはユーモアのセンスを決して失っていない、それが彼について希望が持てる印の一つだ。彼はだいじょうぶだよ。それに、メドウズもきみが気に入っている。彼はメリッサにがまんできなかった。ピーターはメドウズを大事にしている。あの年寄りは子供のときからピーターの面倒をみてきたからね。メドウズは今朝、きみを疲れさせないようにとしつこくぼくに念を押していた。これでピーターもきみのことを少しは考えるようになったろう！」

「メドウズはとても親切にしてくれています。彼はいつもあなたのことをジョージ坊っちゃまと呼んでいるわ。ピーターのことも、ピーター坊っちゃまと呼ぶんです。実家の老執事とよく似ているわ。ティンソンは決してわたしをレディ・ダーレストンとは呼ばないでしょう」

「おそらくそうだろうな。実際、メドウズが立場を忘れ、きみのことを親しげにペニー様と呼んでも驚かないよ。今朝、もう少しでそう呼びそうになったんだ」ジョージはにやりとした。「ピーターに考えさせようとしたのだろう。メドウズはメリッサにはあきれるほどばかていねいに振る舞っていた」

農家の母屋から元気な泣き声が聞こえ二人の会話はそこで終わった。馬車の音に誰が来たのかとジュークスが外に出てきた。走り寄ってきた彼は興奮していて言葉がよく聞き取れない。「十分前に男の子が生まれました！　男の子です。あっという間だったのでもう少しで産婆が間に合わないところでした。エレンはきっとがっかりするでしょう。でも急だったもので」

「もう生まれたの？　まあ、どうしましょう。エレンをよこすと約束したのよ。かわいそうなマーサ！　ジョージ、わたしたちはすぐに屋敷に帰ってエレンに知らせなければいけないわ。馬丁に命じてすぐにエレンをここに送ってこさせます。ごめんなさいね、ジュークス」

「謝ることなんかないですよ、奥様。赤ん坊が生まれるのは来週のはずだったんですから。でも、エレンをよこしてくれるとありがたいです。マーサに話しますよ。いま、マーサは眠っています。あっという間に生まれたけれど、マーサは疲れきっているんです。よければ、マーサのところに戻ってやりたいのですが」

「もちろん、そうしてあげて。ここにエレンからの手紙と赤ん坊の服を預かってきました。わたしたちはこれから戻ってエレンに知らせるわ。さようなら、そして、おめでとう」

ジョージは馬車を中庭から出した。「屋敷に帰るのだね、ペニー？」

「ええ、お願いします。できるだけ早くエレンを姉のところにやらなければ。エレンはマーサのことをとても心配していたわ。そして、叔母さんになるのを楽しみにしていた。せっかく出てきたのだけれど、帰ってもよろしいわよね？」

「もちろんだ。そうしたければ、赤ん坊誕生の知らせを伝えた後、出直してもいい。用事がないのなら、こんなお天気の日に家の中に閉じこもっているのはもったいない」

「門番小屋の管理人に屋敷への伝言を頼めばいいわ。そうすれば時間をむだにせずにすむもの」

「それはいい考えだ。敷地の周囲をめぐれば葦毛たちにはいい運動になるだろう。屋敷には遅い昼食に間に合うように戻れる」

葦毛たちはあっという間に門番小屋にたどり着き、伝言が伝えられた。管理人の十歳になる男の子は屋敷に行けばお駄賃がもらえるので大喜びだった。

用事がすむとジョージは葦毛たちを再びスタートさせた。馬たちは走りたくてうずうずしていたが、ジョージの軽やかな手綱さばきにおとなしく従っている。ジョージは馬を落ち着かせながら陽気に言った。「ピーターはこの馬のことではぼくを出し抜いたんだ。彼は見事な栗毛を持っていた。ぼくがそれを高く評価しているのを知っていて、売ってもいいと申し出た。それから、カムレーが葦毛を売りに出し、ピーターがそれを手に入れたんだ！　葦毛が売りに出るニュースをピーターがどうやっていち早く知ったかはわからない。決闘に応じてもいいとピーターは言った。だが、彼のピストルの腕前はぼくよりはるかに上だ。剣もそんなに下手ではないからね」

「欲しくてたまらなかった馬を売りつけられたとあなたがピーターに決闘を挑むところが想像できますわ。ピーターは、あなたが栗毛を欲しがっていたのを知っていたので先に買う権利を与えたのだ、自分は必要ではなかったからと答えたのでしょう？」

「きみは彼のことがよくわかっているよ、ペニー。彼はまさにそう言ったんだ！」

二人はそれから黙ったが、それは気まずい沈黙ではなかった。ペネロペにはピーターについての話を考える時間が必要なのだとジョージは思っていた。この結婚についてピーターは非常に混乱しているらしい。彼は自分が認める以上に彼女を気に入ったのではないだろうか。

ペネロペは道に響くひづめの軽やかなリズムや馬車の揺れを楽しんでいた。事故の前、父親から馬車の操縦を習っていた。馬車のなめらかな動き、二頭の馬のむらのない走りはジョージの馬車の操縦の腕前の確かさを物語っている。ペネロペはただ座っているだけでなく手綱を取りたくてたまらなかった。普段ペネロペは考えてもしかたのないことにため息をついて時間をむだにしたりしないのだが、最近、自己憐憫《れんびん》に溺《おぼ》れているのではと思うことがしばしばある。いいかげんにしなさい――ペネロペは自らをたしなめた。けれども、こうも思った。こうした気持ちになる理由を考え、それと向き合うべきだと。

視力を失ったこともそうして受け入れたのだ。ジェフリーに対する怒りと向き合い、父親の助けを借りてそれを克服した。激しい憎悪は自らを傷つけるだけだと父親が教えてくれた。父親は娘を哀れまず、できるだけ何でも自分でするようにさせた。何よりも、同情されるのが耐えられないという自尊心を理解してくれていた。

それがなぜ、いまになって自分を哀れんだりしたくなるのだろう？　そう……思いどおりにならないじれったさを味わうことが多いからだ。でも、問題に直面したら、解決策がないか冷静に考えるべきだととうの昔に学んでいる。解決策がないのなら、何かほかのことに目を向けるのがいちばんだ。

ピーター……。わたしはピーターをこの目で見たい。結婚し、愚かにも愛してしまったこの男性がどんな様子か知りたい。ハンサムなのはわかっている、フィービーがそう話してくれたから。最初は外見などどうでもよかったし、それについては考えもしなかった。でも、いま、そのことが突然、気になってしかたがない。彼を見ることができないのがつらい。でも、それは運命。解決策はない。

思いは千々に乱れたけれど、ペネロペはいかにしてピーターの信頼と好意を勝ち取ろうか、考えようとした。彼の顔をひっぱたいたりしたら結果は望めない。癇癪を起こしたことを謝ろうかしら。いいえ、わたしがどれだけ怒り、傷ついたのか、彼は知るべきだわ。わたしが〝おとなしいグリセルダ〟を見習うつもりがないことを。

目の前の二頭の馬とは別のひづめの音にペネロペは現実に引き戻された。その音から判断すると、後方から誰かが全速力で馬を駆ってくる。

「えらく急いでいるやつがいるな」ジョージは少し脇《わき》へ寄った。

次の数秒は大混乱となった。耳をつんざく破裂音、ジョージの叫び声。ペネロペは座席から馬車の床に突き落とされた。

「そのままにしているんだ、ペニー！」新たな破裂音にジョージのどなり声が重なった。おびえていななく馬たちをジョージは必死で制御しようとした。恐慌状態に陥った馬が逃げ出そうとして馬車は激しく揺れた。ペネロペは床にしゃがみこみ、ジョージの足にしがみついた。ジェラートが激しく吠《ほ》えたてる。もう一頭の馬が全速力で走り去る気配がして、ジェラートの声がしだいに遠ざかっていく。

ジョージは徐々に葦毛を落ち着かせ、やがて、馬たちは息を弾ませつつ立ち止まった。ジョージは周囲を見回したが襲撃者はまんまと逃げてしまった。ジェラートは追いかけていったが、ペネロペのそばにいるという本能が勝ったらしく戻ってくる。ジョージはペネロペを見下ろした。

「だいじょうぶ？　もう行ってしまった。立ち上がっていい」ジョージはペネロペを助け起こして座席に座らせた。そのとき、ボンネットが目に入った。縁の左端がぼろぼろになっている。ジョージはぞっとしつつ眺めながら怒りに満ちた悪態をついた。まだ混乱し、何が起きたのかわからないペネロペは驚いている。

「何があったの、ジョージ？」ペネロペは震える声で尋ねた。

「誰かがわれわれを撃った。われわれというより、きみをだ！」

「わたしを撃つ？　冗談でしょう？　いったい何のために？」

ジョージはすぐには答えず、「屋敷に戻ってピーターに知らせなくては」と言うと馬たちに合図し、速歩《トロット》で駆けさせた。

「ジョージ！　誰が、いったいなぜわたしを撃ったの？　ちゃんと話してちょうだい！」不安と怒りでペネロペはいまにも泣きそうだった。

逃れられないと観念したジョージはペネロペをちらりと見た。「話すべきだと思う。だが、ピーターがいい顔はしないだろう」

「ピーターは知っているの？」

「領地内で危険にさらされるとは、ぼくたちも考えていなかった」ジョージは弁解するように言うと続けた。「跡継ぎのジャック・フロビシャーについてピーターはどの程度、きみに話した？」

「あまり多くは……。彼を好きではないとピーターは話していたわ。だから、わたしと結婚したと。ミスター・フロビシャーに爵位を継がせないために」

「この襲撃もそこに原因があるのだろう。フロビシャーは財政危機に陥っていて、ピーターの金をあてにしている。ピーターの妻であるきみは彼の計画の邪魔者になる可能性があるんだ。昨夜《ゆうべ》、ピーターにきみたち夫婦の身に危険が及ぶかもしれないと警告したが、ここで何かが起こる、あるいは直接、狙《ねら》われるとは予想していなかった。心配しなくていい、ペニー。屋敷に戻れば、ピーターが問題を解決してくれる」

「的を外すなんて、襲った人は射撃の名手ではないわね」ペネロペは勇敢にも明るく言った。

ジョージはぎこちなく笑った。「もう少し上手だったらピーターはまた男やもめになっていただろう。ペニー、ボンネットの縁を触ってごらん」

12

「ピーター、ちょっとお話ししてもいいかしら」

デスクから顔を上げたダーレストンは妻の姿、そして、不安がにじむ声に驚いた。妻が自分から夫に会いに来ることはめったにない。ピーターはペネロペをじっと見つめた。ジェラートの首に置かれたほっそりした手がかすかに震えている。ピーターは立ち上がってペネロペのところへ行くと、その手を取り、ソファへ導いた。

「さあ、座りなさい。何か心配事でも？　話してくれ」

ペネロペはおとなしく座ったものの、どう切り出していいかわからず黙っていた。彼はわたしをはねつけるだろうか？　それとも、もっと悪いことに、ジョージに怒りを向けるだろうか？　ピーターはペネロペの横に座り、感情に揺れるその顔を見つめた。そして、彼女を遠ざけている自分をまたも呪《のろ》っていた。彼女がこれほど他人行儀な態度をやめてくれたなら……。何をしているのか意識しないまま、ピーターは両の手でペネロペの手を取り、柔らかな手のひらを親指でなぞっていた。ペネロペはピーターに触れられたときにいつも全身に広がる、せつないほどの感覚をまたも味わっていた。なぜ、こんなふうに感じるのだろう？　彼はわたしのことなど何とも思っていない。そうでしょう？

「さあ、ペネロペ、深刻な話ではないだろうね？　ジョージが馬車をひっくり返したか？」そのやさしい声にペネロペはもう少しで泣きそうになった。こんなふうにいつもやさしくしてくれたらいいのに。

ペネロペはぎこちなくほほえんだ。「いいえ。ジヨージはあなたと同じくらい馬車を操るのが上手だわ」

「それを聞いて安心したよ。彼が駆っていたのはぼくの馬だからな。さあ、話してくれ。怒らないと約束するから」

「ジョージに対しても？」

その問いにピーターははっとした。彼女は何を言いたいのだろう？　まさか、ジョージが彼女に言い寄ったとか？　ピーターはペネロペを凝視した。ああ、彼女がそわそわしているのはそのせいか！　ピーターは唐突にペネロペの手を放して立ち上がった。冷静な声が出せるか自信がない。「さあ、話してくれ」

抑えた怒りをペネロペは感じたが、思いきって続けた。「ジョージを責めないで、ピーター。彼が悪いのではないのよ」

「それは信じるよ。きみは馴《な》れ馴《な》れしすぎると注意したはずだ」あっけにとられたペネロペは最初、何を言われているかわからなかった。やがて、ピーターがなぜ怒っているかに思い当たると真っ赤になった。ピーターはそんなペネロペを冷たく眺めている。

ペネロペはこのまま何も言わずに部屋を出たい衝動と闘っていた。彼がこうした気持ちでジョージのところへ行ったなら二人の友情は終わりだ。それを思うとここで逃げ出すわけにはいかない。

「あなたのいとこについて、彼の脅し、彼が借りたお金についてジョージは話してくれました。彼があなたを殺そうとしているのは本当ですか？」

「何だって？　きみにそんな話をするなんて、ジョージは頭がどうかしたに違いない。いまの段階では、その件は単なる憶測にすぎない」

「ジョージはやむをえず話してくれたのよ。馬車に乗っているとき、誰かがわたしたちを撃ったの。ほら見て！」ペネロペはだめになったボンネットを差し出した。「ピーター、あなたの個人的な問題に口出しするつもりはないけれど、これはわたしにも関係があることだから」

　ピーターはすぐには答えなかった。声が出せず受け取ったボンネットをただ見つめていた。ペネロペがもう少しで殺されるところだった……。やがて、ピーターはボンネットを下へ落とすとペネロペをしかと腕に抱きしめた。「ああ！」ピーターは喉に詰まった声でささやいた。自分の感情を分析しようとはしなかった。わかっているのは、己の愚かさのためペネロペが息絶えて横たわっている、それを想像すると恥ずかしさと恐怖でいっぱいになる。

　ペネロペは頬をピーターの肩にあずけ、小さく安《あん》堵《ど》のため息をついた。彼の腕のたくましさを感じる。こうしていれば危険が及ぶ心配はない。

「すまない、ペニー。これはぼくのせいだ。昨日の夜、きみに警告すべきだったのに、ぼくはきみを侮辱しただけだった。あらゆる意味でぼくはいい夫ではない」

「ばかなことを言わないで、ピーター。ジョージは事情を知っていて、その上でわたしを馬車での遠出に連れていってくれたのよ。領地内にいる限り、何の問題もないと彼は思ったのでしょう。そして、危険を知っていたとしても、わたしは出かけたでしょうね。あなたのせいなどでは決してないわ」

　ペネロペの寛大さにピーターはますます恥ずかしくなった。「ぼくの妻としてのきみに少しでも配慮していたなら、きみに状況を説明し、この問題が解決するまで屋敷や庭の外に出るのは禁じていただろう。それなのに、嫉妬《しつと》して癇癪《かんしやく》を爆発させてしまった」

　ペネロペは驚き、ピーターの腕の中から抜けでた。

「嫉妬ですって？　あなたはわたしを好きでもないのにどうして嫉妬するの？　最初の日にあなたはは

っきりおっしゃったわ。あなたはわたしを避け、話しかけようとするたびに、あなたはわたしを鼻であしらった。かと思うと、愛想がよく……親切なときもあった。ピーター、わたしはどう考えていいのかわからないのよ」

ピーターは無言だった。どう言えばいい？　彼女が混乱しているとしたら、それはすべてぼくのせいだ。「自分でもわからないんだ……」

「わたしはメリッサではないわ。一人の女性があなたを裏切ったからって、わたしがそうするとは限らないでしょう？　わたしを愛してとは言わない。でも、たとえ、わたしに不快感を抱いているとしても、せめて信頼してはもらえないかしら？」ペネロペは泣いていた。ハンカチを探るペネロペをピーターは再び抱きしめ、そっとその背をさすった。

「きみに不快感を抱くはずがないだろう、おばかさんだな。不快感を抱かせたというなら、それはぼくのほうだ」

すすり泣くペネロペは聞こえるか聞こえないくらいの声でつぶやいた。「最初の日、あなたはわたしにキ……キスしたわ。そして、屋敷に戻ったときのあなたは違っていた。わたしに話しかけようとはしなかった。だから、わたしはあなたの気に障ったことをしてしまったに違いないと思ったの。あなたにキスを返した、それが気に入らなかったのだと……。そして、別のとき、あなたはわたしにキスをして、それから……わたしを突き放した。だから、何か気に障ることをしているのだと思ったの」

ピーターは自分が恥ずかしかった。「きみはぼくを不快にさせるようなことはしなかった。それは本当だ。きみがキスを返してきたとき、ぼくはそれを好ましく感じていたんだ。女としてのきみに過度の警戒心を抱いたのは間違いだった。だが、きみを無理やりベッドに誘いたくもなかったんだ」

「でも、あなたは跡継ぎを望んでいるとおっしゃったわ……そして、わたしを欲しているとも……」恥ずかしくて話すのをいったんはやめたが、勇気を出して続けた。「わたしは名前だけの妻にはなりたくないのです。本当の……妻になりたい。あなたもそれを望んでいらっしゃると思っていました」

ピーターはペネロペの顔を両手で挟み、唇にそっとキスした。「そうだ、それがぼくの望みだ。だが、それは跡継ぎが欲しいからだけでなく、きみが欲しいからだった。だからこそ不安になり、あんな愚かな態度をとってしまった。すまない、ペニー。許してくれるかい？」

ペネロペはこくりとした。頬はまだ涙で濡《ぬ》れ、声が出せない。ピーターはハンカチを取り、ペネロペの目元をぬぐってやった。「さあ、おいで、ペニー、ベッドへ入るんだ。この問題は明日の朝、話そう。午後はよく休むといい。今夜、ディナーはお盆にのせて部屋へ持っていき、きみのそばにいるよ。ひどいショックを受けたのだから休息が必要だ。詳しい話はジョージがしてくれるだろう。彼もきっと興奮しているに違いない」そのとき、ピーターははたと気がついた。「まさか、彼はけがはしていないだろうね？」

「ええ、最初にそれをお話しすべきでしたわ。ジョージはわたしの命を救ってくれたのです。彼は男を見たに違いありません。大声で叫び、わたしを座席の下へ突き飛ばしてくれました」

「ジョージに感謝しなくてはな」ピーターはペネロペを強く抱きしめた。

その夜遅く、ピーターは誰かが叫んだような気がして目を覚ました。月明かりのなか、起き上がって耳を澄ましたが何も聞こえない。再び身を横たえようとしたとき、ペネロペが眠っている間に声をあげたのかもしれないと思いいたった。彼女は午後中、ずっと眠り、ピーターはペネロペの寝室でペネロペとともにディナーを食べた。襲撃のショックからペネロペがまだ立ち直っていないのを知っているピーターは、だいじょうぶだから起きてディナーの席に出るというペネロペの主張を退けた。

「ぼくに従うと約束したのを忘れたのかい？　反抗は許さないよ」

「でも、ジョージはどうなるの？　一人で放《ほう》ってはおけないわ。お客様なのよ」

「客じゃない、彼は親友さ。今夜、きみを一人にしたら彼が何を言うか、考えただけで恐ろしい。エレンを呼び戻すのにきみが反対しているときにはなおさらだ。それに、彼は放っておかれているわけではない。召使いたち全員、そして、メドウズが彼を英雄のように扱っているよ」

ペネロペは折れた。そして、夫がそばにいてくれるのを感謝しているとピーターは確信していた。ピーターはペネロペが寝入るまで本を読んでやった。それから、静かにランプを吹き消すと、仕切りのドアは開け放したまま自分の部屋へ引き取ったのだ。

ピーターはベッドから出ると、濃い赤の豪華な錦《にしき》織りの部屋着を羽織り、隣室へ続くドアのところへ行って中をのぞいた。月の光が差し込んでいる。ペネロペが何度も寝返りを打ったらしく夜具が乱れている。部屋に入るとペネロペは苦しそうにピーターの名をつぶやいた。ピーターはベッドのそばへ行き、その額にためらいがちに手を当てた。具合が悪いのだろうか？　肌がひんやりして、熱はない。きっと夢を見ているのだろう。ピーターは夜具を直してやろうとした。

そのとき、ペネロペがおびえた声をあげた。「ピーター、助けて！　わからないわ！　見えない！　どこにいるの？」苦悶《くもん》する声にピーターの胸は締めつけられた。なぐさめてやりたいが目を覚まさせたくない。

ピーターはすぐさま決断し、ベッドの中に身を滑らせ、ペネロペを腕に抱いてささやいた。「だいじょうぶだ、ペニー。夢を見ているだけだ。安心していい」

目を覚ましたペネロペはピーターの腕の中で身をよじりながらささやいた。「ピーター？」

「ああ、そうだ。心配しないで。さあ眠りなさい」

ペネロペはほっと息をつきピーターにもたれた。ピーターはペネロペの髪に頬を寄せ、かすかなラベンダーの香り、押しつけられた体の感触を味わっていた。そっと腰の線をなぞると、それに応《こた》えるように彼女がぶるっと身震いした。

月明かりの中、ピーターはペネロペの愛らしさを見つめていた。このままここにとどまろうか？　欲望の高まりをピーターは意識していた。これ以上、自分を抑えられそうにない。ピーターはしぶしぶ体を離し、起き上がろうとした。

その気配を感じたペネロペは勇気を振り絞って腕を彼の体に回した。

「ピーター？」

「何だい？」

「行かなければいけないの？　ここにいてはくれないの」

ピーターはためらった。「ペニー、きみは美しい女性だ。そして、ぼくは一人の男で、聖人ではない。これ以上ここにいたら、きみを愛してしまう。それでいいのかい？」

「ええ、だからこそ、ここにいてほしいの。お願い、ピーター。わたし……あなたの妻になりたいの……もし……もし、あなたがわたしを欲しいなら……」

ピーターはペネロペを凝視した。ペネロペは訴えるように顔を上向けている。ピーターはこらえきれず、そっとキスした。つかのま唇を重ねたあと、彼の唇は喉元に滑り、柔らかな肌に熱いキスを浴びせていく。強烈な快感にペネロペの口からあえぎ声がもれると、ピーターはペネロペのナイトガウンの前のボタンを外し始めた。薄いナイトガウンを引きちぎりたい衝動をこらえて肩から脱がせると、つぼみを頂くなめらかな胸があらわになった。片方の胸を手で包み込み、軽く愛撫《あいぶ》しながら再びキスした。唇を重ねると、ペネロペは身を震わせながらピーターの唇を受け入れていた。突き上げる欲望にぼうっとなり、彼は開かれた唇の間に舌を滑り込ませ、甘やかな奥を探った。手はペネロペのすらりとした体をさまよい、愛撫の度を深めていく。

ナイトガウンが邪魔だ。それに、自分も明らかに着すぎだ。ピーターは障害物を取り去るべく体を引こうとした。だが、ペネロペはピーターにすがりついて離れない。「やめないで、ピーター。お願いだから、いま、わたしを一人にしないで」

「離れようとしてもできないよ。だが、この部屋着を着ていてはきみを愛せない。脱ぐのを手伝ってくれるかな？」ピーターはペネロペの手をガウンの腰に締めている紐《ひも》へと導いた。ペネロペの慣れない手が結び目をいじり、どうにか紐をほどいた。部屋着から解放されたピーターはペネロペのナイトドレスを完全に取り去り、再びベッドの上に寝かせた。

月光の中で、ペネロペはおとなしく横たわっている。その美しさにピーターは震える息を吸いこんだ。彼はペネロペと並んで横たわり、彼女の体を抱き寄せた。彼女はまだ震えている。ピーターはやさしく抱きしめ、紅潮した顔にかかる赤褐色の巻き毛をはらってやった。「怖がらないで。やさしくすると約束する。ぼくを信じてくれ、ペニー」

答えるかわりに、ペネロペは腕をピーターの体に巻きつけ、唇を求めた。ピーターはこの無言の誘いに応えて情熱的なキスを唇へ、そして、喉へ浴びせた。手は腰のくびれ、腹部をからかうように愛撫しながらすらりとした脚へと向かっていく。

　最初、ペネロペはどうしていいかわからず、快感に震えつつピーターにただしがみついていたが、与えられている喜びを相手にも与えたくなってきた。本能的にピーターの動作をまねたペネロペはおずおずとピーターの体に触れた。ペネロペの手が肩や胸のたくましい筋肉、腹部を探っていく。

　ペネロペの軽い愛撫に全身の感覚が狂おしいほどにかきたてられる。ピーターはペネロペの手を取り、さらに下へ、男性自身へと導いた。

「ピーター？」どうしてほしいのかわからない。

　その声に不安を感じ取ったピーターはささやいた。

「ほら、こんなふうに……。怖がらなくていい」

　おそるおそるだったペネロペの動きがしだいに大胆になっていく。いじらしい愛撫に、体が痛いほどに張りつめる。だが、すぐに一つになってはならない。ピーターは必死にこらえた。性急に事を進めてはならない。ペネロペはまだ不安をぬぐいきれずにいる、自制心を失えば彼女をおびえさせるだけだ。

　強烈な快感にうめきつつ、ピーターは唇をペネロペの胸元へ滑らせ、じらすようにつぼみの周囲をなぞった。ペネロペが声をあげ、ピーターはなめらかな腿の間に手を滑らせた。乙女の秘められた部分が潤っている。いますぐペネロペをわがものにしたい衝動をピーターはどうにかこらえた。まだだめだ！がまんできますように、と必死で祈る。彼女を傷つけたりおびえさせたりしたくない。ピーターはそっと触れながら唇を重ねた。

　親密な愛撫にペネロペはうめき、ただ身を任せていた。全身に火がついたようになりもう何も考えられない。ペネロペの体を巧みに責めたてながらピーターは再び唇を求めた。荒々しい情熱的なキスだ。

言葉にならない快感にペネロペは身をよじり、本能的に腰を浮かせた。

その動きを感じたピーターは機が熟したと知った。ペネロペの脚をさらに押し開き、筋肉質のたくましい脚をその間に滑り込ませた。腰を思わせぶりに動かして彼女の反応を見ながら、口の奥深くに舌を差し入れる。彼はしばし唇を離し、紅潮したペネロペの顔を見つめ、くもぐった声でささやいた。

「ぼくのものになる？　ぼくが欲しい？」ペネロペはせつない声ですすり泣くだけで答えない。ピーターは肘で体を支えながらやさしく繰り返した。「ぼくが欲しいかい、ペニー？」

言葉もなくペネロペはうなずき、せわしげにピーターの体を抱き寄せようとする。

「言ってくれ」

「わかっているくせに」ペネロペの顔は涙で濡れていた。

「きみが欲しい。きみのすべてが」

これ以上、待てない。ピーターはペネロペの脚を押し開き、いまにも爆発しそうな自分の体をそっとそこに当てた。するとペネロペの腰が迎えるように持ち上がり、ピーターは慎重に身を沈めた。

一つになったとき、ペネロペの体がこわばるのを感じ、苦痛と喜びが入り交じった小さな叫びが聞こえた。ピーターはすぐに動くのをやめて愛と励ましの言葉をささやき、ペネロペが慣れる時間を与えた。彼女の体から力が抜けるのを感じ、ピーターはより深く沈めるためにいったん身を引いた。

「ああ、ピーター、やめないで……お願い、やめないで！」

ペネロペはピーターの唇が下りてきて唇が触れ合うのを感じていた。腰のおだやかなリズムに合わせピーターの舌がペネロペの唇を責めたてる。ピーターの動きが加速するにつれペネロペは喜びの高みへ上りつめていった。

早朝の光が差し、ピーターはペネロペを腕に抱いたままつぐみの声を聞きながらうとうとしていた。昨夜の遅ればせの初夜を思い出したピーターはペネロペのやすらぎに満ちた寝顔を見つめ、ほほえんだ。

彼女は敏感に反応していたが、愛の行為には慣れておらず、それがまた魅力的だった。そのとき、ピーターははたと気がついた。これまで女性との行為をこれほど楽しんだことはなかった。さらに言えば、女性の喜びにこれほど気を配ったこともなかった。

ピーターは乱れて広がる赤褐色の絹のような髪の毛をかき分けペネロペの肩に触れた。彼女の貞節を疑うとはなんと愚かだったろう。ピーターの手はペネロペの頬、柔らかな唇の端をなぞった。もう一度、愛したい。だが、そんなことをすれば彼女を起こしてしまう。身勝手なまねはしてはいけない。

そのとき、領主の欲求を察したのか、つぐみが窓枠にとまり、元気にさえずり始めた。ピーターの気持ちを代弁するかのようにまだら模様の胸をふくらませ歓喜の歌を歌っている。ペネロペは満ち足りたため息とともに目を開いた。瞬間、どうしてこの奇妙ながら、それでいていごこちがいい姿勢で横たわっているのかわからなかった。

夫の腕に抱かれ、頬に触れているのは夫の手だと悟ったとき、記憶が一気によみがえり、ペネロペは真っ赤になった。彼を失望させてしまっただろうか？　それとも、もっと悪いことに……わたしが楽しんだことでうんざりしている？

「ピーター？」ささやき声にすぎなかったが、ピーターはそこに不安がにじんでいるのに気がついた。その原因は容易に想像がつく。愛の行為で相手が喜びを得なかったかもしれないと彼女は疑っているのだ。ピーターの胸は妙に痛んだ。

「なに？　だいじょうぶかい？」

心配そうな声は何を意味しているのだろう？

「ええ、どうしておききになるの？」

ピーターはペネロペをさらに抱き寄せ、続けた。

「きみはあまりにも美しかった、そして、きみが欲しくてたまらなかった。だから、きみを傷つけたかもしれないと心配だ」

誠実さが感じられる声、それに、彼の片手が胸に触れている。彼は失望したわけではなさそうだ。

どう答えていいかわからないペネロペは真実を言おうと決めた。「少し痛かったわ。最初だけは……それから」ペネロペは恥ずかしそうにあとの言葉をのみ込んだ。

「それから？」恥じらうペネロペを楽しみながら、ピーターはからかうように先を促した。

「それから……すばらしかったわ」ペネロペは思いきって尋ねた。「あなたは？　その……あなたのほうは……どうだったの？　わたし、どうしたらいいのか知らなかったから」

「きみとの愛の行為を楽しんだかときいているのかな？　すべてにおいてきみはすばらしかった、それをきみに疑わせたとしたらぼくは恋人として失格さ。ぼくがきみへの興味を失ってしまったと考えているとしたら、いますぐそんな考えは捨てることだ。結婚以来、二カ月近くをむだにしてしまった。その埋め合わせをするつもりだ」

ピーターはそれから、自分がどれだけ楽しんだかをはっきりと示す行動にでた。それはペネロペを納得させるのに十分だった。応えるペネロペに、花嫁は昨夜の遅ればせの初夜を後悔していないと夫は確信していた。

ジョージが朝食の間に入ったとき、ピーターはたっぷりあったらしい朝食の残りを平らげているところだった。友の登場にピーターは顔を上げた。「おはよう、ジョージ」

「おはよう、ピーター。今朝のペニーの具合はどうだい？」

ピーターの顔が赤くなった。何か余計なことを言ったのだろうか？ 新聞の後ろに隠れたピーターにジョージはとまどった。

「ああ、元気だ。だが、朝食はベッドの中でとるよう説得したんだ。ジョージ、昨日のきみの行動には感謝してもしきれない。その……言葉もない。きみに命を救われたとペニーは言っている」

「礼などいいさ、ピーター。きみだって同じことをしたろう。ほかの誰だってそうだ」ジョージは恥ずかしそうに顔を赤らめた。「彼女が無事でよかったよ」ジョージは、ピーターが妻をペネロペと堅苦しくフルネームで呼ぶのをやめたのに気づいて、うれしかった。ペネロペが殺されかかったのは問題だが、それがピーターの妻への不信感を打ち破る結果につながった。

メドウズが入ってきたのでジョージはピーターからさらに感謝の言葉を浴びせられるというばつの悪さから救われた。昨日、執事はショックを受けていた。そしていまもその衝撃は続いているらしい。執事はピーターにお茶を注いで渡した。「ペニー様のところへジェラートを行かせ、朝食もお持ちしました。ピーター坊っちゃま、ペニー様は本当にだいじょうぶなのでしょうか？」

「彼女はだいじょうぶだよ、メドウズ。これからのことについてミスター・カーステアズと話し、それから彼女のところへ行く。おまえが心配していたと伝えておくよ」ジョージの目を避けたピーターは執事が出ていくまでどうにかまじめな顔を保っていた。

「ほら、言ったとおりだろう」ジョージはしたり顔で言った。「ペニー様だ！ 彼は自分の呼び方に気がついていたと思うかい？」

「おそらく気づいてはいないだろう」ピーターはにやりと笑った。

それから、二人の会話は昨日の襲撃事件をどう処理するかに移った。ピーターはペネロペを伴ってロンドンに戻り、事件は警察に任せるべきだというのがジョージの意見で、ピーターもそれに賛成した。

「ぼくだけならここにいるのだが、ペニーはロンドンにいるほうが安全だろう。ここにいたら、彼女は四六時中、屋敷に閉じこもっていなくてはならなくなる。もはや、橋の一件は事故ではないと考えるべきだ。少なくともロンドンでは、われわれのいずれかを襲うのはここよりはるかに危険な賭《かけ》だろう」

「だが、ピーター、この問題を一人で処理してはいけない。ペネロペのためにも警察に知らせるべきだ」妻の命が危険にさらされたことで親友は自分がいかに愚かだったかを悟ったらしい。彼女について語るときのピーターの口調のやさしいことといったら……。妻を守りたいという彼の決意は単なる義務感からではなく愛情ゆえなのだ。

ピーターはしばらく黙っていた。「世間には絶対に知られたくない。だが、きみの言うとおりだ。ペニーの妹夫婦に手紙を送ろう。二人ともロンドンに来てくれるかもしれない。ペニーはロンドンが好きではない。ロンドンにいればパーティだの社交界の催し物に顔を出さなければならないからだ。行かなければ噂《うわさ》になるし。家族がそばにいればペニーも心じょうぶだろう」

「そんな手紙を郵便で送ってだいじょうぶか？」

「郵便では送らない。きみが持っていってくれ。リチャード・ウィントンはいい男で、ペニーのことを気に入っている。彼なら頼りになる。それに、キャリントンも、ジャックが妹と駆け落ちしようとしたあとだから、喜んで手を貸してくれるだろう？」

「ロンドンにいるのならもちろん、そうしてくれるだろうが、彼と母親はバースで数カ月、家を借りてしまった。アメリアに学校をやめさせて社交界に出し、今度の事件を忘れさせようとしている。そばにいるのがいちばんだとキャリントンは考えているんだ。妹と親密な話ができるようになれば、ちゃんとした方向に導いてやれるだろう」

「ああ、それはそうだ。ぼくの問題を解決するため彼自身の責任を放棄してくれなどと頼めるはずがない。きみとウィントンがいればだいじょうぶだ」ピーターは立ち上がり、部屋を歩き回った。「ジャックのやつめ！　ひっつかまえたらただじゃおかない！」

「おいおい、証拠はないんだ。かりに逮捕されたとしても、彼はすべてを否定するだろう」

「逮捕など考えてないさ。もっと個人的なことを考えていた。キャリントンがやつに決闘を申し込んでくれればよかったんだ！　そうすればキャリントンがやつの体に風穴を開け、ぼくたちの手間が省けたのに！」

13

三日後、ダーレストン卿《きょう》夫妻はジェラートを連れてダーレストン・コートを発《た》ち、ロンドンへ向かった。ロンドンの社交界にペネロペは恐れをなしていたが、事の次第が明らかにされるとロンドンに行くのも悪くないと思えた。とりわけフィービーに会いたかったので、ペネロペは喜んで出発した。

ロンドンへ着いたときは夕方で冷たい雨が降っていた。夕闇《ゆうやみ》が迫り、街灯が濡《ぬ》れた石畳を照らしだしている。

「もうすぐだ、ペニー。疲れたかい？」ペネロペの青ざめた顔が心配でピーターは尋ねた。

「少し……」でも、疲れているのも悪くない。ピーターの心配そうな声が聞けるのだから。襲撃された翌日の夜以来、ピーターはペネロペとベッドをともにしていなかった。だが、ペネロペに対する態度には常に思いやりと気遣いが感じられる。ピーターには二人の親密な関係に慣れるのに時間が必要なのだろうとペネロペは思っていた。それでも、二人の寝室をつなぐドアは開け放たれていて、ペネロペが眠れなかったり、悪夢にうなされたときにはピーターがいつもそばにいてくれた。

ペネロペはおずおずとピーターの手を求め、その肩にもたれた。この前の馬車の旅とはまったく違う。あのとき、ペネロペは見ることができず、その人となりを知らない夫を恐れていた。いま、たとえ、彼はわたしを愛してくれてはいないとしても、少なくとも友達ではいてくれる……。ピーターはペネロペを見下ろすとそっと手を離し、その肩を抱いた。ペネロペはピーターのほうに顔を向けた。あごに彼の手がかかりそっと唇が重ねられた。

グロヴナー・スクエアにあるダーレストンのタウンハウスの前で馬車が止まった。どしゃぶりの雨を透かしてピーターが外を眺めると館《やかた》の明かりがついている。昼間、メドウズがほかの使用人たちと先にやって来て主人を迎える準備をしていたのだ。従僕が正面玄関の階段を駆け下りてきて馬車のドアを開け、踏み台を引き出した。

「さあ、着いたよ、ペニー。手を貸してあげよう」

ピーターはペネロペを抱えて馬車から降ろし、慎重に歩道に立たせた。窮屈な馬車から外に出られたのがうれしくてジェラートはあたりをはね回っている。

正面玄関でメドウズが出迎えた。

「だんな様、奥様、おいでなさいませ。図書室に軽食が用意してございます。旅でお疲れにならなかったらいいのですが」

「ありがとう、メドウズ。突然、どうしたんだ？　やけにすましているじゃないか」

「ウィントンご夫妻にミスター・カーステアズ、それからミス・サラ・フォリオットが図書室でお待ちでいらっしゃいます」メドウズはおごそかに告げた。

廊下の中ほどから歓声が聞こえ、続いて駆けてくる足音が聞こえた。

「ペニー！」

ペネロペは音のするほうにくるりと向き、腕を差しだして妹を抱きとめた。「サラ！　どうしてここにいるの？」

「お母様がバースのミセス・レイシーのところへ行ってしまったの。ミセス・レイシーは具合が悪く、お母様に来てほしいと頼んだのよ。それで屋敷は閉じ、わたしはフィービーとリチャードのところに泊まっていたの。フィービーたちはわたしをロンドンへ連れてくるつもりはなかったのだけれど、わたしを置いてきぼりにするかバースへ送ったら、駅馬車でロンドンまで来るって脅迫したの」サラは息を弾ませて説明した。「ああ、会えてうれしいわ！」

「こんばんは、ダーレストン。このおてんば娘をいきなり連れてきて悪かった」

ピーターは姉妹の再会を楽しげに眺めているリチャード・ウィントンとフィービに目をやった。

「リチャードじゃないの！」ペネロペは声をあげた。「フィービーはどこ？」

「わたしはここよ」フィービーはペネロペのところに走り寄った。

三人の女性はいっせいにしゃべりだした。ジェラートは三人姉妹が揃《そろ》っているうれしさに激しく吠《ほ》えながらそれぞれに飛びつくので、椅子が何脚かだいなしになる危険にさらされていた。

「来てくれてありがとう、ウィントン」騒ぎのなか、ピーターは手を差しだした。

リチャードはその手を親しげに握った。「礼など必要ないよ、ダーレストン。ペネロペはわが姉として大事な人だ。カーステアズがすべてを話してくれた」

「それは結構。ディナーを一緒にしていってくれるだろう？　どこに泊まっている？」

「妹の家だ。喜んでディナーをごちそうになるよ。カーステアズはすでに、その旨をきみの使用人たちに伝えてある」

「手回しのいいやつだ。ところで、彼はどこにいる？」

「図書室でチェス盤をにらんでいる。サラに追いつめられているんだ！」

「まさか！　ジョージはチェスの名手なのに！」

「サラほどではなさそうだ」リチャードは笑った。「ジョン・フォリオットはチェスが得意で娘たちに教え込んだ。ぼくならサラとはやらないね。サラの腕前はペニーと同じくらいかな。フィービーとなら五回に三回は勝てるが、ぼくの威厳を損なわないようわざと負けてくれているらしい。サラとペニーは容赦してくれない。きみにもそのうち、わかるだろう」

「それなら、彼を救いに行こうか？　メドウズ、ディナーの時間は？」ピーターは尋ねた。

「二十分後でございます」

「申し分ない。ありがとう、メドウズ」

「ゲームを邪魔するつもりではないのでしょう？」この会話を聞きつけ、サラは不満そうだ。「ミスター・カーステアズとわたしは楽しくやっていたのに。ディナーのあと、ピケットを教えてくださるっておっしゃったのよ」

「そうしたら、あなたとのチェスのあと、かわいそうなジョージに自尊心を取り戻すチャンスができるわね」ペネロペが横から言った。「チェス盤はそのままにしておけばいいわ。ゲームはあとでいつでも続けられるでしょう？」

ディナーが終わると、ポートワインとブランデーを楽しむ男性陣を残し女性たちは客間へ行った。ディナーの席では召使いたちの手前、目の前の問題について話ができなかったので、男性たちはダイニングルームに長居はせず、すぐに客間の女性たちのところへやって来た。客間では暖炉が赤々と燃え、いくつかのランプが暖かな光を投げかけている。広々とした部屋で贅沢《ぜいたく》なしつらえだが、けばけばしさはない。家具の大半は時代物で、黒ずんだ木部は蜜蝋《みつろう》で磨き込まれて光っている。ペネロペとフィービーはアン王朝様式のソファに収まり、サラは暖炉の前にジェラートと座っている。

男性たちが部屋へ入ってくると三人の女性は顔を上げ、ジェラートは尾を振って迎えた。これほど家庭的な雰囲気を漂わせているこの部屋を見るのは母親の死後、初めてだとピーターは考えていた。どういうわけか、ペニーがいるだけで感じが違う。フィービーはペネロペの隣の席を空けるとリチャードと並んで座った。ピーターは少し照れたように妻の隣に腰を下ろした。

ペネロペはすぐピーターに話しかけた。「ピーター、フィービーとサラの三人で話をしたのだけれど、サラはわたしたちのところに泊まるのがいいのではないかしら。そうすれば、わたしには常に連れがいることになるし、サラなら余計な噂《うわさ》にはならないわ。どうお思いになる？」

「母上が何とおっしゃるか……。いい考えだが、ミセス・フォリオットは、二人の娘を危険にさらすことにおそらく反対するだろう。それに、きみの面倒はぼくがみるつもりだった」

「ペニーが巻き込まれているとしたら、わたしだって無関係ではいられないわ」サラが勢い込んで言った。

ピーターはサラをなだめた。「あきれてものが言えないわがいとこのおかげで、われわれ全員が巻き込まれているのだ。だが、きみの母上はきみを最前線から外したがっているかもしれないよ。ウィントンはフィービーを危険から遠ざけたいと思っているはずだ」

「むろん、そうしたい」リチャードは認めた。「だが、われわれが女性を抜きにしてこの問題を処理しようとしたら、女性陣が何をしでかすかわかったものではない。一緒に事に当たるほうが賢明だよ。ミセス・フォリオットには手紙を送り状況を説明したところ、妹の家に返事がきた。サラに手こずっているならバースへ送ってくれてもいいが、サラはロンドンで役に立つのではないかと書いてあった。サラを呼び戻すつもりはなさそうだ」

「わかった。サラはここに泊まるといい。今夜、必要なものはペニーから借りればいい。荷物は明日、取りにやらせるよ」ピーターは義理の妹からこぼれるような笑顔を向けられ、妻からは抱きつかれた。

「ジョージはどうする？」

「ぼくは宿屋でもここでも、どちらでもかまわない。きみのいいほうにするさ」

「われわれは戦略を考える必要があるだろう」リチャードは考え込んだ様子で言った。「ぼくが見るところ、二つのやり方がある。一つは、われわれがペニーとダーレストンを守っているとはっきり示すことだ。われわれが彼の企《たくら》みに気づいているとフロビシャーに思わせるのだ。もう一つは、もっと巧妙な方法だ。われわれが知らないと彼に思わせ、そして……」

「彼の企みを暴くのね」サラがあとを引き取った。

「すばらしいアイディアだわ、リチャード」

「彼が狙《ねら》っているのがサラなら」とリチャードは続けた。「あとの方法が一番だろう。だが、ペニーにこれ以上の危険が及ぶのを避けるためには最初のやり方のほうがいいかもしれない」

「そうだ」ピーターは熱を込めて言った。「サラ、きみの希望にそえなくて申し訳ないが、わがいとこにペニーに危害を加えるわずかなチャンスでも与えたくないのだ。三度目の正直ってこともあるからな。ジョージ、よかったらここに泊まってくれたまえ」

ジョージはうなずいた。「宿屋よりはるかに快適だ」

「がっかりすることはないわ、サラ」ペネロペがなぐさめた。「ミスター・フロビシャーをおびやかしておおいに楽しめるわよ」

フィービーが笑った。「サラがここに泊まるとなると、たくさんチェスができますわよ、ミスター・カーステアズ」

「おかげさまで」ジョージはそっけなく答えた。

「キャリントンはどうしている？」リチャードが尋

ねた。「彼はきみのいい友人じゃないか、ダーレストン。いま、どこにいるんだ？」

「あいにくバースにいる」ピーターが答えた。「家族の問題で動けないんだ。いま、彼に頼み事はできないよ。頼めば、彼は無理してもロンドンへ来なくてはと思うだろう。彼を困らせたくないんだ」

「そうか、残念だがしかたない。ところで、われわれの脅し作戦はどこから始めるかな？」

ピーターはしばし考えていた。「ペニーが耐えられるなら、秋の社交シーズンに顔を出そう。ジャックと顔を合わせるはずで、それとなく気づかせて追い払えるかもしれない。それに、ジョージの話だと、ジャックはわれわれの結婚についての噂をまき散らしているという。だから、この機会をとらえてそれらの噂を払拭《ふっしょく》する」

サラは浮かない顔だ。「もちろん、ペニーにけがをさせたくないわよ。でも、そのやり方はうまくいかないかもしれない。彼が本当に恐れをなして逃げ出したとどうやってわかるの？　彼はしばらくの間はおとなしくしていて、またやろうとするかもしれないでしょう？　いとこに殺されるかもしれないと不安を抱きつつ一生涯、過ごすことはできないわ」

ほかの人間は黙っている。サラは彼らの計画の弱点をずばりと突いたのだ。ようやくピーターが答えた。「われわれが心配しているのはきみの姉上の身の安全だ。彼女に手出しができないとジャックが考えたなら、ぼくに矛先を向けるだろう」

「だめよ！」ペネロペが鋭くさえぎった。「自分を標的として敵の前にさらすなんてとんでもない。そんなこと絶対にだめ！」強い調子の声に人々は驚いた。ピーターはじっとペネロペを見つめた。彼女はそれほどまでにぼくを気遣ってくれているのか？　ぼくに好感を抱いてくれていて、肉体的な求めに応じてくれる。愛してくれているのだろうか？　ピーターは落ち着かなかった。ぼくは彼女を愛していない。そのことに後ろめたさを覚えるからだ。

「ペニー……」

ピーターの声に緊張を感じ取ったペネロペは自分の生の感情を表に出してしまったと悟り、その場の雰囲気を軽くしようとした。「この若さで未亡人にはなりたくないもの」この言葉に一同は笑った。

「こうしようじゃないか」リチャードが提案した。「ジャックを威嚇しておとなしくさせられるか様子をみよう。彼があきらめたか、ただチャンスを狙っているだけなのか、わかるだろう」

ペネロペはうなずいた。「それがいいわ。また狙い撃ちされるのはごめんですもの」

その夜、ベッドへ入ったペネロペは自分の愚かさを責めていた。ピーターに対する気持ちを悟られかねないことをしてしまった。なんとばかなまねをしたことか。彼は愛など求めていないのよ。ペネロペはため息をつき、枕《まくら》にもたれた。

「少なくともわたしのことを少しは気にかけてくれるようになったわ」ペネロペはつぶやいた。いつも変わらぬやさしさ、おもいやりを示してくれる。

ベッドにピーターがいた夜をペネロペは思い出していた。愛の行為があれほど甘美なものだとは想像もしていなかった。ピーターによって体の内にかきたてられた炎の記憶にペネロペは身を震わせた。この次はいつ来てくれるのかしら？　わたしのほうから行こうかしら？　いいえ、それはできない。そんなことをしたら自分の気持ちを悟られかねない。単に自尊心の問題だけではない。愛を告白すればピーターは困惑し、また、よそよそしくなるかもしれない、それが怖いからだ。彼は決して愛の言葉を口にはしていない。ベッドの中でやさしくしてくれたからといって愛されているに違いないと思うほど、わたしは世間知らずではない。

　ピーターの部屋へ続くドアが軽くノックされ、ペネロペはわれに返った。

「どうぞ」カバーを上に引き上げながらペネロペは答えた。

　キャンドルを手にピーターが入ってきた。ゆらめくキャンドルの明かりに壁にいくつもの影が躍っている。ピーターはカーテンの陰に埋もれるように座っているペネロペを見つめた。

「ピーター？　あなたなの？」ペネロペはためらいがちに声をかけた。足音がベッドに近づいてくる。

「ああ。きみがだいじょうぶか確かめに来たんだ」ピーターはペネロペを見下ろした。エレンが常に、考えられる限りの肌もあらわなナイトドレスを選んでいるのを彼女は知っているのだろうか？　ペネロペを見つめるピーターの瞳に欲望がたぎっている。だが、彼女は疲れているに違いない。ピーターはそう自分に言い聞かせた。あと一晩、待つのだ。

「ええ、だいじょうぶですわ」ペネロペはほほえみ、手を差しだした。ピーターにここにいてほしい！　でも……。「おやすみなさい」彼女はどうにか言えた。

　ピーターはペネロペの手を取ってキスし、その顔をのぞき込んだ。そこには愛と欲望、そして信頼が表れている。彼は胸の内を揺さぶられ、ペネロペの手を握ったままベッドに腰を下ろした。キャンドルをベッド脇《わき》のテーブルに置いて、腕にペネロペを抱き寄せる。「長いおやすみのあいさつになりそうだ」ピーターはささやいた。

　唇を重ねてそっと誘い、熱い反応を感じると激しく責めたてた。ペネロペのキスにピーターの自制心は崩れ、カバーをはらいのけてベッドの中に滑り込んだ。少しの間、ペネロペを離すと部屋着を脱ぎ、再び腕に抱き寄せた。ペネロペはなされるままに身を任せている。筋肉質の体に押しつけられる柔らかな体。ペネロペの唇が花のように開くとピーターはたまらず、うめいた。これほど女性を欲したことはこれまでなかった。

しばらくして、ペネロペは自分が彼の腕に抱かれ、横たわっていることを意識してあわてた。頬を涙が伝い落ちる。涙を隠そうとしたけれど、遅かった。ピーターは驚いたように彼女の濡れた頬に触れた。

「ああ、ペネロペ、なぜ泣いている？　きみを傷つけたわけではないだろうね？」

ペネロペは首を振った。涙はまだ頬を伝い落ちている。「いいえ、そんなことはないわ。あれは……すばらしかったわ。ただ……ちょっと気持ちが高ぶっただけ」泣いているのはあなたを愛しているから、あなたがわたしを愛していないのはわかっているから、触れられるたび、話しかけられるたびに、愛が深まっていくからとどうして言えよう？　愛の行為のとき、愛していると言えないつらさをどうして告白できよう？

そのとき、ピーターは突如、悟った。ペネロペはぼくを愛している！　そうではないかと前からうすうす感じてはいた。愛し合うときの彼女の情熱的な反応が多くを物語っていたからだ。

その気持ちがわかったいま、彼女との関係は難しいものになってしまった。何を言おうとしようと、自分の行為は彼女を耐え難く傷つけることになってしまう。ピーターはシーツの端でペネロペの濡れた頬をそっとふいてやった。なぐさめる言葉が何も思い浮かばない。なぐさめは彼女の自尊心を傷つけるだけだ。

彼女は哀れみを決して受け入れない。

ピーターはペネロペが寝入るまでただ抱いていることしかできなかった。

14

　ピーターは妻を伴い人々であふれるきらびやかな舞踏室に入った。このレディ・イーデンホウプの舞踏会には上流階級のほとんどが出席しているらしい。ロンドンへ出てきてから二週間は社交行事にふさわしいペネロペの服を揃《そろ》えるのに費やし、今夜、初めて社交界に顔を出したのだ。ピーターはリチャード・ウィントンと目配せを交わしてささやいた。

「これから大騒ぎになるぞ」

　がやがやと聞こえる話し声は大勢の人が集まっている証拠だ。ペネロペは疎外感、そして、心細さを味わっていた。

　ペネロペを見下ろしたピーターはその不安を理解していた。「怖がらなくていい。いつもきみのそばにいるよ。約束する」

　ペネロペはピーターを見上げてほほえんだ。「わかっているわ。わたしが誰か偉い方につまずいたりしてあなたに恥をかかせたら大変ですものね」

「そんなつもりで言ったんじゃない。ぼくの評判はそんなことくらいじゃ傷つかないよ。ぼくはただ、ジェラートに負けないくらいちゃんときみを守れるって自慢したいだけさ。きみの犬より劣ると公に認めざるをえなくなったら屈辱だものな」

「ええ。もしそうなったら、その事実は身内の間だけにとどめておかなくてはね」ペネロペは笑った。

　姉の顔に浮かんでいた不安が消え、自信に満ちた輝きに取って代わられたのを見てフィービーはリチャードにささやいた。「この結婚はうまくいく気がするわ。お父様でさえ、ペニーをこうした場に連れだすことはできなかったのよ」

従僕が一行の到着を告げた。「ダーレストン卿《きょう》ご夫妻、そして、リチャード・ウィントンご夫妻」

たちまちざわめきが静まり、社交界の人々は結婚市場でもっとも裕福な候補者の一人を捕まえた女性を見ようと入り口のほうへ顔を向けた。ミス・フィービー・フォリオットとリチャード・ウィントンの結婚に驚く人は少なかった。しかし、その存在が知られていなかった女性とダーレストンとの結婚となると話は別だ。

ジャック・フロビシャーがスキャンダルめいたことをほのめかしている。ジャックは社交界の嫌われ者だが、スキャンダルの臭《にお》いが人々の好奇心をかきたてた。ほとんどの人がレディ・ベリンガムの舞踏会での騒動を知っており、ダーレストンの結婚には『ガゼット』に掲載された味もそっけもない告示以上のことがあるのではと想像をめぐらしていた。

一瞬の静寂ののち、人々は双子の姉妹を見て驚きの声をあげた。ダーレストンとリチャードはいつもどおり寸分すきのない身なりをしている。だが人々の関心は信じがたいほどに似ている二人の女性に向けられた。ペネロペとフィービーはいたずら心を発揮して似たような髪型にし、ドレスも同じような柔らかなグリーンの絹のドレスをまとっていた。

会話の断片が二人の耳に聞こえてきた。

「まあ……双子じゃないの！」

「わたしたちが会ったのはどっちかしら？」

「ウィントンとダーレストンは二人の見分けがつくといいがね」

この最後の言葉が聞こえてくるとピーターとリチャードは顔を見合わせ、にやりとした。二人とも自分の妻を難なく区別できる。

レディ・イーデンホウプがあいさつにやって来た。

「まあ、ピーター、わたしのところに最初にいらしてくださってうれしいわ。おかげで、わたしのパーティは何日も人々の話題に上るでしょう。それから、ミスター・ウィントン、おめでとうございます。ミセス・ウィントン、お幸せをお祈りしていますわ」

レディ・イーデンホウプはペネロペのほうを向いた。

「ピーターの古い友人としてお祝いを言わせてくださいな。わたしはこの人をゆりかごのときから知っているのですよ。この人の母親とわたしは社交界に一緒にデビューしたのです。ずっと親友でした」

「お祝いのお言葉をありがとうございます、レディ・イーデンホウプ。お目にかかれて光栄ですわ」

「さあ、わたしといらして。ほかの方たちにご紹介しましょう。皆、あなたに紹介してもらいたくてうずうずしているはずよ。わたしたちは去年、あなたの妹さんに会ったけれど、まさかあなたたちが双子だとは知らなかったわ」

「ルイーザおばさん、あなたには逆らえませんよ」ピーターは愉快そうに言った。「よかったら、ぼくも一緒に行きます。お気づきではないかもしれませんが、ペネロペは目が不自由なんです。ですから、段差や障害物についてはぼくが注意してやる……それが習慣になっているのです」少なくともその場にいた半ダースの人がこれを聞いて目をむいた。人々の顔に浮かんだ驚愕《きょうがく》はレディ・イーデンホウプの目にも表れていた。

　だが、レディ・イーデンホウプはすぐに冷静さを取り戻した。「まあ、残念ね。このハンサムな男性と結婚したのに、その姿を楽しめないなんて！」

「ええ。彼の容姿については妹が話してくれてからというもの、じれったい思いをしていますの」

「気にする必要はありませんよ。一人くらい賛美者が減ってもピーターは平気でしょうから。うぬぼれをたしなめるいい薬です。さあ、いらっしゃい」

　ピーターの母親の親友はペネロペを気に入ったらしく、ペネロペが社交界に受け入れられるよう取り計らってくれるようだ。それにレディ・イーデンホウプの思いやりにあふれた態度はペネロペの緊張をおおいに解きほぐしてくれた。

ところが、レディ・イーデンホウプがペネロペたちを伴って室内を回ると、あちこちからささやき声がわき起こった。嘲笑《ちょうしょう》。それが大半の人の反応だった。皆、最初の結婚――レディ・ダーレストンの一件を知っている。そして、ダーレストンが今度はまったく異なる女性……彼に依存しなければ生きていけない女性を選んだことに驚きを禁じえないのだ。しかし、観察眼が鋭い人たちの目には二人が互いに思いやっている様子がわかっただろう。彼らは皮肉な見方をする自分を戒めた。もちろん最初の結婚が破綻《はたん》する前からピーターをよく知っているレディ・イーデンホウプは、見るからにくつろいで幸せそうな表情の彼を眺め、喜んでいた。

社交界の女王と認められているレディ・ジャージーもその一人だった。彼女は歓迎の言葉を述べるためにピーターのところへやって来た。

「ダーレストン、お目にかかれてうれしいわ！　それに、あなたの花嫁にも！　どうぞ、紹介してくださいな」

「もちろんです。ペネロペ、こちらはレディ・ジャージー、古くからの友人だ」ピーターは後ろへ下がり、妻が社交界の女王という名に恥じない、おしゃべりな貴族の未亡人に対してどう振る舞うか眺めていた。レディ・ジャージーは陽気にしゃべり続けている。だが、とりとめのない話をしながらも勘所はしっかり押さえていた。ペネロペは控えめながらユーモアをまじえて受け答えし、やかまし屋で評判のレディ・ジャージーから合格点をもらったようだ。

「放《ほう》り込まれたこのライオンの巣を見ることができないのはさぞおつらいでしょうね、レディ・ダーレストン」レディ・ジャージーは最後に言った。「あなたの勇気には感心しますわ。わたしならとてもできません」

「わたしも去年はだめでしたわ。でも、人食い鬼ばかりではないとダーレストン卿が励ましてくれましたし、ときには夫とともに出かけなければならないと説得されたのです」

「それは結構！　でも、レディ・ダーレストン、わたしはダーレストン自身が隠遁《いんとん》生活を送るのではと心配していたのですよ。それを食い止められたのはあなたの影響もあってのことでしょう。彼はロンドンには欠かせない華やかな存在ですからね」

「そう聞いていますわ、レディ・ジャージー。でも、賛美者が一人減るのは彼にとっていいことだとレディ・イーデンホウプはおっしゃいました」

　この答えに和やかな笑いがさざ波のように広がっていった。「わたしも同意見ですね。レディ・ダーレストン、お目にかかれて楽しかったわ。近々、お宅へ招待状を持ってうかがいます。鮫《さめ》のプールへの招待状、レディ・イーデンホウプならこう呼ぶでしょうよ」

　レディ・ダーレストンが魅力的な女性だということを広めるべくレディ・ジャージーは優雅な身のこなしでその場を離れた。目が不自由なのは残念だけれど、彼女とダーレストンが幸せなら問題はないでしょう。それに、ダーレストンがキャロライン・ダベントリーと結婚するよりはるかにましだわ。彼女を受け入れてあげなければいけないわね！

　去っていくレディ・ジャージーを見送りながら、ピーターはペネロペにささやいた。「よくやった！　彼女は〈オールマックス〉への招待状をきみに手渡すつもりだ」

「そういうことだったの？　まあ、どうしましょう。ダンスの練習をしなくてはいけないわ」

「それはいい考えだ。喜んできみに協力するよ」そのとき、ピーターは人々の間をかき分けてやって来るジョージ・カーステアズの姿を認めた。「ジョージが来た。なんだってこんなに遅れたんだい？　待ちくたびれて、きみを待たずに出てきてしまった」

「幅広のタイ《クラバット》を結ぶのに手こずってね。非常に大事な問題なんだよ。やあ、ペニー、楽しんでいるかい？　ひどい混雑だな。きみのいとこも来ているよ、ピーター」

「ジャックが？」さっと周囲を見回したピーターは、軽食のテーブルの近くにいるジャックを見つけた。

　ジャック・フロビシャーはまっすぐピーターを見ている。そして、ピーターの冷たい視線を無表情な顔で受け止めてから、連れのほうを向いた。それが誰だかピーターはすぐにわかった。レディ・キャロライン・ダベントリー！　なまめかしいブロンドの女性は振り向きピーターを見つめている。ピーターは冷ややかに見返した。彼女は口元に蔑《さげす》みに満ちた薄笑いを浮かべペネロペをじろりと眺めた。ピーターはわざとペネロペの前に立ち、背をかつての愛人に向けた。

「連れを選ぶ彼の趣味はいただけないね」目の前で繰り広げられた無言劇を何一つ見逃さないジョージはピーターに向かって眉をつり上げて見せた。

「同感だね」静かに相づちを打ったピーターだが、内心はおだやかではなかった。ジャックは脅しておとなしくさせられるかもしれない。だが、レディ・キャロラインとなると話は別だ。頭が鋭い彼女は非常に危険な存在になる。表立ったスキャンダルにはならなかったが、彼女がこのぼくの愛人だったのはよく知られている。ジャックは彼女に助力を求めようとしているのか？

　このぼくを獲得しようとする企《たくら》みが頓挫《とんざ》して彼女は激怒したに違いない。ぼくがさっさと結婚したことに対する彼女の怒りは想像もできないくらい強いはずだ。

「それはどなたのこと？」ペネロペが尋ねた。ピーターの声は怒気を含み、体が緊張しているのがわかる。

「きみの知らない人だ」かつての愛人についてペネロペには絶対に話したくない。ペネロペはピーターに顔を向けた。すべて見通しているという表情だ。

そのとき、リチャードとフィービーがやって来た。

「やつがここにいるのを見たか？」リチャードはうさんくさいカップルのほうにあごをしゃくってみせた。

「もちろんだ。あまり愉快なカップルではないとジョージが言っていた」ピーターはリチャードをそっけなく見返した。リチャードはもちろん、ダーレストンと美しいレディ・キャロラインの昔の関係については承知しているし、執念深いという彼女の評判も知っていた。そしてピーターがいま、彼女について触れたくないというのも……。

　こうしたことに全然、気づかないフィービーは無邪気に言った。「ジャックといる女性は知らないわ」

フィービーが群集の間から眺めると、再びレディ・キャロラインがこちらに顔を向けた。「ああ、知っているわ！　レディ・キャロライン・ダベントリーじゃないの。とてもきれいな人だけれど、あまり好きではないわ。わたしが〈オールマックス〉でピーターと踊ったあと、彼女は礼儀正しかったけれどひどく冷たい態度をとったのよ」

「踊りといえば……ぼくはまだ妻と一度も踊ったことがない。管弦楽団はワルツの演奏を始めたようだ。ぼくと踊っていただけますか、レディ・ダーレストン？　ダンスを練習したいと話していたよね？」

「人前でとは言わなかったわ。本当に踊りたいの？」

「もちろんだとも。フロアの端にいるようにするよ。

いずれにしても、これまでに、きみの目が不自由だという噂《うわさ》はもう十分すぎるほど伝わっているはずだから、皆、注意してくれるだろう。サリー・ジャージーのおしゃべりの効果は絶大さ」

　ピーターはペネロペをダンスフロアへ導き踊り始めた。最初、ペネロペは不安だったが、ピーターは巧みに障害物を避けてリードしていく。しだいに緊張がほどけペネロペはダンスを楽しみ始めた。

「ほら、それほど踊りが下手ではないだろう？　知りたいかもしれないから教えるが、大勢の人が無遠慮にぼくたちを眺めている。ぼくがこれまで美しい女性と踊っているのを見たことがなかったのだと、きみは思うだろうね」

「あなたは大勢の女性と踊ったはずだわ」ペネロペはほほえみを浮かべつつピーターを見上げた。

「もちろんだ。それはぼくの社会的地位の重要性を高めるものだからな」ピーターは笑った。二人は踊りながら軽口を交わした。そして、横を通り過ぎる人々に対してピーターがときおり加える辛辣《しんらつ》な寸評にペネロペは軽やかな笑い声をあげた。

　二人の様子を眺めていたリチャードはジョージに話しかけた。「知ってのとおり、ぼくはこの結婚には反対だった。だが、どうやら、それは間違いだったらしい。これほど幸せそうなペニーをもう長い間、見ていなかった。事実、彼女は幸せなのだろう、フィービー？」リチャードは妻を振り返った。

「ええ、そうよ。あれほどリラックスして見えるのは、ピーターのことが好きで信頼している証拠だわ」

「ピーターにとってもよかったのだろう」ジョージがうなずいた。「この結婚をやめるよう説得しなくてはと躍起になった。だが、これが彼のために一番だった。こんばんは、レディ・カスルリー」ジョージは〈オールマックス〉のパトロンの一人にあいさつした。

「こんばんは、ミスター・カーステアズ、ミスター・ウィントン、ミセス・ウィントン」堂々とした風格を漂わせた夫人はあいさつを返した。「わたしはレディ・ジャージーにダーレストン卿がとても幸せそうに見えるとお話ししたばかりですのよ。以前と変わらない、昔のままの彼を見るのは友人全員にとって喜ばしいことに違いありません。ミセス・ウィントン、お幸せを祈っていますよ。結婚式以来、ずっとお目にかかっていなかったですわね」

フィービーは顔を赤らめ、ほほえんだ。レディ・カスルリーはいつもやさしくしてくれている。

「あなたとレディ・ダーレストンは双子なのですね。あなたのお母様とご主人たちはお二人を見分けられるのでしょうけれど、わたしにはとうていできそうにありません」

「見分けるのは簡単ですよ、レディ・カスルリー」リチャードが種明かしをした。「お聞き及びのように、義姉《あね》は目が不自由で、どこへ行くにもガイド役の大きな犬がそばにいます」

「でも、舞踏会は別でしょう？」

「ええ、そうです。ここでは、彼女はダーレストンと家族に頼らなくてはいけません」

「そうですわね。ああ、二人が来ましたわ。ダーレストン、おめでとう。それから、レディ・ダーレストン、お幸せをお祈りしていますよ。いま、妹さんにお話ししていたのですけれど、わたしにはお二人の見分けがつきませんわ。でも、ミスター・ウィントンが、あなたのそばにはいつも愛犬がいると教えてくれました。ですから、困ったときにはそこに注目するようにしますわ。あなたがわたしの家を訪ねてくださるのなら、あなたの犬はわたしの客間ではいつでも大歓迎だと申し上げておきますね」

ペネロペは口ごもりつつ礼を述べた。ジェラートを連れずに訪問しなければいけないと思うと不安だった。でも、レディ・カスルリーの客間がジェラートを受け入れてくれるとしたら、ほかのレディたちもそれにならうだろう。

ペネロペが感謝の言葉を伝えようとすると、レディ・カスルリーは笑顔でさえぎった。「いいんですのよ。目が不自由なのはさぞ、じれったいでしょうね。喜んでお力になりますわ。サリー・ジャージーがあなたに〈オールマックス〉の招待状をお約束したとか。あちらでお目にかかれるのをわたしども、皆、楽しみにしています」レディ・カスルリーは別れのあいさつをするとほかの友人たちのところへ行った。ダーレストンが選んだ魅力的な花嫁について話すために。

舞踏室の反対側では、ダーレストンの花嫁の社交上の成功を二人の人物が憤懣《ふんまん》やるかたない思いで眺めていた。ジャック・フロビシャーはだまされたと感じていた。いとこの称号と富は自分のものになるとあてにしていたのだ。彼の再婚でそれがふいになるなど、絶対に許せない！

「ピーターのやつ！」ジャックは吐き捨てた。

レディ・キャロラインは静かにたしなめた。「落ち着きなさいな。この結婚をぶち壊したいと願っているのはあなた一人ではないわ。これからは二人で協力してやるのよ。うまく運べばわたしたちは二人ともお金と称号を手に入れられる。わたしの沈黙の代償は結婚だというのを忘れないで」

フロビシャーは肩をすくめ、うなずいた。「きみにとっては有利な取り引きだ、キャロライン。だが、きみが手伝ってくれれば、あの二人に復讐《ふくしゅう》できる」

「あなたがこれを企むのは単にお金と称号だけの問題ではなさそうね。何を狙《ねら》っているの？」

フロビシャーは乾いた笑い声をたてた。「あの犬に邪魔されずにレディ・ダーレストンとちょっと話がしたいのだ」

その意味するところは明らかだった。「わかったわ！　彼女はあなたのものよ！　方法と手段を相談するため明日か、あさっての午前中、わたしを訪ねていらして。二人一緒のところをあまり見られないほうがいいわ。あなたのいとこが例の銃撃事件におけるあなたの関与を疑っているかどうか確かめてみたら？　わたしはもう帰ります。ルイーザ・イーデンホウプのパーティは退屈極まりないわ」

「逃した獲物が目の前で別の女を見せびらかしている、それを見るのががまんできないってわけか？」

レディ・キャロラインの頬が朱に染まった。レディ・イーデンホウプがこのわたしを招いたただ一つの理由はあの二人を見せるため、そのことはすでに気がついていた。レディ・キャロラインはくるりと背を向けてその場から立ち去った。

事態の進展に満足したジャック・フロビシャーは通りがかった従僕からシャンペンが入ったグラスを受け取ると、ペネロペとダーレストンへの復讐に無言で乾杯してシャンペンを飲んだ。彼女をいとこが先にものにしたのは残念だが、紳士のダーレストンではとうてい妻に味わわせられなかったことがあるはずだ。ジャックの口元に邪悪な笑みが浮かんだ。

ジャックは知人に会釈しながら人々の間をかき分けてカード遊戯室へ向かった。途中でダーレストン卿夫妻の姿がちらりと目に入った。レディ・キャロラインの助言を思い出したフロビシャーは、いとこにあいさつしたものか決めかねたまま立っていた。

フロビシャーが決断するまでもなかった。ピーターがすでにいとこの姿を認めていた。「ああ、ジャックが来る」彼は連れに静かに言った。

リチャードは勢い込んでいる。「ちょうどいい。やつを脅してやろう。すべてお見通しだと教えてやるんだ」

「ジャック一人だけがかかわっているなら、それはいい考えだろう。だが、いま、状況は違っている」ピーターは反対した。「彼を引き寄せ、不安を払ってやるんだ。そうすることで彼をわなにかけられるかもしれない。どう思う、ペニー？　あんな事件があったあとで彼と顔を合わせるのに耐えられるかな？」フロビシャーをペネロペに近づけるなど、考えただけで胸が悪くなる。

「それであなたのお役に立てるなら……」その声は緊張し、ダーレストンの腕に置かれた指が震えている。ダーレストンはペネロペの手に自分の手を重ね、励ますように力を込めた。

「きみがいいなら……」ダーレストンはいとこに愛想よくほほえみながら手招きした。

ジャックはいささかとまどいつつ近づいた。さっき、ピーターはこっちをにらんでいた。たぶん、あれはレディ・キャロラインに向けたものだ。いま、敵意はみじんも感じられない。

「こんばんは、ジャック」ピーターはあいさつした。「ぼくの妻とその妹のミセス・ウィントンはもう知っているね？　だが、ミスター・ウィントンは初めてだろう？　ウィントン、これはぼくのいとこのジャック・フロビシャーだ」

「はじめまして、ミスター・フロビシャー。この前の春、フォリオット家を訪問されたときにはお会いしませんでしたね」

「ああ……はじめまして、ミスター・ウィントン」

フロビシャーは落ち着かない様子でペネロペに話しかけた。「具合が悪いとか聞いた。馬から落ちたとか？　わがいとこがちゃんと面倒をみてあげているといいのだが」

「主人はよく気を配ってくれていますわ」ペネロペは答えながら思った。あの〝事故〟について彼にはどう伝わっているのだろう？

ジャックはいかにも殊勝そうな顔で続けた。「目が不自由では、グロヴナー・スクエアのあの大きな屋敷の中を動き回るのはさぞ大変だろう。助けが必要なら遠慮なく申しつけてください」屋敷に入り込み、疑いを和らげるチャンスが得られるかもしれない。

「ご親切なお申し出はありがたいのですが、ダーレストン卿がすでに、屋敷の中を案内してくれましたの。でも、おいでになるのでしたら、わたしの犬はちゃんとお行儀よくさせておきますわ」

フロビシャーはどうにか冷静さを保っていた。

「ああ、そうだ、きみの犬は気まぐれで何をしでかすかわからないからな」

「そうだろうか？」ダーレストンは驚いたふりをした。「彼の行動は予測がつき、理にかなっていると思うがね」

「よく知っている人間にはおとなしいのだろう」フロビシャーは言い返した。

ペネロペは注意深く耳を傾けていた。フロビシャーの声には落ち着きがない。会話のなりゆきを考えれば無理もない。相手の機嫌を懸命に取ろうとしているが、ピーターが礼儀正しい態度を続けるので自信がでてきたらしい。だが、リチャードはフロビシャーの不快な言葉に自分を必死で抑えているのが感じられる。

「きみはフォリオット家の近くに住んでいるのだね、ウィントン。妻選びは大変だったろう。コインを投げて決めたのか？」

「子供のころ、二人がぼくをだまそうとしたときでさえ、フィービーとペネロペは簡単に見分けられたよ」リチャードはうんざりした口調で答えた。「失礼するよ。話がしたい友人の姿が見えたんだ。さあ、行こう、ミセス・ウィントン」リチャードはすまないというようにピーターを見ると去っていった。

「横柄なやつだな」ジャックは不快げだ。「さてと、ぼくもそろそろ行こう。近いうち、様子を見に寄るよ。失礼するよ、カーステアズ」恐るべきいとこは自分に対する企みにまったく気づいていないとの確信を抱き、ジャックはカード遊戯室の方向へ去っていった。

　ピーターは大きく息をついた。ペネロペを値踏みするように眺めるフロビシャーにピーターの自制心は限界に達しつつあったからだ。

「どう思った、ジョージ？」

「不安そうだった。少なくとも最初は……。ペニーはどう？」

「そうね、わたしも同じ意見だわ。それから、最後のほうは上機嫌だった。少し自信過剰なくらい」

「今夜はこの話はもうこれくらいにしよう」ダーレストンは提案した。「リチャードとフィービーを探してダイニングルームへ行こうじゃないか。そのあと、もう少し踊ってから家に帰ろう」

　その夜は楽しく時が過ぎていき、ダーレストン卿夫妻が屋敷に帰ったのは午前三時を過ぎていた。

　メドウズがドアを開け、ジェラートが脇《わき》に控えていたのでピーターはびっくりした。「いったいどうしたんだ、メドウズ？　起きて待っている必要はないと言っただろう」

「申し訳ございません。ですが、状況が状況ですので、お二人が無事に戻られたのを確かめたかったのです。一度はベッドに入ったのですが眠れませんでした」

　やれやれというようにピーターは執事を見つめ、それからペネロペのほうを向いた。「きみがどんな悪影響をもたらしているかわかったろう？　メドウズさえ、ぼくがきみの面倒をちゃんとみられないと疑っている。さあ、上へ行ってベッドに入りなさい。

ぼくはこの反抗者を処理するから」

「おやすみ、メドウズ。そして、ありがとう。今度、帰りが遅くなるときにはよく眠れるよう、阿片《あへん》の小瓶をあなたにあげるわ」

ペネロペが階上の寝室へ入ると、エレンも起きて待っていた。「ああ、エレン、あなたとメドウズは二人とも命令に従わなかったのね」

「伯爵様のそば仕えのフォーダムも起きておりますわ。つまらぬことで大騒ぎなさらないでください。長椅子で少しの間、寝ましたからご心配なく。あなた様のご無事なお姿を見たジェラートの喜びようをごらんください」

「舞踏会で何か危険なことが起きるはずがないでしょう？」ペネロペは子犬のようにはねまわっているジェラートをなでてやった。

「そうはおっしゃいますが、ダーレストン・コートでは何も起きるはずがないと思っていましたのに起こったではありませんか」エレンは真剣な顔で言い返した。「サラ様はベッドにお入れしました。赤ん坊のように寝入っておられます」

「全員が起きて待っていたわけではないのでほっとしたわ」ペネロペは世話されるがままにドレスを脱ぎ、美しいナイトガウンを身にまとった。エレンはペネロペを化粧台の前に座らせ、ヘアブラシを取り出したが、ペネロペは言うことを聞かないと田舎に送り返すと脅してエレンを自分の部屋へ行かせた。

エレンが出ていってすぐ、部屋着姿のピーターが隣室から入ってきた。「まったくわが家の使用人たちときたら！　フォーダムが起きて待っていたのを知っていたかい？　もう何年も起きて待っていたことなどなかったのに！」

髪の毛をとかしながらペネロペは笑った。「気になさることはありませんわ。あの人たちはわたしたちを心配してくれているのです」

ピーターはしばらくペネロペを眺めていたが、近づいてその手からブラシを取り上げた。「いいかな、ペニー？」

「そうなさりたいなら……」

　ピーターは鏡の中のペネロペを見つめ、その髪の絹のような感触を楽しみながら黙って髪をとかしていた。彼女は疲れているはずだ、一人にしておくべきだ、愛し合えば彼女を苦しめるだけだ。毎晩、この部屋へ来るたびにピーターはそう自分に言い聞かせていた。おやすみを言うだけだと……。そして、毎晩、自分の部屋へは戻れなかった。ペネロペは決してとどまってくれと懇願はしなかった。彼女の自尊心がそれを許さないのだ。でも、こちらの求めにいつも情熱的に応《こた》えてくれる。

　いま、ピーターの視線はペネロペの唇に注がれている。こちらの求めを受け入れ、応えてくれる甘い唇……。

　ピーターはがまんできなくなり、ブラシを置くとペネロペの肩をつかんで立ち上がらせ、片腕をその腰に回して首筋に唇を押しつけた。彼の唇の熱さを感じたペネロペはピーターの腕の中で身をよじり、体を押しつけた。息が乱れ、脚の力が抜けていく。あとどれくらい立っていられるだろう。

「きみが欲しい、ペニー。きみはなんてきれいなんだ」ピーターの声は震えている。ペネロペは彼の唇にキスした。ピーターの手はペネロペの胸元に下がり、ナイトガウンのボタンを外している。衣擦《きぬず》れの音とともにガウンが下へはらりと落ちるとピーターは後ろへ下がり、ペネロペの美しさを味わった。それから、部屋着を脱ぎ捨てて再びペネロペを腕に抱き、そっと誘うようにキスを浴びせていた。

　ペネロペはピーターのたくましい体を感じていた。やがて、唇を重ねられたまま、彼の腕に抱き上げられた。

ピーターはペネロペをベッドへ運び、そっと下ろした。そして少し眺めてから隣に身を横たえた。

「ペニー、いとしいペニー」ピーターはささやきながら唇を重ねた。

15

レディ・イーデンホウプの舞踏会の二日後、ペネロペは贅沢《ぜいたく》にしつらえられたダーレストン・ハウスの客間に一人座っていた。いったい社交界の面々の、どれくらいの人が花嫁に敬意を表するためやって来るのだろう？　訪問客のうち数人はピーターの友人だが、多くは好奇心から訪ねてくるに違いない。最初に現れた客たちのなかにレディ・カスルリーとレディ・ジャージーがいた。二人は約束した〈オールマックス〉の招待状を手に一緒にやって来た。

ジェラートの存在はまったく問題にならなかった。レディ・ジャージーは、上流階級の女性は皆、望まぬ訪問者を撃退するのに犬を飼うべきだとまで言ってくれた。「とても役に立つじゃありませんか、レディ・ダーレストン、あなたは流行の生みの親になるでしょうね。ジェラートをわたしに貸してはくださらないわよね？」

「ばかをおっしゃい、サリー。レディ・ダーレストンはこれから望まぬ来訪者を大勢迎え、ジェラートは忙しくなるのですよ。誰を通したらいいかあなたの執事がいまだにわかっていないとしたら、すぐに解雇すべきだわ」レディ・カスルリーは横から口を挟んだ。「お客様が大勢みえるのでしょうね、レディ・ダーレストン？　その人たちの大半はダーレストンの花嫁を見たいという好奇心に駆られて来るだけで、一度しか現れないでしょう。彼が再婚するなんて、誰も思ってもいませんでしたからね」

ペネロペがレディ・カスルリーの言葉を考えているところにサラが入ってきた。「〈ハチャーズ書店〉に本を買いに行ってもいいかしら？　許してくれるならエレンが一緒についてきてくれるわ」

ペネロペは立ち上がり背を伸ばした。「散歩用の服に着替えるのに二十分、ちょうだい。わたしも一緒に行くから。ピーターはしばらくは戻らないし、わたしは今日はまだ、外には出ていないから。訪問客はもううんざり。本を買ったら公園を散歩しましょう。ジェラートにも散歩は必要だわ」

三十分後、ペネロペとサラはエレンと荷物持ちのため従僕のロジャーを伴って館《やかた》を出発した。従僕を連れていったのは、〝書店へ行ったらきっと本を一冊以上買うわ。ロジャーも散歩はいやじゃないはずよ。だって、彼はエレンが大好きなのですもの〟とサラが主張したからだ。

サラは元気いっぱいでスキップし、エレンに注意されても笑っているだけだ。

「言ってもむだよ、エレン」ペネロペは明るい声で言った。「わたしたちはロンドンの生活に慣れていなくてお行儀よくしていなければならないでしょ。とても窮屈なのよ。運動が必要なのはサラなのかジエラートなのかわからないわね」

「どちらがお行儀がいいかはっきりしていますわ」

エレンは渋い顔だ。「おとなしくなさいませ、サラ様。レディのようになさらないとご主人は見つかりませんよ」

「ふんだ！　夫などいらないわ。わたしのチェスの相手がちゃんとできる人に会うまで結婚はしないの。フィービーはリチャードに劣等感を抱かせないように、ときどきわざと勝たせてあげるんですって。わたしなら絶対にそんなまねはしない」

「あなたならそうでしょうね」ペネロペは尋ねた。「それで、どういった本を買いたいの？」

「ピーターが話してくれたの。ジェーン・オースティンの『ノーサンガー僧院』という題名よ。わたしがきっと気に入るとピーターは言うの。何を笑っているの、ペニー？」

「別に！　あなたが本選びにピーターの助言を入れる程度には彼を信頼するようになったのは喜ばしい限りだわ」

「彼はチェスの腕前はまあまあよ。ジョージよりずっとましだわね。それに、わたしがその本を気に入らなかったら、本のお金を払ってくれるんですって。でも、わたしが読む気になったのはそれが『高慢と偏見』と同じ作者の作品だからだわ。わたしはあの本がとても好きなの。実は、彼はその本をプレゼントとして買ってくれると言ってくれたのだけれど、それはお断りするべきだと考えたの。だって、彼の親切につけ込んでいると思われたくなかったから」

「甘えられないってピーターに話したの？」

「ええ。わたしの気持ちは理解できるけれど、本が彼の言うとおり面白くなかった場合も考えなければいけないって……。それでわたしが気に入らなかったら、その本を買ってくれると申し出てくれたの」

　ピーターの巧みな戦術がおかしくて、ペネロペは笑いだしそうになるのをこらえるのが一苦労だった。彼は猜疑心《さいぎしん》に満ちたこの妹と仲よくなろうと決めたようだ。そして、サラの豊かな想像力もピーターのやさしさと人柄のよさを前にしては働かせようがなさそうだ。ピーターが勧めたこの本を読み始めたサラが何と言うか、だいたい見当がつく。

　一行は本や音楽について楽しく論じながらサウス・オードリー・ストリートを進んだ。会話はペネロペとサラの間だけにとどまらず、エレンの意見も求められた。というのも、エレンは女主人に書物をよく読んであげていたからだ。そして、エレンは自分の考えや意見が尊重されていると思うと誇らしかった。自分の立場をわきまえているロジャーでさえ、音楽論議に引きずり込まれていた。

「〝知りません、わかりません〟はだめよ。いつもわたしたちがピアノを弾いているのを聴いて、どれが好きなのかわかっているはずだもの」

　ペネロペは有無を言わさぬ口調で答えを迫った。ロジャーは観念し、モーツァルトも楽しいが、自分にはベートーベンのほうが心に訴えるものがあると認めた。わくわくさせられるという。

「ねえ、サラ、わたしたちの演奏は使用人たちの間に革命を起こす引き金となっているみたいよ」ペネロペはからかうように言った。「ロジャーがそばにいるときはもうベートーベンはやめましょう。ハイドンにモーツァルト、それにヘンデルを少し加えたものがいいわね。そうすればこの危険な傾向を阻止できるでしょう」

　真っ赤になったロジャーは、革命などとんでもないと否定し、エレンとミスター・メドウズが証言してくれると訴えた。こうしたやりとりで気を紛らせながら一行はピカデリーの〈ハチャーズ書店〉まで歩いた。田舎で育った者の耳に大通りの往来の騒音はこたえる。雑然とした音を何一つ理解できないペネロペはジェラートの首輪をしっかりつかんでいた。

姉の混乱を察したサラはぴたりとペネロペの横についている。書店に着くと一同はしばらく外に立ち、サラは新刊書が並べられたウィンドウを眺めていた。

「当たり前のようにここに歩いてこられたり、フッカム貸し出し図書館で本を借りられるのはすてきだわ。でも、全体的に考えたら、田舎のほうが好き。ロンドンは騒々しいんですもの」

サラは皆の先頭に立ち店内に入った。ペネロペが〈ハチャーズ〉に来るのは初めてだったので、すぐに店員が飛んできて犬はだめだと注意しようとした。だが、新しい女性客が誰あろう、ダーレストン伯爵夫人だとわかり、その犬の存在はすでに社交界で受け入れられているのを思い出すと、怒りはお世辞笑いに変わった。

店員はサラたちが探している本を見つけるのを手伝い、さらに、まだ読んでいなければ、『ガイ・マナリング』の作家の新作も楽しいかもしれないと控えめにすすめた。この提案にペネロペは心が動いた。ウォルター・スコットの作品で、幼いときに悪徳弁護士の奸計《かんけい》で誘拐された領主の息子の物語、『ガイ・マナリング』は父親が皆に読んでくれたもので、とても面白かった。そこで、ペネロペはためらわず同じ作家の作品で義賊を描いた『ロブロイ』と監獄の暴動を扱った『ミドロジアンの心臓』を買い求めた。ピーターが一年がかりで読んでくれるだろう。

この贅沢にサラは言葉も出ないくらいびっくりした。そしてもう一冊、選んでもいいとペネロペから言われると、驚きは頂点に達した。

「親切につけ込みたくないなんて言葉は聞きたくないわ。いいわね、サラ」

書店を出るとき、ロジャーは包みをたくさん抱えていた。というのも、ペネロペがバースにいるミセス・フォリオットへ送るプレゼントに加え、ピーターのために伝記作家サウジーの『ネルソンの生涯』を買おうと思いついたからだ。

ペネロペはロジャーが荷物を抱えて公園を歩くのは大変ではないかと考えた。「ロジャー、荷物を持って公園を歩くよりまっすぐ屋敷に戻りたいのなら、そうしてもいいのよ」

だが、ロジャーは戻るつもりはなく、この二倍の荷物を抱えていたとしてもご主人様を放《ほう》り出すつもりはないときっぱり告げた。

その結果、一行は全員揃《そろ》ってハイドパーク・コーナーへ向かった。流行となっている散歩の時間に近く、社交界の多くの人たちが公園に集まっていた。大勢の人たちがペネロペににこやかに声をかけてきた。その中にレディ・イーデンホウプとその友人のレディ・ウィッカムもいた。レディ・ウィッカムは次の週の舞踏会への招待状を送るとペネロペに約束した。

「元気なダーレストンが戻ってきたのはうれしい限りですわ、レディ・ダーレストン。皆、喜んでいますのよ。ああ、こちらはお妹さんね。なんてかわいらしい方！」

「ええ、これはわたしの妹のサラですわ。母が病気の友人の相手をしている間、わが家に滞在しているのです。近いうち、ぜひわたしどものところへもおいでください」

レディ・ウィッカムは明日、招待状を持っておうかがいすると約束し、去っていった。

漂ってくる強烈な匂《にお》いが新たな人物の登場を告げていた。甘い声が話しかけてきた。「レディ・ダーレストン、こうした場でいきなり自己紹介する失礼をお許しくださいね。わたしはレディ・キャロライン・ダベントリーと申します。この前、あなたをレディ・イーデンホウプの舞踏会でお見かけしましたわ。あのときはひどく混《こ》んでいましたわね。それに、あなたとピーターは皆に取り囲まれていて、とうてい近づけませんでしたわ。どうかお祝いを言わせてくださいな。見事なお手柄ですわね。皆、ピーターは再婚しないだろうと思っていたのですもの」

ペネロペの頭の中はすばやく回転していた。この名前はどこかで聞いた覚えがある。この前の夜、ジャック・フロビシャーと一緒にいた女性だ。彼女の名が出るとピーターはすぐに話題を変えてしまった。ピーターとジョージは二人ともどこかばつが悪そうだった。

レディ・キャロラインはサラとペネロペの間に巧みに入り込んだ。ダーレストン伯爵夫人に会えるチャンスを期待してもう何日も公園を散歩していたのだ。ダーレストン邸に招かれる可能性は万に一つもないのはわかっていたが、ダーレストンの性格からして、キャロライン・ダベントリーに注意しろと花嫁に警告はしていないはずだ。

レディ・キャロラインはたぎる怒りを抑えつつ、自分のものとなるはずだった地位を奪ったすらりとした女性を眺めた。彼女のどこがよいのか理解に苦しむ。赤毛で……思いやりのある人は赤褐色と評するかもしれないが、どちらかといえばやせていて、おまけに目が不自由だ。だが、ダーレストンが花嫁を見つめるときの様子、社交界の人々に花嫁を誇らしげに紹介している様を思い出すと、キャロラインは腹立たしさで叫びだしたくなる。

「お祝いのお言葉、ありがとうございます。あなたは主人の古い友人でいらっしゃいますの？」礼儀正しく尋ねたペネロペはジェラートのかすかなうなり声を聞き、たしなめるように首輪を強くにぎった。

「ええ、昔からの友人ですわ。結婚式に招待されずとてもがっかりしましたのよ。でも、お父上と兄上が……悲しいことでしたわね。ダーレストンが待ちきれず結婚を急いだのでしょう。一大ロマンスだったのでしょうね」

終始、にこやかな口調だったが、ピーターの昔からの友人と言ったときのレディ・キャロラインの声にわざとらしさを感じた。甘い声の裏に敵意が感じられるのは、どういうわけだろう？　なぜ、ピーターは彼女のことを話したがらないの？　そのとき、レディ・キャロラインについて語ったフィービーの話がよみがえり、事情がすっかりのみこめた。

わたしは人前で夫の恋人と――昔の恋人だと願いたいけれど、会話を交わしている！　ペネロペはそう確信したが、表情を繕ってレディ・キャロラインの話に耳を傾けた。社交界において二人が興味の的となっているに違いなく、人前でもし彼女を非難したりしたら事態を悪化させるだけだ。それに、わたしの推測が間違っているかもしれないし……。

「レディ・ダーレストン、明日の午後、ご一緒に公園を馬車で回りませんか。友人たちに喜んでご紹介しますわ」

「ありがとうございます。でも、馬車で出かけるというミスター・カーステアズからのお誘いをすでにお受けしてしまいましたの」家に帰りしだい、このレディ・キャロラインの親切な申し出について知らせなければ。

「それではしかたありませんわね。では、別の日にでも」レディ・キャロラインはあっさり引き下がった。彼女がこちらの招待をすぐに受けるはずはない。レディ・キャロライン・ダベントリーがかかわっているという明確な証拠なしに彼女が消えてくれれば、そのほうがはるかに安全というものだ。

「レディ・キャロライン、末の妹をご紹介させていただいてよろしいでしょうか？　いま、わたしどものところにおりますの」

「まあ、これがもう一人の妹さん？　社交界にきちんとデビューさせて結婚相手が見つかるようにしてあげなければいけませんね」それとない皮肉はペネロペとフィービーのあわただしい結婚には何か事情があるはずだとほのめかしていた。

「いまのところ、望ましい男性に対する妹の関心は、馬車の操縦を教えてもらうこと、チェスで負かすことくらいですわ。まだ、十四歳になっていないのです」

「まあ、それなら時間はたっぷりありますわね」

レディ・キャロラインのことは好きになれない。サラはすばやくそう結論を出した。ジョージとピーターの会話を耳にしたけれど、ジャック・フロビシャーとレディ・キャロラインの間には何かありそうだ。それに、世間知らずのサラの目にも、レディ・キャロラインと話している姉に、理由はわからないが、あちこちから驚きの視線が向けられているのを感じた。ばつの悪い思いをせずに姉がこの場から抜け出すのは難しそうだ。

サラはさりげなく後ろへ下がりエレンとロジャーと並んで歩いた。「エレン、これはわたしの考えすぎかしら？　それとも何とかすべきだと思う？」

「もちろん、何とかしなくてはいけませんわ。でも、どうやって？」

サラはすでに計画を立てていた。「ロジャー、伯爵様はまだ〈ホワイツ〉にミスター・カーステアズと一緒にいらっしゃるはずよ。あなた、すぐに行って、ここに迎えに来てくださいって申し上げて。必要なら、あなたは本を持って先に家に帰ったと言っておくわ。このお金で馬車を拾って急いで行ってきて」

ロジャーはにやりと笑い、エレンに向かって言った。「上流階級のレディなのに頭がいい」彼は命令に従ってその場を離れた。

レディ・キャロラインは何の疑いも抱かずにおしゃべりを続け、ペネロペは強烈な匂いにハンカチで鼻を覆いたい衝動をこらえながら愛想よく、だが、威厳を崩さずに受け答えしていた。注意深く聞いていると、レディ・キャロライはどこか緊張していて、そわそわしている。

「昼間はほとんどダーレストンとは顔を合わせないのでしょう？　彼はクラブで過ごしているのよね？　ここであなたと落ち合うつもりなのかしら」

「それはないでしょう」そう答えながら、ペネロペはピーターが現れてくれればいいと願っていた。だが、そう思う間もなく、ペネロペの鋭い耳は近づく馬車の音を聞いていた。

　ジェラートが恐ろしいうなり声をあげた。首の毛が総毛立っている。ジェラートがこうした反応を示す相手はただ一人。瞬間、わき起こる不安を押し殺し、ペネロペはおだやかに声をかけた。「ごきげんよう、ミスター・フロビシャーでしょう？　レディ・キャロラインと妹のサラはご存じですよね」

　ジャックはあっけにとられた。なぜわかったのだろう。レディ・キャロラインの顔に浮かんだ驚きの表情から、近づいてきたのが誰か、彼女が教えたのではなさそうだ。

　この一撃にサラは内心、喝采《かっさい》していた。話しかける前にフロビシャーだと自信たっぷりに言い当てられ、フロビシャーはたじろいでいる。自分の存在を知らせるため、サラは姉のそばに行った。「こんにちは、ミスター・フロビシャー。腕はだいぶよくなったみたいね」

　ジャック・フロビシャーは不快げにサラをにらみつけたものの、ていねいな口調で答えた。「ああ、よくなったよ、ミス・サラ。ロンドンの観光を楽しんでいるんだろうね？」

「ええ、もちろんだわ。たくさんの奇妙な出来事や人間を見るのはとても楽しいわ」

「きみの妹は相変わらずだな、レディ・ダーレストン。だが、きみは違う。言わせてもらえば、これほど元気そうなきみを見るのは初めてだ。新しい環境が合ったようだ」

「あなたの一族にすてきな人が加わってよかったわね、フロビシャー？」

「ああ、実によかった。ぼくの馬車で公園を一回り、案内させてはもらえないだろうか？　ミス・サラの付き添い役はレディ・キャロラインが喜んで務めてくれるだろう」

ペネロペの胃の底は緊張で固くなった。常識で考えれば、社交界の人たちが見ている前でわたしを誘拐などできるはずはない。でも、馬車の事故に見せかけて……。それに、いかなる状況下でも、フロビシャーと二人きりになると考えるだけでぞっとする。失礼にならずにこの場を切り抜け、スキャンダルを避ける方法はないものか？

「ご親切にありがとうございます、ミスター・フロビシャー。でも、お断りしなくてはいけませんわ。妹とわたしは家に戻る時間なのです」

「でしたら、グロヴナー・スクエアまでお送りしますよ」

「わたしが馬車で送ってもらい、サラは歩いて帰るなど、とんでもありませんわ」

「サラは聞き分けてくれますよ。あなたとご一緒したいぼくの気持ちを尊重してくれるでしょう」

「もちろんだわ」サラは即座に答えた。「ダーレストンとミスター・カーステアズがここに来るとなればなおさらよ。わたしは二人に送ってもらうわ」百メートルほど先に、まっすぐこちらに向かってくるピーターとジョージの姿が見えた。

サラの最初の言葉を聞いたとき、息が止まりそうになったペネロペはすぐに冷静さを取り戻し、にこやかに言った。「ダーレストンがわたしたちを家まで送ってくれるでしょう。また、別の日にお願いしますわ」

フロビシャーはののしりの言葉をかみ殺し鼻を鳴らした。レディ・キャロインは不快感をはるかに巧みに覆い隠した。

「なんてうれしいこと！　ダーレストンとは久しぶりだわ！」彼女の頭の中はすばやく回転していた。なんていまいましい男なの！　まさにいてほしくないときに現れるなんて！

怒りを爆発させるなと自らを戒めつつ、ピーターは早足でペネロペたちに近づいた。元恋人が厚かましくもわが妻に近づいた、激しい怒りでピーターは息が詰まりそうになっていた。レディ・キャロラインの動機はさておき、ペネロペがこの女とかかわると考えるだけで耐えられない。

そして、ペネロペ……彼女はどの程度、知っているのだろう？　彼女は利発で、人の気持ちに敏感だ。驚くほどの正確さでこちらの考えを言い当てることもしばしばある。状況を見抜いただろうか？　離れたところからでも、ペネロペが緊張しているのがわかる。彼女はジェラートの首輪をしっかり握っている。この距離まで来ると、三人の女性の横に止まった馬車の、中に乗っている人物が見えた。

ジョージもフロビシャーの姿を認めた。「なんてことだ！　彼女たちと一緒にいるのが誰か、見たかい？　サラのおかげだ。知らせてもらってよかった」

「そのとおりだ、ジョージ。ペニーにとっては進退窮まった状況だよ。人前であの二人を無視したら、スキャンダルになってしまう。急ぐんだ、ジョージ。彼女が犬をけしかける前に！　今回のこととは別に、彼女はなぜかジャックを恐れているんだ」

一行が振り向いたのを見て、ピーターは顔に笑みを浮かべて手を上げた。強烈な匂いが漂ってくる。不快感を押し殺すのに苦労した。

ペネロペは歓迎の色と安堵感《あんどかん》が入り交じったほほえみを浮かべ、ピーターのほうを向いた。「ピーター、それに、ミスター・カーステアズ、ここで会えるなんてうれしい驚きだわ。あなたたちはここにはいらっしゃらないと、レディ・キャロラインにお話ししたところだったんですのよ。それがここにいらした。おかげで、わたしは嘘《うそ》つきになってしまいましたわ。レディ・キャロラインはご存じですわよね？　それに、もちろん、あなたのおいとこも。ミスター・フロビシャーはご親切にもわたしを家まで送ると申し出てくださいましたの。でも、あなたがここにいらしたのですから、お手間をわずらわせる必要はありませんわね」

ピーターはもう少しで怒りを爆発させそうになった。彼女が緊張して見えたのも無理はない。社交界の人々の前でペネロペが不快感や恐怖をあらわに示したらどんな噂《うわさ》が流れるか、ピーターにはよくわかっていた。

「もちろんだとも。これはレディ・キャロライン、ここであなたにお目にかかれるとは意外です」ピーターは軽くお辞儀をした。「ジャック、元気でやっているんだろうな」

「ああ、すこぶる元気だ、ダーレストン。家庭というのはこのうえない喜びだと、新しいいとこに話していたところだ」

レディ・キャロラインはいたずらっぽく言った。

「ああ、ダーレストン、あなたの奥様をお見かけして、このわたしが知らぬ顔などできませんでしょう？」甘い口調だったが、かすかないらだちが潜んでいる。何かを企《たくら》んでいるとダーレストンは感じた。

「それはそうだ、レディ・キャロライン。少しでも考えたなら、こうした場面があると予想できたはずだな」レディ・キャロラインのことなど少しも考えていなかったことを暗にほのめかした言葉だ。

突然、レディ・キャロラインの目が強い光を帯びた。だが、彼女はわざとらしく笑って切り返した。

「ああ、ダーレストン、大勢の人の中でわたしをとくに思い出してくださるなんて期待していませんわ。さあ、そろそろ行かないと。ミスター・フロビシャー、わたしを家まで送ってくださらない？」

「喜んで、レディ・キャロライン」

レディ・キャロラインはエスコート役と去っていった。ピーターが口を開く前にペネロペが尋ねた。

「レディ・キャロラインはいつもあんなに匂いをぷんぷんさせているの？」

「しょっちゅうだ。この問題は家で話したほうがいい」ピーターの声に抑えた怒りを感じたペネロペはこの話題を続けるのをやめた。義理の兄にすべてを説明してもらおうとしていたサラはその顔を見て、あとでジョージに尋ねようと思い直した。ジョージは厳しい表情をしているがピーターほど険しくはない。ボンネットの下からジョージをちらりと見たサラは彼と目が合った。

無意識のうちにジョージの顔が明るくなった。彼は人差し指でサラの鼻の頭を軽くたたいた。「よくやった、おちびさん」

自分の取った行動は正しかったのだと知り、サラはうれしかった。

一行は口数少なく、歩いて家へ帰った。ペネロペは考え込んでいた。ピーターは怒っているようだが、あの状況は避けようがなかった。それにしても、ピーターは公園での出来事をどうやって知ったのだろう？　サラが何か関係しているようだ。

屋敷へ帰り着くとピーターは「書斎に来てくれないか、ペニー。二人だけで話がある」と言い、それから義理の妹のほうを向いた。「ありがとう、サラ。あの本はぼくが買ってあげるよ。親切につけ込む、なんてくだらないことはもう言わないでくれ。ディナーのときに会おう、ジョージ」

ピーターと書斎に入ったペネロペはすぐに尋ねた。

「どうやってわかったの？　あなたがいらっしゃるとサラが叫んだときほどうれしかったことはなかったわ。サラは何をしたの？」

「ロジャーを〈ホワイツ〉によこしたんだ」ピーターはそっけなく答えた。

ピーターが再び話しだすのをペネロペは辛抱強く待った。しばし沈黙したあとピーターは言った。

「レディ・キャロラインとはもう話をしないでもらいたい。彼女がきみに近づいてきたら無視するんだ」

「そんなことをしたら噂になるのでは？」

「彼女と言葉を交わした場合ほどではない」

「なぜ、ピーター？　彼女があなたの恋人だったから？」

こうしたことを正面切って尋ねられて激怒したピーターはペネロペに向き直り、冷たく言い放った。

「身のほどをわきまえてもらいたい、レディ・ダーレストン。彼女がぼくの恋人だった、あるいはいまもそうだったとしても、きみには関係ない！」

自分が言いすぎたとペネロペは十分承知していた。彼の過去の女性関係や叱責《しっせき》されたことに腹を立てているのではない。彼がいまもレディ・キャロラインと関係があるようにほのめかしたことに、体を殴られたかのような強い衝撃を覚えたのだ。嫉妬《しっと》の炎が燃え上がる。涙があふれそうになり、声が出ない。

やがて、ペネロペは静かに言った。「申し訳ありませんでした、どうか、お許しください。わたし……しなければならないことがありますので」ペネロペは立ち上がった。苦しみを隠すため誰もいないところで泣きたい。

ジェラートを連れて書斎を出たペネロペは自分の部屋へ向かった。寝室に入ってからも涙を懸命にこらえる。

「泣き虫ね！　泣くものですか。絶対に泣いたりしない！」

だが突然、ピーターがレディ・キャロラインを愛している場面が思い浮かび、不安定な自制心はついに崩れ去った。ソファに座り込んだペネロペは両手で顔を覆い、絶望の涙にくれた。

十分後、ピーターが隣室との境のドアのところに立ったとき、ペネロペはまだ泣いていた。ジェラートはペネロペに鼻を押しつけ、なぐさめるようにくんくん鳴いている。すでに良心にさいなまれていたピーターは謝りに来たのだが、激しく泣きじゃくるペネロペの姿に言葉もなかった。このまま立ち去るべきではないだろうか？　だが、ピーターはダーレストン・コートでペネロペの命が狙《ねら》われた前日の夜を思い出した。あのとき、彼女を傷つけたあとそのまま放っておき、彼女は泣きながら寝入ってしまった。同じ間違いを繰り返してはならない。

ピーターはそっと呼びかけた。「ペニー？」ペネロペははっと顔を上げた。そこに刻まれた苦悩はペネロペの受けた傷の大きさを物語っている。

「出ていって！」

ピーターはそれを無視し、すばやくペネロペのそばに行き強く抱きしめた。

「いとしい人、泣かないでくれ。ぼくにはその価値はない。ぼくのやることなすこと、きみを傷つけてばかりだ。すまない、ペニー。きみにはあの質問をする権利があった。キャロライン・ダベントリーはぼくの恋人だった。いまは違う。誓ってもいい」腕の中のペネロペが震えているのを感じる。ピーターはひどい言葉を投げつけた己を呪《のろ》った。ペネロペが自分に対して好意以上のものを抱いているのはわかっている。そして、愛していると誰かに認めるくらいなら彼女が舌をかみ切ってしまうということもわかっている。ピーターはそっとペネロペの髪をなでながら、涙が止まるまで抱いていた。

「落ち着いたかい？」まだ声を出すのが怖く、ペネロペはこくりとした。ピーターは続けた。「すべてを話そう。レディ・キャロラインは自分をダーレストン伯爵夫人の有望な候補だと思い込んでいた。『ガゼット』にわれわれの婚約の記事を発表しようとまでした。幸い、編集者は分別がある男で、まずぼくに問い合わせてきた。その一件とこのままジャックに称号を継がせたくないことが相まって結婚を決意したんだ」

「レディ・キャロラインと結婚したくなかったのはなぜ？」質問というよりささやきに近かった。

ピーターはゆっくり考えてから答えた。「なぜなら、たとえ、そのときには意識していなかったとしても、妻にはきみのような女性を望んでいたからだ。キャロラインがぼくと結婚したかったのはお金と称号のためだ。ぼくのことを何とも思っていないし、それはぼくも同じだ」

「でも、あなたはわたしと愛情抜きで結婚したわ」

ピーターは押し黙った。彼女がぼくを愛しているのはわかっている。だが、自分も愛しているとは言えない。まだ気持ちが混乱している。彼女が好きだ。欲望をこれほどかきたてられた女性はほかにいない。しかし、愛しているかときかれると……。

「ぼくたちの間には偽りはいっさいなかった。たくさんの誤解はあったが、ごまかしや嘘はなかった。お互いに相手を気遣うようになった。きみは誰に対しても嘘はつけない人だ。そして、ぼくもきみには嘘をつけない。ペニー、きみと結婚してよかったと思っている。きみのおかげでぼくは本来の自分を取り戻せた気がする」もっと言いたい。だが、自分を偽り愛していると告げたとしても、彼女はその言葉を信じないだろう。「さあ、隠さないで話してくれ。彼女はきみを傷つけたいというようなそぶりは見せなかったか？」

ペネロペは公園での出来事の一部始終を語り、ピーターは注意深く耳を傾けた。

「彼女があなたのいとこと結託していると本当に考えていらっしゃるの？　彼女から明日、馬車で出かけようと誘われたけれど、ジョージと出かけるからと嘘を言ってお断りしたの」

「それでいい。きみが彼女と一緒にいると皆がわかっているときに、彼女が思いきった行動にでる可能性はないだろう。だが、きみが彼女といるところを再び目撃されたなら、驚く人がいるのは確かだ。たぶん、彼女はジャックと組んでいるだろう。ぼくが彼女に恨まれる理由は十分にある。そして、彼女がジャックと共謀しているとしたら、主導権はもはやジャックにはない。そして、状況はますます危険な様相を帯びてくる。キャロラインはいとこよりはるかに頭がいい。ジャック一人なら手を引かせることもできるだろう。金が欲しいからといって命がけにはならない男だ」

「レディ・キャロラインはどうなの？」

「彼女の狙いははっきりしない。彼女は恨みを忘れないタイプで、仕返しのためなら何でもする女性だ。ジャック自身はこれまでしたように、ぼくに金をせびるくらいだろう。彼とは、お互いに嫌っているという事実を除けば、もめる原因はない」

「わたしとはあるのよ」ペネロペは打ち明けた。「ジェラートが彼にかみついたと話したのを覚えていらっしゃる？　あれは……つまり……一度、彼がわたしにキスしようとしたことがあって、わたしは彼の顔をひっぱたいたの。でも、彼はやめようとしなかった。わたしが叫ぶとジェラートが飛んできて彼に飛びかかった」映像がよみがえり、ペネロペは身を震わせた。「このままではすまないと、彼はそのとき言ったわ。わたしに仕返しをするためにレディ・キャロラインに手を貸すかもしれない」

体に回されたピーターの腕に力が入るのをペネロペは感じていた。ピーターが口を開いたとき、その声には氷のように冷たい怒りがあった。「ジャックがまたきみに触れようとしたら殺してやる！」胸にわき起こる凶暴な怒りにピーター自身、驚いていた。単なる嫉妬ではない。フロビシャーのような男の手中に落ち、なすすべもなくおびえているペネロペの姿を思うと、守ってやりたい衝動が突き上げてくる。

ペネロペはピーターの顔にそっと触れ、たくましいあごの線をなぞった。彼の体から突然、力が抜けたかと思うと、ペネロペに唇を寄せた。「心配しなくていい、ペニー。どうにか解決できるだろう」

「赤ん坊をたくさんつくればいいかもしれないわ。そうしたら、始末しなければいけない人間が多すぎて、お手上げでしょう？」

ピーターは笑った。「そうなるようにできる限りの努力はするよ。だが、かなり長い時間がかかるだろう。むろん、努力することがいやなわけではないよ」ペネロペが自分の子供たちを育てている姿を想像するとなぜか幸せな気持ちになる。息子だけでなく娘たちも欲しい。ペネロペに似た娘たちが……。

帰宅したレディ・ダベントリーは不機嫌そのものだった。ダーレストンの花嫁との出会いは腹立たしい限りだった。退屈な女だわ！　彼女をジャック・フロビシャーに渡すと思うとわくわくする。でも、どうやって？　公園にダーレストンが現れたのは偶然かしら？　それとも、誰かが知らせたの？

サラではありえない。子供が行動を起こすとは考えられない。きっと、公園にいた誰かがダーレストンと会い、奥方を見かけたと彼に教えたのだろう。フロビシャーを伴って家へ入ったレディ・キャロラインは執事の姿を認めると命じた。「ベルを鳴らしたら適当な軽食を客間に持ってきてちょうだい。ベルを鳴らさない限り、誰も客間には入れないで」レディ・キャロラインはジャック・フロビシャーとともに階段を上がり、客間に入るとドアを荒々しく閉めた。

フロビシャーは椅子に座り込み、開口一番、尋ねた。「あれは偶然だったのだろうか？」

「それはないでしょう。きっと、わたしたちを見かけた誰かが彼に会って教えたに違いないわ。彼はわたしたちを見て、うれしそうではなかったわね」

「ああ、そうだった。彼はわれわれを疑っているのだろうか？　それとも、元恋人が厚かましくも花嫁に近づいたのが面白くなかっただけか？」

「あとのほうでしょうね。彼は偶然、現れただけだと思うわ。でも、これからは注意しなければいけないわ。伯爵夫人はどういうわけかおびえていたけれど……」

かすかに問いかけるような口調だったが、フロビシャーは無視し、謎《なぞ》めいた笑みを浮かべた。「むろん、すべてはあの女をわれわれが押さえることにかかっている。彼女がこちらの手に渡れば、ダーレストンはあわててあとを追いかけてくる。彼は簡単に捕らえられるさ」

「あさはかね！　ダーレストンにすぐあとを追いかけられたら困るのよ！　怒り狂った彼にわたしたちは殺されかねないわ。偽の手掛かりを残して時間稼ぎをし、彼への対処に備えるの」

フロビシャーは考え込んだ。

「花嫁をどうするつもりかは知らないけれど、あなたにも時間ができるでしょう」

「それはそうだ。骨折り損のくたびれもうけにはしたくないものな。だが、あの女をどこへ連れていく？」

「フランスよ。向こうに喜んで手を貸してくれる古い友人がいるの。ディエップ近くの彼の城に彼女を隠せばいい。あの城は閉じられていて誰もいないの。だから、事情をわかっていない人間とともに彼女をそこへ連れていけばいい。友人の侯爵にはしかるべき贈り物をしておけば、すべて知らぬ存ぜぬで通してくれるでしょう。彼はパリが好きで、城には決して近づかないはずよ。いいこと、問題は彼女をどうやってさらうか、それを考えなくてはいけないわ。そこがいちばん難しいところよ。彼女を手に入れてしまえば事は簡単よ。わたしはスコットランドに屋敷があるので、彼女をさらった同じ夜に馬車で出発するわ。あの人たちはわたしたちの行き先を突き止めようとするでしょうから、わざとあとを追いかけられるようにするのよ。彼女をスコットランドへ連れていったように見せかけるの。わたしの馬車に追いついたときには、もうあなたを捕まえるのは手遅れってわけ」

「実に頭がいい、キャロライン。それから、どうにかしてダーレストンに知らせるわけだな？」

「あの女に手紙を書かせるのよ。そして、村人の一人をだまして、誰が彼女を捕らえているかは伏せたまま、彼女の所在だけを明らかにさせるの。そうしたら、彼はおびき出されてやって来るわ。それに、彼はスキャンダルを恐れてこの事件を公にはしないはずよ。そして、彼とあの女は姿を消してしまう」

「うーん、うまくいくかもしれないな。うまくいくようにしなければいけない。きみの言うように、ダーレストンは殺人も辞さないほど猛《たけ》り狂っているだろうから、彼の前には出たくない」

「そうしたほうがいいわね。ほとぼりが冷めたころ、あなたは姿を現せばいいわ。わたしが知っている以外、何の証拠もないんですもの。わたしたちが結婚すれば、あなたの身は安泰よ」

「面白い。実に見事だ。われわれ男性がなぜ女性を劣っていると考え続けるのか、理解に苦しむね。さてと、あの女を実際に誘拐する方法は考えたのか？」

レディ・キャロラインはしばらく考えていた。

「いいことを思いついたわ」

「きみには脱帽だよ、キャロライン。ベルを鳴らして何か持ってこさせないか。われわれの成功に乾杯だ」

16

レディ・ウィッカムの舞踏会はその年のもっとも印象的に残る社交行事として上流階級の人々に記憶されることとなった。それは供された食事がすばらしく、また、社交界の重鎮がずらりと顔を揃《そろ》えていたという理由からだけではない。ダーレストン伯爵夫人の謎《なぞ》の失踪《しっそう》によって引き起こされたスキャンダルのせいだ。そして、夫人の失踪を知ったときに夫の吐いた言葉は社交界の人々の語りぐさとなった。

　その夜の滑り出しはこれ以上はないというくらい上々だった。ダーレストン卿《きょう》夫妻はジョージ・カーステアズ、ダーレストン卿夫人の妹とその夫とともに少し遅れて到着した。一行は上機嫌のように見受けられた。ダーレストンは便宜上、そして、跡継ぎのために再婚したのだと公然と噂《うわさ》していた人たちは意見を翻さざるをえなくなった。美しい妻とワルツを踊る伯爵のいとしくてたまらないという表情。伯爵が妻に夢中なのを疑う者は誰もいない。また、物事をきちんと見られる人であれば、ダーレストン伯爵夫人が借金のため結婚を強いられたとは考えないだろう。彼女が夫を崇拝しているのは誰の目にも明らかだった。

ピーター自身、もう自分の気持ちがはっきりわかっていた。この一週間、ペネロペを深く愛してしまったいう意識が日ごとに強くなっていた。そして、今夜、ペネロペが銀色の紗《うすぎぬ》の夜会服を着て客間に入ってきたとき、彼女を愛しているとついに自分に認めるにいたった。だがサラとジョージがいたので愛の告白はかなわなかった。

だが、サラは義理の兄の顔に熱い思いがあふれているのに気がついた。サラはペネロペがピーターをとても愛しているのを知っている。だが、ペネロペはそれについていっさい語らない。誰にも知られたくないのだ。姉をこのうえなく大切に思っているサラは幼いながら姉の気持ちをよく理解し、胸を痛めていた。そして、いま、姉を見つめるピーターの目にまぎれもない愛があるのを見て希望がわいてきた。

ピーターとペネロペがジョージとともに舞踏会へ出かけるとき、サラはこれまでにしたことがない行動に出た。いつものようにペネロペを抱きしめたあと、ピーターにも衝動的に抱きつき、顔を赤らめながら後ろへ下がった。

ピーターは少し驚いたが、指でサラの頬を軽くたたくいた。「遅くまで起きているんじゃないぞ、おちびさん」

その夜、レディ・キャロライン・ダベントリーが現れるまで、何事もなく和やかに時が過ぎていた。

レディ・キャロラインがダーレストン夫妻のすぐそばで踊っているのが目撃されると舞踏室にささやき声が広がった。レディ・キャロラインが若き花嫁に近づき、花嫁が軽く会釈したとの情報が伝えられ、ダーレストンが怒りをあらわに二人の間に入ったことも漏らさず語られる。忍び笑いをする人もいたが、多くの人はレディ・キャロラインの大胆な行動にあきれていた。

寛大で、かつ遠すぎてよく見えなかった人たちは、レディ・キャロラインはまれに見る不器用な人間に違いないとのちに言い合った。近くにいた人たちは、レディ・キャロラインがわざとレディ・ダーレストンのドレスを踏んだと断言した。ピーターは大仰に謝罪しようとするレディ・キャロラインを完全に無視し、妻をすぐにダンスフロアから連れ出した。

「ドレスはだいないしになってしまった？」ペネロペが尋ねた。

「ピンで留めるだけではだめかもしれない」

主人役のレディ・ウィッカムが急いでやって来た。

「ああ、レディ・ダーレストン、すぐにわたしといらして。それはピンで留めてもだめでしょう。二階へご案内してメイドに修理させます。なんて無作法であからさまなまねをする人でしょう！　すぐに戻りますから、ダーレストン」

レディ・ウィッカムはさらうようにしてペネロペを二階の私室へ連れていきメイドを呼んだ。「クララ、糸と針を持ってきて、レディ・ダーレストンのドレスを直してさしあげて。繕いが終わったら舞踏室へお連れしてちょうだい。目がご不自由なので注意してね。階段などについてちゃんと教えてさしあげて。わかったわね？」

「かしこまりました」

「わたしは舞踏室に戻らなくてはいけません、レディ・ダーレストン。このささやかな事件でどうかお気を悪くなさらないでくださいましね。キャロライン・ダベントリーはまったくやりすぎですよ」

ダンスフロアでの出来事を奥の小部屋《アルコーブ》の陰から眺めていたジャック・フロビシャーは共犯者の芝居に胸の内で快哉《かいさい》を叫んだ。そしてレディ・ウィッカムが二階へペネロペを連れていき一人で戻ってくると、歪《ゆが》んだ笑みを浮かべた。「よくやった、キャロライン」彼はポケットから小さな薬瓶を取り出すとシャンペンのグラスに空け、目立たぬよう階上へ行った。

クララが繕いを始めてまもなく、ドアの外で声がした。「奥様がお呼びだ、クララ」

「でも、この仕事をやるようにとおおせつかっているのですが」

「ちょっと下へ来てほしいそうだ。図書室だ。急いだほうがいい」

「わかりました。失礼します、奥様。すぐに戻ってまいりますから」

「いいのよ」ペネロペは明るく応じた。

メイドが出ていってすぐドアが開いた。

ペネロペはくるりと振り向いた。近づいてくる姿がぼんやり見える。「クララ？」尋ねたが返事はない。突然、恐怖に襲われたペネロペは助けを求めて叫ぼうとした。だが、遅かった。強い力でつかまれ、唇にグラスを押しつけられて無理やり液体を喉に流し込まれた。再び叫ぼうとしたが、口元を手で塞《ふさ》がれた。必死にもがく手の動きがしだいに弱くなり、意識が遠のいていく。

ペネロペを下へ置くと、フロビシャーは急いでドアのところへ行き廊下を見渡した。誰もいない。すばやく戻って意識を失っているペネロペを抱き上げたが、部屋の入り口に足音がしてぎくりとした。

現れたのはレディ・キャロラインだった。「急いで、フロビシャー、馬車が待っているわ。ニューヘブンの満潮を逃したくないでしょ。船は満潮に出るのよ。それに、その薬は長くは効かないわ。早く効くけれど、切れるのも早いのよ。わたしもここを出てスコットランドへ行かなくては。せいぜい楽しみなさいな。メイドは図書室に閉じ込めたわ」レディ・キャロラインはそそくさと立ち去った。

フロビシャーは裏階段へ向かった。従僕が好奇の色もあらわに見ている。フロビシャーはこのレディはシャンペンを飲みすぎて、スキャンダルになるのを避けるため家に連れて帰るところだと説明した。従僕はそれを真に受け、さらに、黙っているようにとの言葉とともに手に押しつけられた硬貨を受け取った。

図書室で十分、待ったクララはドアに鍵《かぎ》がかけられているのを知った。それから従僕の注意を引くのにさらに二十分かかった。レディ・ウィッカムの部屋へ急いだクララは愕然《がくぜん》とした。倒れた椅子、壊れたシャンペングラス、自分はだまされたのだ！　動転したクララは階段を駆け下りて舞踏室へ行き、あと先を考えず、驚く客をかき分けてレディ・ウィッカムのもとへ急いだ。

「奥様！」クララはあえぎ、一瞬、黙り込んだ。「レディ・ダーレストンがいなくなりました。男の人が来て、図書室で待っておいでだと言ったので、わたしはレディ・ダーレストンを残して部屋を出ました。戻ってみると、レディ・ダーレストンの姿はなく、椅子が倒れ、シャンペングラスが割れていました」

「何ですって？」レディ・ウィッカムは金切り声をあげた。「ばかな子ね！　わたしは伝言などしませんでしたよ！」レディ・ウィッカムは不運なクララを揺さぶった。クララはいまにも泣きだしそうだ。

フィービーとリチャード、ジョージと一緒にそばに立っていたピーターは心臓が止まるかと思った。それからあとのことは、メイドとともに階段を駆け上がったこと以外、覚えていない。のちにジョージが語ったところによると、キャロライン・ダベントリーとジャック・フロビシャーをののしった言葉は勇猛果敢な歩兵をも震え上がらせたろうし、実際に何人かのレディが気を失ったという。

　ペネロペの抵抗のあとを調べながらピーターは多少なりとも冷静さを取り戻していた。割れたシャンペングラスを手に取ったピーターはむかつく臭《にお》いに顔をしかめた。

　リチャード、それにジョージとフィービーがウィッカム卿夫妻とともにピーターのあとを追って二階へやって来た。レディ・ウィッカムは手をもみしだき泣いている。

「どの方角へ行ったのか調べてみよう」ウィッカム卿はそう言うと部屋から出ていった。

「薬を飲まされたのか？」ジョージが尋ねた。

ピーターはうなずくと、フィービーは悲鳴をあげてリチャードにすがりついた。

「あの二人を殺してやる。絶対に殺してやる」くるりと振り向いたピーターの目に泣きじゃくるクララの姿が映った。苦しみの中ですら、ピーターはメイドを気遣った。「メイドを叱《しか》らないでやってください、レディ・ウィッカム。ぼくがペニーのそばについているべきだったのです。ぼくの責任です。危険があるのは承知していました。だがキャロラインとわがいとこは、われわれよりはるかに頭がよかった」

「問題は」リチャードが口を挟んだ。「二人がどこへ向かっているかだ。そんなに遠くへは行ってないはずだ。召使いたちに質問すればわかるかもしれない」

「キャロラインはスコットランドに家を持っている」ピーターが告げた。「ペニーはそこへ連れていかれたかもしれない。だが、かなり遠い。われわれがあとを追うのはわかっているはずだ」

「そこが狙《ねら》いなのよ」フィービーがだしぬけに言った。「わからない？　ペニーを手中に収めることで、あなたをわなにかけられるのよ」

「だが、われわれがすぐ背後に迫っていたら、事態は彼らに裏目に出かねない」ジョージが反論した。「ぼくなら、できるだけ遠く離れ、それからしかるべきわなをしかける。キャロライン・ダベントリーはあばずれかもしれないが、そのくらい考える頭はある」

　ウィッカム卿が戻ってきた。「キャロライン・ダベントリーは一人で正面玄関から出ていったが、女性を抱きかかえた男性は屋敷の裏から出ていったそうだ。従僕の一人がその男を見たのだが、男はマントを着てフードを目深に被《かぶ》っていたし、裏階段は薄暗いので、誰だかわからなかったという。だから、誰がかかわっていたかを示す証拠はない。チャールズの話だと、厩舎《きゅうしゃ》で馬車の音を聞いたという」

　部屋の入り口からとまどった小さな声が聞こえた。

「どうかしたの、お母様？」一同が振り向くと、この屋敷の六歳になる娘、ミス・アマベル・ハートレーが人形を抱きしめて立っていた。

「だいじょうぶよ。心配しないでベッドにお戻りなさい」レディ・ウィッカムが答えた。

「あのレディは病気だったの？」

　大人たちは石像になったかのようにその場に立ちつくした。

　ピーターは娘のところへ行き、片膝をついてやさしく話しかけた。「どんなレディだった？」

「赤い毛のレディだったわ。男の人がその女の人を抱いていて、それからもう一人、レディがいた」

「そうだったの？　その人たちが話していることを何か聞かなかったかい？」

「ええ、聞いたわ。わたし、ダンスを見に階段を下りかけていたの。でも、声がしたので、あわててドアの後ろに隠れたのよ」

「なんて話していた？」

「赤毛のレディは何も言わなかった。眠っていたんだと思うわ。もう一人のレディは馬車とか何とか言っていた」

「ほかには？」

「ええ。ニューヘブンからの船とか、それからスコットランドへ行くとか……。ああ、そのレディはその男の人をフロビシャーと呼んでいたわ」

ピーターは娘を抱きしめた。「いい子だ！　いちばん欲しいものは何だい？」

「ポニー」

「なら一頭、プレゼントするよ。ぼくが生きている限り、きみに馬の不自由はさせない！」ピーターはほかの人たちを振り返った。「行き先がわかったぞ！　われわれが彼らの行き先としてスコットランドを考えるように企《たくら》んでいたんだ。キャロラインの屋敷へ駆けつけたら、彼女はスコットランドへ向けて発《た》ったと告げられるのだろう。フロビシャーはわれわれがすぐ後ろに迫っているとは思っていないはずだ。だから、われわれは優位に立てる。ダーレストン・ハウスに戻って馬を集め、彼女を連れ帰る二輪馬車も用意する。フィービー、きみは二輪馬車でわれわれと一緒に来てくれるかい？」

「言われなくても行くわよ！」

一行が戻ると、ダーレストン・ハウスは大騒ぎとなった。召使いたちは全員、奥様を敬愛していたし、苦悩に青ざめた主人の顔は痛ましくて見ていられなかった。

サラはまだ起きていた。衣装戸棚から暖かいマントを引っ張り出すとジェラートとともに玄関ホールにいるジョージとフィービーの前に出た。「わたしも行くわ」

「とんでもない。危険だ」ジョージがはねつけた。

「黙ってて、ジョージ！　わたしを置いていったら、自分で馬に鞍《くら》をつけてあとを追いかけるわ。フィービーが行くならわたしも行く！」

フィービーはうなずいた。「もちろん、サラも一緒よ」

リチャードが現れた。「馬車と馬はまもなく用意できる。サラ、何をしているんだ？」

「一緒に行くのよ！　もうこの話は解決済みよ」

「ピーターはどこだ？　ピーターは賛成しないかもしれない」リチャードがきいた。

「ピストルを取りに行っている」ジョージが答えた。

「いいかい、サラ、きみは来てはだめだ。一緒に連れていったら、母上が激怒するだろう。いいかい、今夜、人が殺されるかもしれないんだ。いま、ピーターは普通の状態ではないから」

「それは都合がいいわ！　ペニーを愛していると認めるのを怖がっているのが直るかもしれない！」

ちょうどそこへピストルを手にしたピーターが玄関ホールへやって来て、サラの激しい言葉をはっきり聞いた。

サラは挑むようにピーターの目を見返した。「反対しないで。一緒に行くわ」

「置いていったら、あとから追ってくるんだろうな？」

「もちろんよ」

ピーターはうなずいた。「競走用の二頭立て二輪馬車も用意するよう命じてある。ジェラートを連れていかなくてはいけない。幸い、ニューヘブンへ向かう街道沿いには馬を常駐させてあるので、必要なだけ馬を替えられる」

メドウズが走ってきて、厚地の外套《がいとう》をピーターに差し出した。「ポケットにブランデーの小瓶が入っております、ピーター坊っちゃま。どうか、ペニー様を無事にお連れください」

ピーターは老執事の肩をつかんだ。「ぼくを信じてくれ、メドウズ。追いついてみせる」

ひづめの音が競走用の二輪馬車、軽装二輪馬車、そして、馬の到着を告げている。

「軽装二輪馬車には誰が乗っている？」ピーターが尋ねた。

「きみの御者頭のジョンだ」リチャードが答えた。「彼は、ジョージとぼくが馬に乗りきみと一緒に行くよう主張している。そうすれば、ジャックたちを追って街道から離れる場合、われわれの一人が残って後ろから来る馬車に方角を伝えられる」

「さあ、行こう。彼らは一時間前に出発している。満潮は九時前だが、彼らがニューヘブンへ着く前に追いつきたい！」フロビシャーの手中にあるペネロペについては不安で言葉にならず、ピーターはただジョージの目を見つめていた。

サラとフィービーはあいさつもそこそこに待っている馬車に乗せられた。「ニューヘブンだ、ジョン」ピーターは命じた。「全速力で駆けさせ、必要な場合は何度でも馬を替えろ。スピードが問題だ。宿場ごとに指示を確かめろ。伝言を残していくから」

御者がうなずき馬に鞭《むち》を当てた。そわそわしていた馬は石畳にひづめの音を轟《とどろ》かせ一気に走りだした。

「さあ、諸君、出発だ！　ジェラート、来い！」二頭立ての競走用馬車に乗り込み、ジェラートがあとに続くと、ピーターは険しい顔に笑顔を作りジョージとリチャードを促した。三人は全速力で馬を駆り、たちまちサラたちが乗った馬車を追い越した。サラは横を通り抜けていく三人を眺めている。ジョージはサラに気づくと鞭を上げてあいさつした。三人の紳士の姿はあっという間に視界から消えていった。

ペネロペはゆっくり意識を取り戻しつつあった。割れるような頭痛がする。何があったのかはまったく思い出せない。馬車に揺られているのはどうして？　吐き気がする。馬車の揺れで吐き気はひどくなるばかりだ。意識がはっきりしてくるにつれ、馬車の椅子に横たわっているのがわかった。じっとして耳を澄ます。本能が、動かないよう警告している。かすかな息の音に小さな動き――反対側に人がいる。誰かしら？

馬車の速度がわずかに落ちた。見知らぬ連れはすぐに窓から身を乗り出して叫んだ。「このまま行くんだ！　ニューヘブンの満潮に遅れたくない。馬は次の宿場で替える」

フロビシャーの声だ！　募る恐怖のなか、ペネロペは思い出した出来事の断片をゆっくりつなぎ合わせた。ドレスが破れたのはわたしをピーターから引き離す巧みな策略だったのだ。そして、わたしたちはそのわなにはまってしまった。いま、わたしはニューヘブンへ向かっている。そして、ピーターはそれを知らない。いま耳にした言葉が意味するものを考え、ペネロペは身を震わせた。冷静にならなければと自分に言い聞かせる。だが、不安に屈しないためには持てる自制心のすべてを動員しなければならなかった。このまま意識を失ったふりをしていれば、宿場で彼の不意を突いて助けを求められるかもしれない。

そのかすかな希望にしがみついたペネロペはあごに手がかかり顔を上向かされたときでさえ、できるだけぐったりしているふりをしていた。

「まだ意識を失ったままなのか？」フロビシャーの声がした。彼はあごにかけた手は離したが、指をその喉へ滑らせた。「ああ、ずっとこのときを待っていたのだ」その指の感触、荒々しい欲望がにじむ声に身をすくませ、悲鳴をあげたい衝動をペネロペは懸命にこらえた。ピーターがきっとあとを追ってきているはずだ。あるいは、馬を替えるときに逃げられると自分を励ましながら永遠とも思える時間、ひたすらじっと横たわっていた。

全速力で駆ける馬の速度が急に落ちた。宿場に近づいているのだ。フロビシャーが馬車を降りるか様子を見よう。だが、その忌まわしい手に再びつかまれたのを感じたとき、逃げ出せる可能性は消え失《う》せた。ぐったりしているふりも慎重さもかなぐり捨て、ペネロペは必死で抗《あらが》った。だが抵抗むなしく馬車の床の上に投げ出され、押さえつけられてしまった。片方の腕が体を押さえ、もう片方の手が彼女の鼻と口を布で覆った。息ができず、ペネロペは意識を失った。

気がついたとき、ペネロペは後ろ手に縛られていた。馬はまた全速力で走っている。起き上がろうとしたが、すぐに引き戻された。

「ここにはわれわれだけだ、レディ・ダーレストン。そして、今度はいまいましい犬の邪魔も入らない」

ペネロペはフロビシャーの手から逃れようと必死にもがいたが、強い力と重みに抵抗できず組みしかれてしまった。フロビシャーの手がドレスの胴部を引き裂き、顔に彼の熱い息がかかっている。ペネロペは必死で彼の唇を避けようとした。だが、彼の片手が首を押さえ、もう片方の手がむき出しになった胸を探っている。恐怖のあまり叫び声をあげたペネロペの唇をフロビシャーの唇が覆い、舌を差し込んできた。彼女は死に物狂いでフロビシャーの舌を思いきりかんだ。

フロビシャーが飛びのき、ののしり声をあげたとき、ペネロペはつかのま満足感を味わった。すぐさま逃れようとしたが、フロビシャーが再び体を押さえ込んだ。「こんなまねをして後悔するぞ。好きなだけ叫ぶがいい。何をしたって助けは来ないさ」

ピーター、それにジョージとリチャードは月明かりが照らす中、ほこりを巻き上げてニューヘブン街道を猛スピードで駆けていた。追いつけるだろうかとジョージが不安を覚えたとき、最後の宿場に着いた。そして、問題の馬車は十五分前に通ったばかりだと聞かされた。三人は馬を替え宿場を飛び出した。

ピーターの口元は厳しく引き結ばれている。ペネロペは無事だろうか？　刻々と不安は募り頭がどうかなりそうだ。フロビシャーの身なりが乱れていたと宿場の馬丁がふと漏らした言葉が気がかりだ。馬車がニューヘブンに着くまで、フロビシャーがペネロペに指一本、触れないようにとひたすら祈った。ついに、はるか前方に馬車の明かりが見えたが、すぐにカーブを曲がって見えなくなった。

「いたぞ！」ピーターが叫んだ。「少し、速度を落とそう。計画を練らなくてはいけない」

「どうやって攻める？」リチャードが尋ねた。

「きみたちは前から攻撃しろ。街道はここから大きく曲がっている。野原を横切って丘を越え先回りするんだ。うまくいけば、向こうの馬はパニックに陥るだろう。きみとジョージは馬車の左側で待機し、一列目左側の馬に騎乗している御者を始末してくれ。ぼくは君たちの姿が見えるまで待ってから、ジェラートとともに反対側に回り、馬車の上にいる人間に襲いかかる。それから中の人物に取りかかる」

「わかった、そうしよう」リチャードが答える。

「見ろ！　生け垣にすき間がある！」ジョージは叫び、馬をその方へ向かわせた。ジョージは生け垣のすき間を走り抜け、その後ろにリチャードが続いた。二人は野原を横切り、勢いよく丘を上がっていく。大急ぎで丘を下って再び街道に出れば、フロビシャーの馬車のはるか前に出られる。

街道に出たとき、フロビシャーの馬車はまだ見えず、二人は馬を止めた。馬たちの脇腹《わきばら》が激しく上下している。ジョージはリチャードをちらりと見た。

「ペニーに何かあったら、フロビシャーの命はないだろうな。こんなピーターは初めてだ」

「フロビシャーが相手にしなくてはいけないのはピーターだけではないよ、ジョージ！」リチャードは耳を澄ませた。「馬車が来る！」

馬のひづめの音が響いてきた。ほどなく、カーブを曲がった馬車が視界に入ったきた。とそのとき、ひづめの音にまじって恐怖に満ちた悲鳴が聞こえた。

馬車から五十メートルほど後方にいたピーターは全身の血が逆流するような激しい怒りにとらわれ、ジョージとリチャードが位置についているか確かめる計画は吹き飛んでしまった。ピーターは馬に鞭を入れて全速力で走らせた。そのとき、追っている馬車の前方に、恐ろしい速さで街道をこちらへ向かってくる二頭の馬が見えた。ジェラートは座席の上に立ち上がり、女主人の声に向かって吠《ほ》えている。ピーターは前方を見据え、馬を駆った。「ペニー……ペニーを助けるぞ！」ジェラートの鳴き声がいちだんと大きくなった。

問題の馬車の馬たちは向かってくるジョージとリチャードに動転した。前列左側の馬に乗った御者は馬たちを制御し襲撃者を避けようとしたが、左側の車輪が溝にはまり馬車が大きく傾いた。後列左側の馬が倒れ、ほかの馬たちは前につんのめったり、後ろ足で立っている。

強盗に襲われた！　馬車の上にいた召使いは追いはぎにあったと思い、ピストルを構えようとした。だが、カーステアズの鞭で払い落とされた。しなる鞭を避ける召使いの耳に、右側から迫ってくる馬車の音が聞こえた。召使いが振り向くと、ジェラートがピーターの横から馬車へ飛び移った。ジェラートに体当たりされた召使いは地面へ放《ほう》り出され意識を失った。リチャードは御者頭を御者台から引きずり降ろした。ジェラートは血が頭に上った馬たちの間をすり抜けて立ち上がり、馬車のドアに向かって激しく吠えたてた。ピーターが馬を巧みに急停止させ、二輪馬車から飛び降りた。ジョージも馬から降りて、鞍に吊《つ》るしたケースからピストルを引き抜いた。ピストルを手にしたピーターはジョージと並び、一緒に馬車のドアを開いた。

「彼女の命が惜しければ後ろへ下がれ、ダーレストン！」フロビシャーの声が響いた。彼は片手で意識のないペネロペを押さえ、もう片方の手にナイフを握って馬車の隅に座っている。ピーターはジェラートの首輪をつかみ引き寄せた。

「ピストルを下へ置いて後ろへ下がれ。だが、ドアから見えるところまでだ！　それから、その犬は押さえておけ！」

命令に従ったピーターとジョージは馬車から引きずり出されるペネロペをなすすべもなく見つめていた。ドレスは引き裂かれ、手を縛られた姿が痛ましい。フロビシャーに力なくもたれている姿を見て、ピーターは一瞬、ペネロペが死んでいるのかと思い凍りついた。だが、フロビシャーがペネロペを抱えている手を動かしたとき、かすかなうめき声がして胸をなで下ろした。そして、自由になろうともがき、激しく吠えたてるジェラートの首輪を強くつかんだ。

「下がっていろ、ダーレストン。おまえもだ、ウィントン！　馬を持ってこい！」

「言われたとおりにするんだ、リチャード」ピーターは食いしばった歯の間から言った。

リチャードは無言で自分の馬を連れてきた。

「それでいい。さあ、ダーレストンとカーステアズと並べ」フロビシャーはぐったりしているペネロペの体を馬の背に乗せるとピーターたちに向き直った。

「あとを追いかけようとしたら後悔することになる。街道の数キロ先に彼女は置いておく。荷が軽ければ馬はそれだけ速く走るからな。だが追跡されているとわかったら、彼女の命はないと思え。こちらには失うものは何もない。危険は冒さないことだ」

フロビシャーは身をかがめ、地面の上に置かれているピストルを一挺《ちょう》拾おうとした。そのとき、ピーターがジェラートを放した。ジェラートは身の毛もよだつようなうなり声をあげて突進し、まっすぐ喉へ襲いかかった。ピストルは宙に飛び、フロビシャーとジェラートはもみ合いながら驚く馬の下へ転がった。ピーターは前に飛び出して、後ろ足で立った馬から落ちそうになっているペネロペの体を抱き下ろした。

「ジェラート！　戻るんだ！」馬の前脚が下りてくるのを見てリチャードは叫んだ。犬は危険を察知して身をかわしたが、フロビシャーの叫びは蹄鉄《ていてつ》を打たれた馬のひづめに押しつぶされた。凄惨《せいさん》な光景にジョージとリチャードは顔をそむけた。

ピーターは道にひざまずき、ペネロペを腕に抱いている。必死に喉の脈を探り、指の下に息を感じるとようやく息をついた。ピーターの頬に安堵《あんど》の涙が流れている。ペネロペの手を縛っていた紐《ひも》を解いたピーターは、手首に擦《す》り傷を見つけて小さくののしった。ジェラートが足を引きずりながら寄ってきてペネロペに鼻をすり寄せ、ピーターの顔をなめた。肩に長く浅い傷があり、そこから血が出ている。

「これを彼女に着せるといい」リチャードは外套を脱いで渡した。「女性陣が到着するまで、彼女の体が冷えないようにしてやらなければ。われわれはニューヘブンへ行って医者を探す」男性たちはペネロペをそっと外套でくるみ、それと同時にどこか骨折していないか確かめた。額の左に大きなあざができている。ピーターがそっとあざを調べると、ペネロペは小さくうめいた。しかし大事なさそうだ。

ジョージが暗い顔でやって来た。「フロビシャーは死んだ。馬のひづめで頭をかち割られた」

「召使いたちは？」ピーターが尋ねた。

「一人は脚を骨折している。彼らは何も知らないと主張しているが、とにかく縛っておいた。彼らをどうしたらいい？　それから、キャロライン・ダベントリー……彼女をどうするつもりだ？」

「召使いたちはここに残し、きみたちの一人が見張ってくれ。ロンドンの中央警察裁判所の警官宛《あて》の手紙をメドウズに渡しておいた。召使いたちは彼らが処理してくれるだろう。キャロラインについては、ジャックが死んだいま、彼女の関与を裁判所の納得がいくようには証明できない。だが、社交界には二度と出てこられないようにする」

「ペニーはだいじょうぶかな？」ジョージは心配顔だ。

「わからない」ピーターは弱々しい声でつぶやいた。

ジョージはピーターの蒼白《そうはく》な顔を見つめた。これほど打ちのめされた彼を見るのは初めてだ。なぐさめる言葉が見つからないまま、ジョージはピーターの肩をつかんだ。紳士たちは無言でもう一台の馬車の到着を待った。

17

どこか遠くで誰かの声がする。誰かのうめき声。それは自分だとペネロペはぼんやり意識した。ひどい頭痛だ。誰かがわたしの手を取っている。よく知っている声が何かとても大事なことを言っている。頭痛がぶり返してきたにもかかわらず、ペネロペは懸命に耳を澄ました。

「ペニー、いとしい人！　ああ、ペニー、もうだいじょうぶだ。心配ないよ、愛する人！」

ピーターにとって長い間、待つのはつらかった。ペネロペは回復すると医者は請け合ったものの、今日はピーターの人生の中でもっとも長い一日だった。いま、ようやくペネロペが意識を取り戻してかすかに身動きすると、ピーターはずっと口にしたかった愛の言葉をもはや抑えられなかった。ペネロペの耳に届いているかどうかはわからない。だが、話さずにはいられない。一日中、ペネロペの横に座り、その血の気のない顔を見つめていた。フィービーとサラは交代でそばについていたが、二人ともペネロペ同様、青ざめた顔をしていたので、真夜中を過ぎてまもなく、何か変化があったら教えると約束して寝かせたのだった。

ペネロペはやっとのことで目を開いた。薄暗い部屋は初めて見るものだ。部屋の反対側にある暖炉の炎が部屋をほのかに照らしだしている。とまどったペネロペは上に身を乗り出している見知らぬ男性を見つめた。濃い茶色の目には苦悩がにじみ、オリーブ色の肌は血の気がなく、黒い髪は乱れている。わたしは死んだのだ。この男性は誰だろう？

「ペニー？　ぼくだ、ピーターだよ。だいじょうぶだ、もう心配ない」ピーターの声だ。彼はこういう感じの人だったのか？

「わたしは夢を見ているのね」

ピーターはペネロペの頬をそっとなでた。「いや、違う。きみは目を覚ましている。ぼくは本当にここにいるんだ」ペネロペの奇妙な表情にピーターはあわてた。「ペニー、どうかしたのか？」

「わたしを起こさないで、ピーター。こんなにすてきな夢なんですもの。あなたが見えるのよ……そして、あなたはわたしを愛していると言ってくれた」ペネロペの声はしだいにかすれ、まぶたが下りてきて再び眠りに落ちていった。

驚いたピーターは眠っている妻を眺めた。彼女はこのぼくが見える！　額を打った衝撃で視力が回復したのだろうか？　そうに違いない。ペネロペが何の問題もなく眠っているのをすばやく確かめると、ピーターは部屋の入り口へ行きドアを開けて廊下をうかがった。サラとフィービーの部屋のドアの下から明かりが漏れている。ピーターは走っていき、ドアをそっとノックした。

「どうぞ」フィービーとサラは同じベッドの中で並んで起きていた。サラは泣いていたらしく、フィービーがその肩を抱いている。二人はピーターの興奮した様子に驚いた。

「ピーター、どうかしたの？　なぜペニーのそばを離れたの？」フィービーは夜具をはねのけた。

「彼女が目を覚ました」ピーターは喉を詰まらせつつ言った。「そして、ぼくが見えるんだ。彼女は夢だと思っている。でも、違うんだ！」

フィービーとサラはいま聞いたことが信じられず、ピーターを凝視した。「ペニーが……見えると言ったの？」サラが口ごもりながら尋ねた。「確かなの？」

「ぼくが見えるのは夢を見ているからだ、と彼女は言った。そして、また眠りに落ちた」

「あの傷だわ！　馬から落ちて目が見えなくなったときと同じよ。あのとき、お医者様は目はどこも悪くないとおっしゃった。頭のどこかが傷つき、目で見たものが脳へ伝わらなくなったに違いないというお話だったわ。頭を打ったことで元に戻ったんだわ。ああ、ピーター、なんてすてきなの！」フィービーはベッドから飛び下りて部屋着をつかんだ。「ペニーのところへ戻って、ピーター。わたしはリチャードを起こしてくるわ。さあ、行きましょう、サラ」フィービーは部屋から走り出た。

「わたしはジョージを起こしてくる」サラは興奮していた。「こんなことが起きるなんて、信じられないわ！　ペニーに会えるかしら？」

「もう少しよくなってからだ。彼女はまだ、頭痛がひどいんだ。それに、いまは眠っている。ぼくはもう戻らないと」ピーターは突然、サラに抱きつかれた。抱き返しながらピーターは言った。「さあ、行っておいで、おてんばさん。ジョージに知らせるといい」

ピーターはペネロペの部屋へ戻った。ペネロペはまだぐっすり眠っている。ピーターはそっと部屋を横切ってベッドに入り、ペネロペの隣に身を横たえた。深い満足感が押し寄せてくる。感じていたとまどいはすべて消え去っていた。これはわが妻、わが命よりも愛している女性。彼女を愛している、それが何よりも大事なことだ。緊張から解放されたピーターはベッドヘッドにもたれ、ペネロペとともにできることをあれこれ思い描いていた。子供……そう、それはすばらしいだろう。

明け方近く、妻がもぞもぞと動くのをピーターは感じた。ペネロペは目を開け、ぼうっとしている。

「気分はよくなったかい？」

ペネロペはぼんやりとピーターを見つめた。何があったのかしら？　頭が痛い。わたしはどうなったの？　ふいに自分が誘拐されたことを思い出した。あれは夢だったのだろうか？

　ペネロペは起き上がろうとしたが、やさしく引き戻された。

「だめだ、横になって休んでいなくてはいけない。ぼくはどこへも行かないから。約束するよ」

「ピーター……これは夢ではないの？　本当にあなたなのね」

「ああ、ぼくだよ。さあ、眠りなさい。ずっとここにいるから」

「ひどく頭痛がするの。でも……あなたが見えるわ」

「馬車がひっくり返ったとき、頭を打ったようだから。朝、また医者が来てくれる。目を覚ませば頭痛がするはずだと言っていた。だが心配はないそうだ。目が見えるようになったのなら、なおさらだ」

「馬車がひっくり返った？　それじゃ……あれは夢ではなかったのね。ああ、ピーター、怖かったわ」

　ペネロペはこらえきれずに泣きだした。「彼が襲いかかってきて……止めようとしたわ。でも手を縛られて……ドレスが破れて。彼の汚い手が！　ああ、彼は……ああ、ピーター、わたしにはどうしようもなかったの！」

　ペネロペは身を震わせ泣きじゃくった。ピーターはペネロペをそっと腕に抱いてなだめた。彼女は凌辱《りょうじょく》されたと感じているのだ。

「ペネロペ、泣かないでくれ。きみの叫び声はちゃんと聞こえた。馬車を制止させようとすぐ近くまで迫っていたんだ。フロビシャーは死んだよ。もう二度ときみを傷つけることはない」

「それなら、彼は何もしなかった……？　わたしはてっきり……あなたはわたしを許さないわ！」

「余計なことを考えるのはやめるんだ。馬車に追いついたとき、きみの悲鳴が聞こえた」ピーターは彼女の顔にいとしげに触れ、上向かせた。「ペニー、万が一にもフロビシャーがそうした行為に及んだとしても、ぼくのきみに対する気持ちはいささかも変わらない」

「気持ち……あなたのわたしに対する気持ち？」希望を抱くのが怖くて、ペネロペはおそるおそるきいた。

涙で光る灰色の瞳をピーターはのぞき込んだ。

「愛しているんだ、ペニー。そのことはずっとわかっていたが、口に出して言えなかった。フロビシャーに迫られたときみが話してくれた日に悟ったんだ。嫉妬《しっと》心ではなくただ、きみを守ってやりたい、やつを殺してやりたいと思った。彼に無体なまねをされているきみを考えただけで吐き気が込み上げた。目の不自由な女性につけ込む男など絶対に許せない。だがその前から……きみを初めて愛した夜……きみがぼくに愛らしく応《こた》えてくれた夜からずっと、ぼくはきみを愛していたんだ。ただ、愚かにもそれがわからなかった」

あまりのうれしさにペネロペは陶然とピーターを見上げていた。「あなたが……わたしを愛している？　好意を抱いているというだけではなくて？」

ピーターはペネロペを抱く腕に力を込めた。「ああ、ペニー、いとしい人、言葉では言い表せないくらい愛している。きみはぼくのものだ。絶対にきみを放さない。馬車に近づききみの悲鳴を聞いたとき、殺人も辞さぬ覚悟だった」

幸せの涙がペネロペの頬を濡《ぬ》らしている。「本当に愛してくださっているのね？　ああ、ピーター、わたしはあなたを心から愛していたの。でも、それを悟られないようにしていた。あなたはそれを望んでいないと思ったから……あなたをわずらわせたくなかった」

「わかっていたよ、ペニー。きみは嘘《うそ》がつけない人だと前にぼくが言ったのを覚えているかい？　きみのすべてがぼくへの気持ちを語っていた。だがなぜ、きみがそれを口にしないのか、その理由もわかっていた」

「わたしがあなたを愛しているのを知っていたの？　どうして？」

「愛し合うたびに、きみの体がそう告げていた」

「まあ！」ピーターの強いまなざしにペネロペは真っ赤になった。

「ぼくを愛していると、これからも言ってくれるね？」

　ペネロペは声も出なかった。彼女は恥ずかしそうにこくんとうなずいた。その瞳はピーターの知りたいことをすべて伝えていた。

　ほかの者たちには、この真実はあとで告げればいい。二人はこれからともに同じ人生を歩む。愛と喜びに満ちた人生は年を追うごとに深まり、二人は永遠の幸せを手に入れるだろう。

ハーレクイン®

ハーレクイン・ヒストリカル　2006年2月刊（HS-242）
『仕組まれた縁組』を改題したものです。

伯爵と別人の花嫁

2025年2月5日発行

著　　者　エリザベス・ロールズ
訳　　者　永幡みちこ（ながはた　みちこ）

発 行 人　鈴木幸辰
発 行 所　株式会社ハーパーコリンズ・ジャパン
東京都千代田区大手町1-5-1
電話 04-2951-2000（注文）
0570-008091（読者ｻｰﾋﾞｽ係）

印刷・製本　大日本印刷株式会社
東京都新宿区市谷加賀町1-1-1

装 丁 者　橋本清香［caro design］

ISBN978-4-596-72128-0 C0297

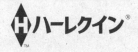

ハーレクイン・シリーズ 2月5日刊 発売中

ハーレクイン・ロマンス

愛の激しさを知る

アリストパネスは誰も愛さない ジャッキー・アシェンデン／中野　恵 訳 R-3941
〈億万長者と運命の花嫁Ⅱ〉

雪の夜のダイヤモンドベビー リン・グレアム／久保奈緒実 訳 R-3942
〈エーゲ海の富豪兄弟Ⅱ〉

靴のないシンデレラ ジェニー・ルーカス／萩原ちさと 訳 R-3943
《伝説の名作選》

ギリシア富豪は仮面の花婿 シャロン・ケンドリック／山口西夏 訳 R-3944
《伝説の名作選》

ハーレクイン・イマージュ

ピュアな思いに満たされる

遅れてきた愛の天使 ＪＣ・ハロウェイ／加納亜依 訳 I-2837

都会の迷い子 リンゼイ・アームストロング／宮崎　彩 訳 I-2838
《至福の名作選》

ハーレクイン・マスターピース

世界に愛された作家たち
～永久不滅の銘作コレクション～

水仙の家 キャロル・モーティマー／加藤しをり 訳 MP-111
《キャロル・モーティマー・コレクション》

ハーレクイン・ヒストリカル・スペシャル

華やかなりし時代へ誘う

夢の公爵と最初で最後の舞踏会 ソフィア・ウィリアムズ／琴葉かいら 訳 PHS-344

伯爵と別人の花嫁 エリザベス・ロールズ／永幡みちこ 訳 PHS-345

ハーレクイン・プレゼンツ作家シリーズ別冊

魅惑のテーマが光る
極上セレクション

新コレクション、開幕！

赤毛のアデレイド ベティ・ニールズ／小林節子 訳 PB-402
《ハーレクイン・ロマンス・タイムマシン》

※予告なく発売日・刊行タイトルが変更になる場合がございます。ご了承ください。